国家古籍整理出版专项经费资助项目

○闲雅小品丛书○

主编 曹亚瑟

此中有真意
——寓言小品赏读

庄蝶庵 注评

中州古籍出版社
·郑州·

图书在版编目（CIP）数据

此中有真意：寓言小品赏读 / 庄蝶庵注评．—郑州：中州古籍出版社，2016.1（2023.10重印）
（闲雅小品丛书）
ISBN 978-7-5348-5757-7

Ⅰ．①此… Ⅱ．①庄… Ⅲ．①寓言-作品集-中国-古代 Ⅳ．① I276.4

中国版本图书馆 CIP 数据核字（2015）第 277688 号

CI ZHONG YOU ZHENYI：YUYAN XIAOPIN SHANGDU

此中有真意：寓言小品赏读

丛书策划	梁瑞霞
责任编辑	张　雯
责任校对	苏晓园
装帧设计	知耕书房

出　版　社	中州古籍出版社（地址：郑州市郑东新区祥盛街 27 号 6 层　邮编：450016　电话：0371-65723280）
发行单位	河南省新华书店发行集团有限公司
承印单位	河南大美印刷有限公司
开　　本	890 mm×1240 mm　A5
印　　张	10
字　　数	200 千字
版　　次	2016 年 1 月第 1 版
印　　次	2023 年 10 月第 4 次印刷
定　　价	25.00 元

本书如有印装质量问题，请联系出版社调换。

前言

幼时贫寒，不知书是何物，但知道人家在电影院门口摆个摊子，租阅"画人书"。此画人书非它，即是小人书也，大抵是上图下文。此道今日儿童已不知，因为智能手机、平板电脑等已经取而代之，所以眼见得小人书要成为古董了。其实对于儿童来讲，小人书可以启发心智，诱发想象，还能训练注意力。因为它是由一个个漂亮的图画组成的画面，在抽象、具象之间形成了微妙之平衡，意义在模棱两可之间，境界需要稍微去想象，所以它是再好不过的启蒙工具。

我之所以中了文学的毒，就是从这些小人书开始的。

凡小人书，大抵是根据现成的故事而改编的，其中一类故事，易于编辑，单篇即可成书，即寓言。我尤记得幼时看过的小人书,至今留下较深印象的,以寓言故事改编的为多。譬如讲述两个人比赛割肉,以彰显勇气的故事(即本书所收之《割肉相啖》),但见两位人物,本来是峨冠博带、器宇轩昂,正在喝酒,忽然捋起宽大的袖子,拿出刀,就肱二头肌大肆割肉,直接塞进口里,因为图片是黑白的,所以血色并不见,因此也就并不感到恐怖,倒是其超越日常逻辑的非凡举动,给人留下难以磨灭的记忆。再如讲一只生长在狗群中的小鹿,误以为自己乃是一只狗,最后出了家门,被别家的狗大快朵颐了(即本书所收之《临江之麋》),当时的害怕和担忧,今日仍然记得。此外,譬如"刻舟求剑""曹冲称象""杯弓蛇影""请君入瓮""铁杵磨针"等故事,皆曾见于小人书中,后来读到原文,方能对应幼时记忆,豁然有所领悟。

依然是在幼时,唯一的娱乐是看看电视,彼时在晚六点多,似有专门之儿童节目,而大放其水墨一般的动画片,虽然朴拙,不及今日之大制作,却奇怪地给我留下了极其深刻的印象。依然记得的,比如讲从大树上挂下一串猴子,以尾巴相系,欲往井中捞月(即本书所收之《猴子救月》);比如讲一个医生帮助一只老虎拔去脚上的刺,此老虎感恩,每每衔来鲜货,抛掷于医生家中,后来一日,老虎衔来一个人尸,惹得这医生吃了一场冤枉官司(即本书所收之《老妪与虎》,应有改编)。

甚至小学的语文教科书中,也引入些寓言。我仍然记得的,包括《寒号鸟》《农夫与蛇》《狼和小羊》《狐狸与葡萄》《狼来了》《龟兔赛跑》等,不仅有中国的,还有外国的(《农夫与蛇》等,其实皆出自《伊索寓言》)。

凡此种种,皆证明,寓言曾经广泛活跃于吾辈的记忆中。因其活于记忆中,无形中影响吾辈之行为,此其教育意义也。

因寓言之有趣有意义,故此古今中外,皆广为流行。按照维基百科给出的定义,寓言的标准含义如下:

A fable is a succinct fictional story, in prose or verse, that features animals, mythical creatures, plants, inanimate objects or forces of nature which are anthropomorphized (given human qualities such as verbal communication), and that illustrates or leads to an interpretation of a moral lesson which may at the end be added explicitly in a pithy maxim.

意为:寓言乃是精练的故事,形式或为散文,或为诗歌,将动物、神物、植物、静物、自然力拟人化,赋予其人类的特性(比如言语能力),通过故事进行对道德意义的教化,结尾或归纳为一句格言。

这完全符合西方自《伊索寓言》以降的寓言风格,其实也大抵符合世界各国的寓言故事。寓言很流行,西方有《伊索寓言》《拉封丹寓言》，古印度有《五卷书》，阿拉伯则有《卡里来和笛木乃》（据《五卷书》改编），皆为各自文明的经典。

至于中国，"寓言"之名，典出《庄子·寓言》："寓言十九"，注曰："寄之他人，则十言而九见信。"可见并非"拟人"，而是假托他人言语或故事。此是中国古典寓言发起时的特色，即更重人事。其实，先秦正是中国古典寓言的高峰，突出表现为韩非子的《内储说》《外储说》《说林》《喻老》等篇，也在《吕氏春秋》上多见到出色的寓言故事。《列子》中亦多有寓言，虽然其书或出于晋人，但资料来源则甚古也。

但这并不代表中国古代没有影响深远的寓言故事，譬如《逍遥游》中的"斥鷃笑鹏"的故事，《秋水》中"坎井之蛙"的故事，《列子·黄帝》中的"朝三暮四"的故事，亦是同一类型。

在佛教进入中国后，古代印度寓言故事的写作方法（至今在佛经译文中偶然会见到拟人化的寓言故事，最集中的是《百喻经》），开始影响本土的文人的写作。在唐代，柳宗元便作了许多的寓言，如著名的《谪龙说》《临江之麋》等，都是以动物作为主角的——柳宗元其实是受了佛教很大影响的。此后，苏轼也做过一些以动物为主角的寓言，如《螺蚌相语》《方轨八达之路》等，语言流利。拟人化的寓言又在明初一时兴盛，最著名的，自然是刘伯温所做的神乎其神的《郁离子》，里面的《噪虎》《老鳖笑鼋》《狙公饿死》《螇螰》等，皆是以动物说话为特色的。

其实，无论是着重于人事，还是以拟人化的万物为主角，只要以简短的结构容纳下一个有意义的故事，我们都是可以视之为寓言的。仍然归结到《庄子》，其《外物》篇有"筌者所以在鱼，得鱼而忘筌……言者所以在意，得意而忘言"的著名结论，其实"寄之他人"的故事、寄之拟人化的万物的故事，皆所谓"言"，通过故事的框架，它们是想表达另一种东西（无论是西方的"moral"——道德教训，还是东方的"道"），即所谓"意"，在这个方面，二者乃是统一的。

拉杂如此，实在是为了给这本中国寓言小品的赏读提供存在的理由。或者我的话本来都是多余的，因为只需要提供一个理由，就能令这些故事值得付梓。因为这些故事都是有趣的、有意的。

中国寓言之选本，多矣。如沈起炜之《先秦寓言选译》作为"中国古典文学作品选读"系列之一，曾经流行。杨宪益、戴乃迭夫妇的英译选本《中国古代寓言选》，选译俱佳。袁晖主编的《历代寓言》，卷帙浩繁，搜罗几尽。坊间以"中国古代寓言"为名的选本，则数不胜数。凡此诸书，编者皆有所观览，获益可谓良深，不免深谢。

　　人云，开卷有益。读者翻阅此书，若读到某段寓言，欣然有所领悟，自然是原著之功；若觉得是编者自己的胡乱言语，罪过自当编者一力承担也。

庄蝶庵

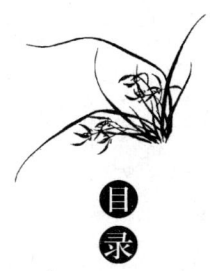

目录

卷一 讽喻之什

孟　子	墙间乞食	3
庄　子	斥鹦笑鹏	5
刘　安	子欲母死	7
颜之推	巴豆孝子	9
	博士买驴	11
僧伽斯那	伎儿著戏罗刹服共相惊怖喻	12
吴　均	鹅笼书生	14
侯　白	凿冰和面	17
	车翻豆覆	19
刘禹锡	昏镜词	21
朱敦儒	东方智士说	24
范正敏	对属亲切	27
岳　珂	售胝足之药	29
戴表元	蠡夸二氏	30
陶宗仪	寒号虫	33
宋　濂	子泓好洁	35

刘 基	良桐	38
	噪虎	40
王 锜	芝麻通鉴	42
耿定向	慕道学者	44
李 贽	燃烛而行	46
赵南星	三圣搬坏	48
浮白斋主人	惊潮	50
江盈科	妄心	52
	甘就寂寞	55
	悭术	57
佚 名	嘲出头被捉	59
李世熊	蚯蚓出洞	61
蒲松龄	雨钱	64
石成金	干净刀	67
	屎攮心窝	69
袁 枚	官癖	71
沈起凤	读书贻笑	73
纪 昀	爱堂先生言	76
	击汝一砖	79
方飞鸿	错死了人	81
吴趼人	瘇驰	83

卷二　哲理之什

墨 子	多言无益	87
列 子	歧路亡羊	89
孟 子	揠苗助长	91

尹　文	路人献雉	93
吕不韦	戎夷解衣	95
韩非子	画鬼最易	97
王　充	仕数不遇	99
苻　朗	郑人逃暑	101
刘义庆	焦湖庙柏枕	103
	支公好鹤	105
僧伽斯那	三重楼喻	107
佚　名	无头亦佳	109
戴　孚	麻阳村人	111
佚　名	顾楷	113
王　绩	无心子传	115
罗　隐	说天鸡	118
无能子	樊氏狂者	120
佚　名	杨真	123
欧阳修	卖油翁	125
苏　轼	螺蚌相语	127
	威无所施	129
萧德藻	吴五百	131
宋　濂	夜光宝珠	133
	郑人惜鱼	135
刘　基	唐蒙与薛荔	138
	不韦不智	140
王守仁	穷格竹子	142
王兆云	猴子下棋	144
刘元卿	兄弟争雁	146

醉月子	摇树取菱	148
蒲松龄	钱流	150
王　晫	松喻	152
袁　枚	卖蒜叟	154

卷三　治策之什

宓　子	阳昼赠言	159
列　子	华胥之梦	161
	朝三暮四	163
吕不韦	割肉相啖	165
韩非子	宋襄公义战	167
刘　向	一顾价十倍	169
应　劭	杯弓蛇影	171
杨衒之	生愚死智	173
侯　白	和尚吃蒸饼	176
柳宗元	临江之麋	178
宋　祁	雁奴三叫	180
文　莹	自来旧例	182
司马光	请君入瓮	184
苏　轼	里有蓄马者	186
王　谠	老妪与虎	187
周　密	何不钻弥远	189
刘　基	官舟	192
贝　琼	观捕鱼记	194
徐　渭	决湖为田	197
陆　灼	阉羊	198

赵南星	屁颂	200
冯梦龙	秋蝉	201
	蝙蝠推奸	202
徐 芳	鸬鹚捕鱼而饥	203
吴趼人	论蛆	205

卷四 励志之什

左丘明	人何日不化	209
墨 子	墨子悲染丝	211
列 子	偃师造人	213
	薛谭学讴	216
庄 子	解衣盘礴	218
吕不韦	孔子困于陈蔡	220
佚 名	《山海经》三段	223
韩 婴	楚丘先生	225
	贫贱骄人	227
司马迁	土禺木禺	229
刘 向	炳烛而学	231
孔 穿	四方之志	233
苟 朗	鳌与蚂蚁	235
韩 愈	应科目与时人书	237
柳宗元	谪龙说	240
洪 迈	董待制	242
崔敦礼	江蟹趋海	244
吕祖谦	楚人学舟	246
祝 穆	铁杵磨针	248

陈　高	钓者慕鱼 …………………………… 249
彭端淑	蜀鄙二僧 …………………………… 251
刘大櫆	铜锥钓鱼 …………………………… 253

卷五　寄情之什

孙　子	同舟共济 …………………………… 257
列　子	荣启期三乐 ………………………… 259
	杞人忧天 …………………………… 261
	华子病忘 …………………………… 264
	负暄献曝 …………………………… 267
陈仲子	中州之蜗 …………………………… 269
吕不韦	信树期木 …………………………… 271
韩非子	战胜故肥 …………………………… 273
	曾子杀彘 …………………………… 275
刘　向	雍门子周 …………………………… 277
范　泰	鸾鸟 ………………………………… 280
李延寿	千万买邻 …………………………… 283
道　世	猴子救月 …………………………… 284
柳宗元	蝂蛇 ………………………………… 286
李复言	薛伟 ………………………………… 289
苏　轼	方轨八达之路 ……………………… 292
	记先夫人不残鸟雀 ………………… 293
佚　名	古书换古器 ………………………… 295
刘　基	庄子之齐 …………………………… 297
	蝂蝂 ………………………………… 299
唐　甄	邻人之妇 …………………………… 301

卷一

讽喻之什

墦间乞食① 孟子②

齐人有一妻一妾而处室③者，其良人④出，则必餍⑤酒肉而后反⑥。其妻问所与饮食者，则尽富贵也。其妻告其妾曰："良人出，则必餍酒肉而后反；问其与饮食者，尽富贵也，而未尝有显者⑦来，吾将瞷⑧良人之所之也。"

蚤⑨起，施从⑩良人之所之，遍国中⑪无与立谈者。卒之东郭⑫墦⑬间，之祭者，乞其余；不足，又顾而之他。此其为餍足之道也。

其妻归，告其妾，曰："良人者，所仰望而终身也，今若此！"与其妾讪⑭其良人，而相泣于中庭⑮，而良人未之知也，施施⑯从外来，骄其妻妾。

《孟子·离娄下》

【注释】

①题目是编者所加。

②孟子（前372～前289）：名轲，字子舆（待考，一说字子车或子居），战国时期邹国人，中国古代著名思想家、教育家，战国时期儒家代表人物，与孔子合称为"孔孟"。

③处室：居家，过日子。

④良人：古代妇女对丈夫的称呼。

⑤餍（yàn）：饱。

⑥反：通"返"。

⑦显者：富贵之人。
⑧瞯（jiàn）：窥视。
⑨蚤：通"早"。
⑩施（yī）从：意为斜行，即从身后旁侧跟着。
⑪国中：都城中。
⑫郭：外城。
⑬墦（fán）：坟墓。
⑭讪：嘲笑、骂人。
⑮中庭：院子中间。
⑯施施：扬扬得意之貌。

【赏读】

这个故事甚为有名，以致于享尽"齐人之福"成了古代读书人的梦想。但如何能享尽"齐人之福"，或曰"君子爱财，如何取之"的道理，却甚少有人去琢磨。故此，许多人深陷"墦间乞食"之命运而不知。

何谓"墦间"？在《孟子》的故事中，指的是坟场。人家祭祀残余的祭品，齐人乞来餍足，却能骄其妻妾，自然为发现其秘密的妻妾所不齿。但推而广之，凡不经正道、降低人格、低三下四、为人奴仆而发家者，从事的其实皆是"墦间乞食"的勾当，为人所嘲笑。

但对于读书人，肩负改变世界之责任，为当世良心之所系，故此，需有相当之骨气，不可为一时之利欲所动。渐渐摧眉折腰，陷于"墦间乞食"的格局，却自以为是"成功人士"，最后却成了四不像。"士不可以不弘毅，任重而道远。"引了这话，有些像是迂腐之谈，识者自能谅之。

斥鷃笑鹏① 庄子②

穷发③之北,有冥海者,天池也。有鱼焉,其广数千里,未有知其修④者,其名为鲲。有鸟焉,其名为鹏,背若泰山,翼若垂天之云,抟扶摇⑤羊角⑥而上者九万里,绝⑦云气,负⑧青天,然后图⑨南,且适南冥也。

斥⑩鷃⑪笑之曰:"彼且奚适⑫也?我腾跃而上,不过数仞⑬而下,翱翔蓬蒿之间,此亦飞之至也,而彼且奚适也?"

《庄子·逍遥游》

【注释】

①题目是编者所加。
②庄子(前369~前286):姓庄,名周,战国时期伟大的思想家、哲学家、文学家,宋国蒙(今安徽蒙城,又说为河南商丘)人,道家学说的主要创始人之一,后世将他与老子并称为"老庄"。代表作品为《庄子》,想象瑰丽,文字逍遥,思想深刻,为中国古典文学的重要源头。
③穷发:不毛之地。
④修:长度。
⑤抟(tuán)扶摇:皆旋转之貌。
⑥羊角:形容旋风如羊角的模样。
⑦绝:超越。
⑧负:背负。
⑨图:前往。

⑩斥（chǐ）：通"尺"。
⑪鷃（yàn）：小雀。
⑫奚适：到哪里？
⑬仞：古代计量单位，一仞为周制八尺。

【赏读】

　　我在少年时代，读到《庄子·逍遥游》，欢喜得不得了。其想象之超凡脱俗、语言之汪洋恣肆，读一遍有一遍之欢喜，叹为古今文章之绝。与我有同样之感受者，怕不在少数吧。《逍遥游》起头这一段，譬如天外飞仙，真不知这等奇思妙想，从何而来。但若从纯文字的角度分析之，这段故事，只是用了相对概念，来呈现一个泯灭主客体区别的世界，即庄子所谓的"齐物"。因此，天池之鹏，固然广大无边；蓬蒿之鷃，不过芥末微躯。在同为生物，皆各得其生命的大欢喜、大欢畅而言，彼此皆自如自然，并无等级之分。这对我们的启发，其实可以很多。譬如世间权贵，人人艳羡，其实考虑到彼此皆为自然之生物，生老病死，皆不能逃过，富贵者有富贵者之烦恼，贫贱者有贫贱者之郁闷，何曾有彼高此低的区别呢？如果有此自信与豁达，人人皆自求其本体生命的飞扬，而不在乎周遭世人的态度与眼光，那么这世界，或许可以有更多平和与安静。

　　自然，这寓言还可以做另一个解读，即将之延伸到人类世界，则鷃鸟之精神境界，始终不脱其生活的小小安乐窝，毫无飘举远扬的打算，此乃大多数人的日常表现；而对于鹏鸟来说，则更愿意突破自我，追求更高妙的境界，类似的人，在人世却凤毛麟角。这二者之间，因其精神的平庸与飘举，是不可能互相谅解的，所谓高不可以语下，反之亦然。人之取向，为龙为虫，为鹏为鷃，最终还是人自己的选择；但做此选择，必有云泥之别，也就是必然的了。

子欲母死[①] 刘安[②]

东家母死,其子哭之不哀,西家子见之,归谓其母曰:"社[③]何爱[④]速死,吾必悲哭社!"

《淮南子·说山训》

【注释】

①题目是编者所加。

②刘安(前179~前122),汉高祖刘邦之孙,淮南厉王刘长之子。文帝十六年(前164),袭封淮南王。西汉知名的思想家、文学家,曾招宾客方士数千人编写了《淮南子》(又名《淮南鸿烈》《刘安子》)。此书是一部论文集,属于杂家著作。

③社:古时江淮之间对母亲的称呼。

④爱:吝惜,舍不得。

【赏读】

人们可以轻易地嘲笑这个寓言中西家子荒谬的逻辑,但是仔细反省,不觉得这种荒谬的逻辑常见于日常生活之中吗?这个逻辑的核心在于,预设一个完美的结果(此则寓言中以完美的丧礼表演为预设的结果),为了达到这个完美的结果,宁愿付出毁灭性的代价。但举应试教育为例,岂非大家皆预设通过这种教育,能够考上大学,然后能找到一个工作,有了工作,便可安身立命,从此人生幸福?首先这个预设的结果,本身的逻辑性便很成问题。比如,大学有可能考不上(毛入学率不可能百分之百),大学毕业也不一定能找到工作（毕业即失业现象如今甚为常见），有了工作不一定能安身立命（许多工作人们并不喜欢做），人生不一定幸福（影响人生幸福的因素极其庞杂，工作仅仅是因素之一，而且肯定不是最重要的因素）。但是，这些消极性的因素，并不在人们的考虑之中。总之，大家预设出来的就是一个完美的结果，为了实现这个完美的结果，可以牺牲孩子的一切，比如天赋、兴趣、道德、时间等，催促着孩子们以自虐的方式压抑自己以挤上有去无回的独木桥。可有多少人以为这也是很可笑的事情？

　　举凡先预设完美的结果，然后要人做出种种牺牲的一切制度和行为，必定都是遵循了这种荒谬的逻辑。所有禀赋理性的人对此必须时刻警惕，勿为花言巧语所骗，否则所失非浅，终将后悔不迭，而世上是本无后悔药可食的。

巴豆孝子① *颜之推②*

近有大贵,以孝著声③,前后居丧④,哀毁⑤逾制⑥,亦足以高于人矣。而尝⑦于苫块⑧之中,以巴豆⑨涂脸,遂使成疮,表哭泣之过。

《颜氏家训·名实》

【注释】

①题目是编者所加。

②颜之推(531～约595):字介,琅琊临沂(今山东临沂)人。中国古代文学家,生活年代在南北朝至隋朝期间。以《颜氏家训》著名。

③著声:有名。

④居丧:古代父母死,人需于家中守丧。

⑤哀毁:谓居亲丧期间悲伤异常而毁损其身。后常作居丧尽礼之辞。

⑥逾制:超过规定(一般指《礼记》)。

⑦尝:曾经。

⑧苫(shān)块:"寝苫枕块"的略称。睡在草荐上,头枕着土块,此为古时宗法所规定的居父母丧的礼节。苫,草荐。

⑨巴豆:植物名。有毒,去壳,炒焦,研膏,涂于肉则自腐化。

【赏读】

不仅有《巴豆孝子》,而且唐朝的张鷟还写过一个《东海孝子》

的寓言,讲的是"东海孝子郭纯丧母,每哭,则群鸟大集",大家都以为是纯孝动人,连上天也来助哀,于是朝廷迫不及待地给他立了牌坊,赐了匾额。后来大家才发现,原来这位老兄每次要放声大哭,便将一些碎饼、小米等物洒于地上,群鸟便来啄食。如此试验的次数多了,巴甫洛夫反应建立了,最后,只要他的哭声一响起,群鸟便自然而然地飞来。(见《朝野佥载》卷三)我们从这种超越一般性的道德表现的背后,可以看见作假的痕迹,所以,依例可以得出一个结论:过度的道德皆可能是伪善。这个结论我以为可以推广,但前提是大家要有独立判断之能力,否则不仅无法揭露伪善,倒很有可能丧失对人之慈悲力量的信心。如今,人们很难建立彼此之间的信任,所以,"过度的道德皆可能是伪善"这个道理大家似乎都能掌握了,但由于人们缺乏独立判断能力,一俟相关事件发生,立刻条件反射似的质疑行善者是在"作秀"。

行文至此,忽然想到,《儒林外史》描述范进中举之后,老母不幸逝世。一日,有人请其吃饭,饭桌上上了大量荤菜,此人突然想到范进还在守孝期,于是战战兢兢,直到范进将一个大虾丸安安稳稳地放进嘴里,才总算安下心来。原来,期望孝子有超越常人的道德表现和行为克制,在古代乃是社会心理,正是这种社会心理催生了众多造假的"纯孝"之人。还有更极端的例子,郭巨为了表示自己的孝顺,甚至将自己的儿子埋掉,以节约财力奉养母亲。道德彻底转向了它的反面。

假若大家不想当然地设立"非人"般的道德期许,尊重人的自然表达,又怎么可能会有这种过度道德行为的发生呢?

博士买驴① <small>颜之推</small>

博士②买驴,书券③三纸,未有驴字。

《颜氏家训·勉学》

【注释】

①题目是编者所加。
②博士:官名,掌管古今史事典籍,后用以通称知识渊博的人。
③券:契据。古代买卖双方以券为凭,分两半,各执其一。

【赏读】

据桓谭《新论》,汉代时候的秦延君,解释《尚书·尧典》这篇的题目,约花去十余万言;而解释"曰若稽古"(《尚书·尧典》的开头一句话),则花去约三万言。可见学风之浮华,并非今日才有的现象。但古来形容学风浮华,提的起来的典故也就这两条吧;而今日学风之浮华,现象甚多,胜过古人。譬如今日学术著作之繁复,求其可传后世者,不知能几?此无别的原因,不过是评职称逼迫的。譬如今日期刊、论文之车载斗量,甚至论版面而贩卖,生意甚好,也是学术评价体系逼迫的。再譬如今日研究,学者不堪忍受坐冷板凳,总是急于求成,于是东拼西凑,因而涉嫌作弊的,比比皆是。又譬如学术文章之中,字句不通者,比比皆是,却一味寻那西化的拗口名词,堆砌如鳌山,只不过是唬人,因为看不懂,人也就被唬住。《日知录》攻击"今人著作则以多为富",以为"多则必不能工";而今日中国学术论文"产量"据云已经世界第一了,但为世界所推崇的学者,则凤毛麟角。

伎儿著戏罗刹服共相惊怖喻　僧伽斯那①

昔乾陀卫国②有诸伎儿③，因时饥俭④，逐食⑤他土。经婆罗新山。而此山中，素饶⑥恶鬼、食人罗刹。

时诸伎儿会宿山中，山中风寒，然火而卧。

伎人之中有患寒⑦者，著彼戏衣罗刹之服，向火而座⑧。

时行伴之中从睡寤⑨者，卒⑩见火边有一罗刹，竟不谛观⑪，舍之而走。遂相惊动，一切伴侣悉皆逃奔。

时彼伴中著罗刹衣者，亦复寻逐⑫，奔驰绝走。

诸同行者见其在后，谓欲加害，倍增惶怖，越度山河，投赴沟壑，身体伤破，疲极委顿⑬，乃至天明，方知非鬼。

《百喻经》⑭

【注释】

①僧伽斯那：中文译者求那毗地，中印度人，是僧伽斯那的弟子。

②乾陀卫国：又译作犍陀罗国，今巴基斯坦白沙瓦一带。

③伎（jì）儿：古代以歌舞杂耍魔术等技艺为生的人，中国名为"走江湖的"。

④饥俭：遭遇灾荒。

⑤逐食：在外谋生。

⑥素：一直。饶：多。

⑦寒：低烧。

⑧座：同"坐"。

⑨寤：醒。

⑩卒：同"猝"，突然的意思。

⑪谛观：仔细看。

⑫寻逐：在后面追。

⑬疲极委顿：极度疲劳。

⑭《百喻经》：旧题《百句譬喻经》，四卷（或作五卷），是用寓言以申教诫的一部著作。此书为五世纪印度僧伽斯那所集。

【赏读】

这则寓言讲的是谣言如何产生的：源自误解（有逼真的感受），携带恐怖因子，转相传染，形成心理压迫，人人畏惧，最后真相大白，所有人皆感觉挫败，且有可能"身体伤破，疲极委顿"，产生一定的消极后果。在今日的世界，大家都感觉谣言之不可测。玛雅世界末日快到之时，"春江水暖鸭先知"的人们挖了地洞的都有，写作救生经验发大财的也有，囤蜡烛者也有，法国政府还被迫关闭了一个小镇，以避免疯狂的人们涌入这个传说中末日时唯一安全的所在。后来皆证明子虚乌有。但这些谣言之产生，其实也是人们对世界发展危机的一种预警情绪的发泄。

所以，对待谣言，我以为应有三种态度：其一，学习王充"疾虚妄"之精神，以理性之态度应对谣言，对自我判断要有足够的自信；其二，谣言不攻自破后，发扬钻研精神，琢磨谣言产生之背景，努力从民众的消极态度中去寻觅解决社会问题的渠道；其三，要发扬"娱乐至死"的现代理念，对谣言产生后的混乱状况保持幽默与冷嘲，其实，谣言打破了人生的平庸状态，使人之情感、认知都发生变化，乃是现代人不时需要的，我们保持一个观戏者的姿态，岂不是很好玩的事情？但这三种态度是缺一不可的，否则谣言很容易变成悲剧。

鹅笼书生① 吴均②

阳羡③许彦，于绥安山行，遇一书生，年十七八，卧路侧，云脚痛，求寄鹅笼中。彦以为戏言，书生便入笼，笼亦不更广，书生亦不更小，宛然与双鹅并坐，鹅亦不惊。彦负笼而去，都不觉重。前行息树下，书生乃出笼，谓彦曰："欲为君薄设④。"彦曰："善。"乃口中吐出一铜奁子⑤，奁子中具诸肴馔，珍馐方丈⑥。其器皿皆铜物，气味香旨⑦，世所罕见。酒数行，谓彦曰："向将⑧一妇人自随，今欲暂邀之。"彦曰："善。"又于口中吐一女子，年可十五六，衣服绮丽，容貌殊绝⑨，共坐宴。俄而书生醉卧，此女谓彦曰："虽与书生结妻，而实怀怨，向亦窃得一男子同行，书生既眠，暂唤之，君幸勿言。"彦曰："善。"女子于口中吐出一男子，年可二十三四，亦颖悟⑩可爱，乃与彦叙寒温⑪。书生卧欲觉，女子口吐一锦行障⑫，遮书生，书生乃留女子共卧。男子谓彦曰："此女子虽有心，情亦不甚，向复窃得一女人同行，今欲暂见之，愿君勿泄。"彦曰："善。"男子又于口中吐一妇人，年可二十许，共酌，戏谈甚久，闻书生动声，男子曰："二人眠已觉。"因取所吐女人，还纳口中。须臾，书生处女乃出，谓彦曰："书生欲起。"乃吞向男子，独对彦坐。然后书生起，谓彦曰："暂眠遂久，君独坐，当悒悒⑬耶？日又晚，当与君别。"遂吞其女子，诸器皿悉纳口中……

《续齐谐记》

【注释】

①题目是编者所加。

②吴均（469~520）：又名吴筠，字叔庠，吴兴故鄣（今浙江安吉）人。南朝梁时期的史学家、文学家。诗文清新，称为"吴均体"。著有《齐春秋》三十卷、注释范晔《后汉书》九十卷等，另有《吴均集》二十卷，惜皆已亡佚。明人辑有《吴朝清集》。

③阳羡：县名，建制历史甚久，今为江苏宜兴。

④薄设：稍微准备点食物，乃谦辞耳。

⑤奁（lián）子：女子梳妆用的镜匣，泛指精巧的小匣子。

⑥方丈：一丈见方的地方。

⑦旨：香。

⑧将：携带。

⑨殊绝：极其漂亮。

⑩颖悟：聪明俊俏。

⑪叙寒温：问寒问暖，借指打招呼。

⑫锦行障：亦称"行鄣"，可以移动的屏风，古代贵族出游时用，类似伞盖，四周垂下障幅，障幅之制，在贵族大抵为锦绣。

⑬悒悒：郁闷不乐。

【赏读】

许彦不知何人，独能见此春光旖旎，却不知其心思如何，不仅读者们甚为着急，连醒来的书生也大加慰问："君独坐，当悒悒耶？"明是关心，其实炫耀自己有美人陪着歇息，许彦则孤家寡人也。但这位书生虽然自以为美人在拥，不知道这美人竟也琵琶别抱，美人所抱的俊俏男子，亦有其私心所爱的少妇。此循环，甚似俄罗斯套娃"玛特罗什卡",也类似中国套盒,大盒子里套小盒子,在小说结构上予许多小说家启发,譬如著名的略萨就写有文学随笔集《中国套盒》。其循环的形式,自成为一个圆,是非常漂亮的。

自然,这是寓言,所隐喻的,不过是所谓的"占有"欲望的短暂性和虚幻性。人的"占有"心态,反映的是一种狭隘的利益观,当事物为我占有,便容不得他人染指。其实这种专断,往往只在表面奏效,因为对任何事物的控制,也只能是控制表面,而无法触及灵魂。尤其当"占有"的对象是人的时候,这种"占有"的理念越发显得落后,因为它是人身依附关系发达时代的残留,乃是糟粕,亟待弃除。但今日的世道里,父母自以为"占有"孩子,予以种种的规划,添上"爱"的美名,指望其成龙成凤,其实只是自己虚幻的欲望罢了;若在夫妻,亦自以为彼此"占有",其实是同床异梦。这本是难免的,但大家都不愿意戳破真相,又不愿意宽容对待他人真实欲望的表现,对那些放弃"占有"欲者,则大抵施以嘲笑,同时又自己恐惧孩子的叛逆或爱人的出轨,如此患得患失,焉能有快乐可言?在这寓言中,许彦自然只是一个观者,但我以为,他承诺所有偷情者,都不告密,并欣然与戏中所有的人物相酬而戏谈,见出其难得的宽容。这正是人生正确的姿态也。

凿冰和面① 侯白②

隋初有同州③人负④麦饭⑤入京粜⑥之。至渭水上，时冰正合。欲食麦饭，须得水和，乃穿冰作孔取水，而谓冰可就中⑦和饭，倾饭于孔中，倾之总尽，随倾即散，人但知叹惜，竟不知所以⑧。良久，水清，照见其影，因叫曰："偷我麦饭者只是此人。此贼犹不知足，故自仰面看我。"遂向水打之，水浊不见，因大嗔⑨而去，云："此贼始⑩见在此，即向何处？"至岸，见有砂，将⑪去便归。

敦煌卷子本《启颜录》

【注释】

①题目是编者所加。

②侯白：生卒年不详，字君素，隋代魏郡临漳（今属河北）人。著有《旌异记》《启颜录》，皆佚。

③同州：西魏废帝三年（554）置，治武乡县（今陕西大荔县）。

④负：携带、挑担。

⑤麦饭：麦粉炒熟，可和水食，至今流行于陕西等地。

⑥粜（tiào）：卖。

⑦就中：在其中。

⑧所以：缘由，原因。

⑨嗔（chēn）：发怒。

⑩始：刚才。

⑪将：拿走。

【赏读】

  这则寓言自然可以当作笑话看，它譬喻了迷失于世界之表象的人们，在一根筋的思维模式带动之下，可以表演出何等荒谬的戏剧。但这荒谬本身，却呈现出无与伦比的想象力，是对日常经验的极大颠覆。凿冰和面，任麦饭流进冰底，做鱼类之食，人与自然，何其亲近。见影而打，水浊不见，也只是抱怨贼人偷走，并不执着追究，何其宽容。麦饭丢失，见路边有砂石，便自将去，忘记财物丢失之惨痛，重新寻找生活之支撑，又何其洒脱。凡此种种表现，皆足以为浮躁的现代人树一面镜子：人生其实可以何等从容。

车翻豆覆① 侯白

隋时有一痴人,车载乌豆②入京粜之。至灞头,车翻,复③豆于水,便弃而归,或④唤家人入水取。去后,灞店上人竞取将去,无复遗余。比回⑤,唯有蝌蚪虫数千,相随游泳。其人谓仍是本豆,欲入水取之。蝌蚪知人欲至,一时惊散。怪叹良久,曰:"乌豆,从⑥你不识我,而背我走去;可畏⑦我不识你,而一时着尾子⑧?"

敦煌卷子本《启颜录》

【注释】

①题目是编者所加。
②乌豆:即赤豆、红豆。
③复:通"覆",打翻。
④或:他人。
⑤比回:等到此人回来。
⑥从:通"纵",纵使。
⑦可畏:难道说。
⑧着尾子:长尾巴。

【赏读】

这是一个启人笑颜的故事,但笑毕思之,世上只因形似便认为真理者,比比皆是,何必五十步笑百步呢?

尤其在今日之世界,信息技术过于发达,反使人类接受知识,越来越趋向于虚拟化，完全失去真实之体认。即以蝌蚪而言，对于城市生活的人们来说，从理论上是知道蝌蚪乃是蟾蜍或青蛙的幼子，因为有著名的"小蝌蚪找妈妈"的故事，但城市的人们，又何尝亲见过蝌蚪的模样呢？他们单是知道蝌蚪是一种固定样子、大头小尾巴的东西罢了。若将一片发芽的赤豆排列成画，镶嵌在画纸上，命名说，此乃蝌蚪，有多少人会去怀疑呢？

"只要像那么回事，就一定是的。"此定律已经成为流行于世界的小报畅销的不二秘诀，于是捏造出许多真假莫辨的小道消息，充分满足了大众的窥视欲望。这也是信息过剩时代里，把形似看作真理的一种集体无意识罢了。

有人或者反对，以为当知识发展至今日，直接知识的获取，价值越来越不大；间接知识的获取，才是真正重要的。但鄙人始终以为，身而为人，乃是血肉之躯，与世间千万动植，原自亲密，只有多与世界真实物质接触、体认、欣赏，才能使吾辈对生命的价值有更高的体悟，人生也才能更真实纯粹。万物乃是镜子，人借助这面镜子，才能发现自身。

所以，只有真正见过蝌蚪的人，才永远不会把赤豆当作蝌蚪——这个道理其实可以延伸而至任何事物。

昏镜词 刘禹锡①

镜之工②,列十镜于贾区③。发奁④而视,其一皎如⑤,其九雾如⑥。或⑦曰:"良苦⑧之不侔⑨甚矣!"工解颐⑩谢⑪曰:"非不能尽良也。盖贾之急,唯售是念⑫。今来市者,必历鉴周睐⑬,求与己宜。彼皎者,不能隐芒杪⑭之瑕,非美容不合。是用什一其数也。"予感之,作《昏镜词》:"昏镜非美金,漠然丧其晶。陋容多自欺,谓若他镜明。瑕疵既不见,妍态随意生。一日四五照,自言美倾城;饰带以纹绣,装匣以琼瑛。秦宫⑮岂不重⑯,非适乃为轻⑰。"

《刘梦得文集》

【注释】

①刘禹锡(772~842):字梦得,唐朝彭城(今江苏徐州)人,文学家、哲学家,是王叔文政治改革集团的一员。唐代中晚期著名诗人,有"诗豪"之称。

②工:工匠。

③贾区:市场。

④奁:箱子。

⑤皎如:明亮貌。

⑥雾如:昏暗貌。

⑦或:他人。

⑧良苦:指镜子的精良与粗陋。

⑨侔：等同。
⑩解颐：笑。
⑪谢：答。
⑫念：考虑。
⑬历鉴周睐：到处看。鉴，照镜子；睐，看。
⑭芒杪（miǎo）：指微小。
⑮秦宫：指咸阳宫。
⑯重：繁华富丽。
⑰非适乃为轻：秦宫过于繁华，不符合治国之道，结果亡国，为世人轻笑。

【赏读】

　　我上大学时曾碰到过一个少年，极爱修饰，随身喜带一小镜子，闲时则拿出来照照倩影。我们男生那时一般都是一辈粗人，以为这些行为有些怪异，多是嘲笑他的。我暗自还给他起了一个绰号，叫"纳卡索斯"，对照的是古希腊著名的临水照影的美少年。不料，他却很受女生的欢迎。后来，韩国的偶像剧盛行起来，便有"美少年"的流行，我才知道，原来此君是得风气之先。从这亲身所见的人事，可以发现，人类本有自恋的天性，不分男女。自恋之情，发展下去，自然就是虚荣了。

　　在这故事中的镜工，就是颇能掌握人的虚荣心理的买卖人也。他以昏暗的镜子，投合大部分人对面容的虚幻想象，以此吸引他人的购买。其实，镜子之昏暗与否，照出来只是给自己看的，若在旁人，其人之美丑还是一目了然的，只是世人大抵是不会去戳破他人的梦幻的，否则难免遭人痛骂，以为多管闲事云云。

　　人之虚荣，自然不仅局限于对身体的态度，其实也是迁移到许多方面的。这在古人，也有其他的故事可以谈一谈。譬如，沈括在

《梦溪笔谈》卷二十三中提到了一个很有趣的故事，讲的是一个人至苏州游玩，此人玩得甚是高兴，不免挥毫泼墨，要留下"到此一游"的证据（原来这是自古即有的陋习），因为乃是退休某宰相的一个远房亲戚，此人便这么写："大丞相再从侄某尝游。"所谓"再从侄"，指的是同曾祖的兄弟之子，可见关系之疏，此人却欣然以为得意。不料被当地一个士人李璋撞见，李璋素来喜欢嘲弄人，遂在其人题字旁边写下"混元皇帝三十七代孙李璋继至"的字样，混元皇帝在道教中指代的是老子，这关系自然就更其缥缈无踪了，却很好地讽刺了那位"再从侄"的虚荣之心。

古已有之，于今为烈。这个道理在很多事情上都已经得到验证。在虚荣心的古今比较上，也是一般无二的。举个例子，单讲当下世人的婚嫁观，便虚荣到"穷斯滥矣"的程度，前些时候有人以"宁愿在宝马里哭，也不愿在自行车后面笑"的言论一鸣惊人，便将婚嫁观的虚荣程度表露无遗。故此，今日之谈婚论嫁，大抵是在满足一方的虚荣心（恐怕主要还是女方的虚荣心，据说男方要满足女方的虚荣心，是因为女性历来受歧视，这也算是对女性弱势地位的弥补，但这种婚嫁观的流行最终将男性变作了劣势与被歧视的一方——这在今日的世界是另一个荒谬的奇观也），故要房要车要钞票，于是高富帅人人艳羡，矮矬穷也就死心塌地绝望了。至于古典的标准——爱情——在这虚荣心的扩张中渐渐没了影子。

人其实都是有些虚荣心的，譬如鄙人就老做些梦，梦中事业有成人人佩服，醒来却只有继续啃书本，继续做那穷教书匠的勾当，所以也就只能接受现实。我以为，与其自我欺骗，倒不如做一个尊重现实的人，或许会有更多的幸福感，因为虚荣最终带来的，只是破灭感；而尊重现实的人，却能从当下找到足够的力量和生活的乐趣也。

东方智士说 朱敦儒①

　　东方有人自号智士,才多而心狂,凡古昔圣贤与当世公卿长者,皆摘其短阙②而非笑之。然地寒③力薄,终岁不免饥冻。里有富人建第宅,甲其国中。车马奴婢、钟鼓帷帐惟备。一旦,富人召智士语之曰:"吾将远游,今以居第贷④子。凡室中金宝资生⑤之具无乏,皆听子用,不计。期年⑥还,则归我。"富人登车而出,智人杖策而入。奴仆妓妾罗拜堂下,各效其所典簿籍以听命,号智士曰"假公"。智士因遍观居第,富实伟丽过王者,喜甚。忽更衣东走圊⑦,仰视其舍卑狭,俯阅其基湫隘⑧,心郁然不乐。召纪纲仆⑨让⑩之曰:"此第高广而圊围⑪不称。"仆曰:"惟假公教。"智士因令彻旧营新,狭者广之,卑者增之,曰如此以当寒暑,如此以蔽风雨,既藻其梲,又丹其楹⑫,至于聚筹积灰⑬,扇蝇攘蛆,皆有法度。事或未当,朝营夕改,必善必奇。智士躬执斤帚与役夫杂作,手足疮茧,头蓬面垢,昼夜废眠食,忉忉⑭焉惟恐圊之未美也。不觉阅岁,成未落也。忽阍者⑮奔告曰:"阿郎至矣。"智士仓皇弃帚而趋迎富人于堂下。富人劳⑯之曰:"子居吾第乐乎?"智士恍然自失曰:"自君之出,吾惟圊是务,初不知堂中之温密,别馆之虚凉。北榭之风,南楼之月,西园花竹之胜,吾未尝经目。后房歌舞之妙,吾未尝举觞。虫网琴瑟,尘栖钟鼎⑰,不知岁月之及子复归而吾当去也。"富人揖而出之。智士还于故庐,且悲且叹,悒悒而死。

市南宜僚⑱闻而笑之，以告北山愚公。愚公曰："子奚笑哉？世之治圊者多矣。子奚笑哉。"

《宾退录》卷六引

【注释】

①朱敦儒（1081～1159）：河南（今洛阳）人，字希真，号岩壑，又称伊水老人、洛川先生、少室山人。他是宋代著名词人，有词三卷，名《樵歌》，有"词俊"之名。

②短阙：短处。

③地寒：门第清寒。

④贷：借。

⑤资生：维持生活。

⑥期年：满一年。

⑦圊（qīng）：厕所。

⑧湫（jiǎo）隘：低洼狭窄。

⑨纪纲仆：管家。

⑩让：责备。

⑪围：尺寸。

⑫藻：装饰。棁（zhuō）：梁上的短柱。丹：涂红。楹（yíng）：厅堂的前柱。

⑬聚筹积灰：垃圾收纳、煤灰布置（煤灰可用于洒在屎溺之上以去味）。筹，古人投矢进壶的游戏，此处引申为投掷抛弃之物。

⑭忉（dāo）忉：忧愁的样子。

⑮阍（hūn）者：守门人。

⑯劳：慰问。

⑰虫网琴瑟，尘栖钟鼎：琴瑟钟鼎上布满灰尘与蛛网。

⑱宜僚：人名。

【赏读】

我读这则寓言,想到近日听到的一个故事,遂有深深的感叹。虽然,厕所并非不重要,只是如果终日忙于整理厕所,人生要务恐怕就都忘记了。人生要务何在?只不过是去尽情享受人生罢了,当然,我以为的这种享受并非仅仅是消费主义——房子之越大越好,车子之越贵越好,情人越年轻越漂亮越多越好,这些只是对欲望的消费;真正的享受乃是对生命美好的努力发掘,比如痛快单纯的爱恋、知识的摄取、艺术的观赏、身体的放逐与逍遥、情感的平等交流等等。后者其实对提升生命的价值更有意义,只是世界日渐浮躁,大家都安不下心来了。

人生享受,不当逐末。当我想到这八个字时,窗外小山坡的树间,一只黑白相间的大鸟倏然飞过,袅袅婷婷,何等自然美丽。它岂非在享受其自然的生命?为什么人号为万物之灵,却迫不及待地自己将自己关进笼子里去?

对属亲切① 范正敏②

李廷彦献《百韵诗》于上官,其间有句:"舍弟江南殁,家兄塞北亡。"上官恻然③伤之曰:"不意君家凶祸,重并④如是。"廷彦遽起自解曰:"实无此事,图对偶亲切⑤耳。"

《遁斋闲览》

【注释】

①题目是编者所加。

②范正敏:生卒年不详,号遁斋,亦不详其籍贯,北宋末曾任福州长溪县令。

③恻然:悲伤怜悯之貌。

④重并:同时发生。

⑤亲切:贴切。

【赏读】

冯梦龙《古今谭概·苦海部》引此故事,在后面加了一段——一客谑云:"何不言'爱妾眠僧舍,娇妻宿道房'?犹得保全兄弟。"使这故事的讽刺性大大提高。语云:太阳底下无新事。如此便可理解,为什么高考作文会大量出现父亲车祸、母亲病故之类套话。其以卑劣之姿态,力图博考官几点廉价的眼泪,换得一点分数的提高。因为社会之上,似乎通行如此,那些高风亮节感天动地的故事,往往真假难辨,充分体现"艺术的逼真性",说出真相的人,往往还要冒被人白眼甚至更惨结果的险。为了一点门面的功夫,大家便都来说假话，假话说得频繁了，大家也就当它是真的了，于是你好我好大家好，亲切极了。

鄙人一个朋友亦在高校工作，讲了一个笑话。说的是一个学生多次请假，开头几次老师都同意了，后来老师感觉不对劲，将其请假条全部找出来比对，发现他每次请假条上写的请假原因都是"奶奶病危"，于是赶忙打电话给其家长，家长答曰："奶奶好好的呢。"遂揭穿了此事。不料找这学生来谈心时，他还很委屈，说："从初中以来就这么请假的，以为都管用。"

若这位同学与李廷彦并排，恐怕也算是对偶亲切吧。

售胝足之药① 岳珂②

昔人有以胝③足之药售于市者,辄揭扁④于门曰:"供御。"或笑其不根⑤,闻于上,召而罪之,既而宥其愚。及出,乃复增四字曰:"曾经宣唤。"

《桯史》

【注释】

①题目是编者所加。

②岳珂(1183~约1242):南宋文学家。字肃之,号亦斋,晚号倦翁。相州汤阴(今河南安阳)人,寓居嘉兴(今属浙江),岳飞之孙,岳霖之子。岳珂著述甚富,结集为《金陀粹编》,又著有《桯史》《玉楮集》等,同时也是刻书家,有《刊正九经三传沿革例》极其著名。

③胝(zhī):手掌或脚板上的老茧。

④扁:通"匾"。

⑤不根:没有依据。

【赏读】

若以今日的眼光来看,这位药贩子倒颇有经商眼光,因为他知道,"特供"是一个重要的卖点。东晋常璩《华阳国志·巴志》记载,武王克殷之后,分封姬姓人于巴国,巴王乃以丹、漆、茶、蜜上供。后代宫廷,皆有相应的特供产品,大抵都是四方的特产。而现在这种特供的物品依然盛行,诸如特供烟、特供食品等。今日已是21世纪,特供这种荒谬的思想与行为却依然盛行,实在不应该。

豢夸二氏 戴表元①

古有豢氏之国，其俗喜搏②。有一人最善搏，力既盖一国矣，于其奋逆、批控、邀遏之术③，特殚④其巧焉。他善搏虽趌⑤健如堵墙，跃其前，肘交而仆，由是人心服之，尽国中无与为搏者，然谋折之挫之百方。乃相率奉之，为燕游、醴食⑥、声乐以怠其体。其人亦以为吾搏已绝，浸淫⑦欲兼他技，纵而及于戏弄博弈⑧之事。众奉之者外与之游，而实搏之不如也，心索⑨而习之。久之搏成，度其人已不复可畏。

一少年众恚曰："吾属所为奉子者，以子能搏耳。吾今与子搏。"

明日，搏于市，其人振腕翔踵⑩而赴之，气喘然索⑪矣。故今言技之不终者，以豢氏为戒。

夸氏之国，有好德之士，亦犹是也。夸氏之国之士叩之其策，靡不知；投之其艺，靡不习；自炎黄以前，茫昧无名之初，沿而及于其身之所历，其间废置、盛衰、然否之迹，靡不通其故；自儒者之所当务以至九流百家六合⑫之外，奇诡恍惚之说，靡不能举其概⑬，亦可谓辨博不常⑭之士矣。去之而一邑，一邑敬之；去之而一州，一州异之；去之而天下，天下之士愧之，曰："吾见此人，殆虚为士也。"相与北游而事之，愿为弟子。

出则安车，居则函丈⑮，群弟子往来听其说，而先生坐授之。……先生处之洋洋然，其道有授而无受也，其能有出而无入也。心窃自幸:"吾既为天下师,何能劳苦复事学欤?"然后惟游乐图⑯,毕其齿⑰耳。

如是又几年,群弟子时造先生之居而究焉,先生应之不逾其初,稍稍厌而去之。益老益昏,师道益衰,学者益离,无所得食而归其国,其国之人不为礼。今人言为师者,又相戒毋若夸氏子然也。

《剡源集》

【注释】

①戴表元(1244~1310):宋末元初文学家,被称为"东南文章大家"。字帅初,一字曾伯,号剡源,庆元奉化剡源榆林(今属浙江宁波奉化)人,著有《剡源集》三十卷。

②搏:武术、搏击。

③奋逆:奋力迎击。批:手击。控:打。邀:拦截。遏:阻挡。

④殚:尽。

⑤趫(qiáo):行动轻捷。

⑥燕:通"宴"。醴:甜酒。

⑦浸淫:慢慢地。

⑧戏、弄:在古代百戏乐舞中指扮演角色或表演节目。博:古代的一种棋戏,后泛指赌财物。弈:围棋。

⑨心索:留心钻研。

⑩翔踵:高抬脚跟。

⑪索:尽。

⑫六合:上下四方,即指宇宙。

⑬概:要义。

⑭不常：非常，伟大。

⑮安车：古代可以坐乘的小车，古车立乘，此为坐乘，故称安车，供年老的高级官员及贵妇人乘用；函丈：讲席，席间容丈，故称函丈。

⑯图：考虑。

⑰毕其齿：终其一生。齿，年岁。

【赏读】

虽然，文武之道，取径不一。但这则寓言，我以为讽刺的乃是一种普遍的现象，且尤其常见于今日的学术界。今日学术界环境之险恶，陷阱之丰富，欲望之弥漫，皆古来所不见。只因学术界目前许多的所谓"专家"，大抵都要历经豢氏之国的善搏者、夸氏之国的好德之士一般的堕落过程。其先，学术上必须有一定的建树，经营好自己的学术地位；待此地位稳固之后，便要项目有项目，要经费有经费，要人力有人力（君不见现在的导师都号为老板了吗？手下学徒都做了低等打工仔），倘若人再机灵些，能广交些权贵，则很有机会被垂青，做了权贵们的发言人，于是，便发明出背离常识出离理性的一系列怪论；有钱有学术权再得到权贵庇护，便自然飘然尘上，纵任欲望泛滥，花天酒地，淘空身子，尚以为是享受人生；倘若有不识相的百姓或学术界的无名之辈胆敢出言挑衅，这些被宠惯了的学术大佬们便以为诧异，以为嫉妒，以为恶意抢班夺权，乃愤愤然反唇相讥，或悻悻然躲在自家小楼，总之是无任何的自省，只有无穷的自恋罢了，只怕到死，他们都醉心于井底至乐，哪里知道在学术的世界里，尚有宏阔的海洋？

寒号虫 陶宗仪①

五台山有鸟,名寒号虫②。四足,有肉翅,不能飞,其粪即五灵脂③。当盛暑时,文采绚烂④,乃自鸣曰:"凤凰不如我!"比至深冬严寒之际,毛羽脱落,索然⑤如鷇雏⑥,遂自鸣曰:"得过且过!"

《南村辍耕录》

【注释】

①陶宗仪:生卒年不详,字九成,号南村,浙江黄岩人。中国历史上著名的史学家、文学家,重要著作有《南村辍耕录》《书史会要》,编纂《说郛》一百卷,此外还编著有《南村诗集》《古刻丛钞》等。

②寒号虫:又名橙足鼯鼠。

③五灵脂:中药名,橙足鼯鼠的粪便。

④绚烂:各种颜色交汇极其灿烂。

⑤索然:憔悴之貌。

⑥鷇(kòu)雏:待母哺食的小鸟。

【赏读】

这则寓言很快唤醒了我的童年记忆。我是在20世纪80年代上的小学,当时的语文课本上,就有一篇文章,讲的是寒号鸟得过且过的故事;还有一幅插图,画的是一只光秃秃的类似乌鸦的小鸟,独立于枯败的枝头。其时家中贫寒,而学那文章的时候,恰逢深冬,于是，单衣着身，自己一边哆嗦着，轻轻跺着脚，一边大声读那课文。本来这寒号鸟是该被嘲笑的，但我至今仍然记得，读那篇课文时，我并没有感觉可笑，相反是深深的同情，大概是同感冬日苦寒、日子难过的缘故吧。

如从一般的意义上讲，人当富贵时，不必炫耀，因为保持富贵，才是最重要的；否则一旦家道败落，比本来就贫穷的人，格外难以忍受这境界突然的堕落。这种谨慎的生活观，在中国人的思想中，乃是根深蒂固的，所以富二代、官二代之炫耀，格外招人嫉恨云云。但我自己常常觉得，倘若人人都如此谨慎，生活是否会更平庸？人生有大起大落，不是才能构成生命的丰富性吗？

所以，对于如寒号虫那样富贵时招摇过市的人们，我以为但当戏剧去看，除非这戏剧过分，触犯了法律，否则无人有权去攻击；等到其穷困无聊，我们亦不必落井下石冷嘲热讽，却需多一些宽容。道理很简单，人生本来即是一个大戏场，别人之兴衰沉浮，在你看来，不过是与己无关的戏剧罢了，你若太过入戏，忍不住跳将出来，去搅别人的戏局，岂非太不识相的看客？更何况，在别人眼中，你的种种作为，也不过是一场戏剧罢了，何必每天做出义愤填膺痛心疾首之貌，为他人所嘲笑呢？

子泓好洁 宋濂①

蔡人有列宗②子泓，性好洁。恶人口，过人与语，遥答之，且答且唾。人进寸则退尺以避。沐浴必十更汤③，收湿不以巾，溯风④干之。掘坎为匽⑤，而轩⑥其上，下疏河水，随恩⑦随流。欲行人道⑧，汲井泉前后濯，大雪不废，妻因病寒死。然好嗅女妇足纨⑨。足纨若行縢⑩，缠三周而覆，涌泉善垢⑪，或解之，其臭逆鼻，人不哕⑫即吐。子泓独乐之，骄人曰："是何郁金之腴⑬也，婆律⑭之润也，椒兰之郁⑮也！"置诸袖中，饭不甘，嗅之；神度弗爽⑯，嗅之；怒不舒、懑不释也，又从而嗅之。濒死而召其子曰："吾死矣，粢盛芗合⑰不尔求⑱也；嘉荐普淖⑲弗汝觊⑳也，能时致足纨于柩前，孝莫大焉。"蔡大夫闻而笑之。

君子曰：古语有之，"大洁者必有大污"，其子泓之谓乎。

《宋濂全集·潜溪后集卷二·燕书》

【注释】

①宋濂（1310~1381）：字景濂，号潜溪，别号玄真子、玄真道士、玄真遁叟，浦江（今浙江金华）人，元末明初文学家，明初重要大臣，曾被明太祖朱元璋誉为"开国文臣之首"。宋濂与高启、刘基并称为"明初诗文三大家"。著有《宋学士文集》。

②列宗：同宗族的后代。

③汤：热水。

④溯（sù）风：迎风。

⑤ 匽：阴沟。
⑥ 轩：建小屋（厕所）。
⑦ 慁（hùn）：同"溷"，指粪便。
⑧ 人道：性生活。
⑨ 足纨（wán）：裹脚布。
⑩ 行縢（téng）：绑腿布。
⑪ 涌泉：涌泉穴，指脚心。善垢：容易脏。
⑫ 哕（yuě）：呕吐。
⑬ 腗：香味浓郁。
⑭ 婆律：冰片。
⑮ 郁：浓烈的香气。
⑯ 神度弗爽：心神不快。
⑰ 粢盛芗（xiāng）合：泛指祭祀用的谷物之类。
⑱ 不尔求：倒装笔法，即"不求尔（你）"。下"弗汝觊"同。
⑲ 嘉荐普淖（nào）：指祭祀用的牺牲、黍稷。
⑳ 觊：觊觎。

【赏读】

语云：海上有逐臭之夫，不过是证明了在这个复杂的世界上，完全可以容许超越常规思维方式的人存在，其人的言行，在普通的人们看来是怪异而不可理解，但出于对文化多元性、人性多元性的尊重，是有其保留的价值的。我上大学的时候，曾经有一个男生因喜偷女性内衣，而被处分，处分之后，因无法忍受他人嘲弄的目光、言语，则黯然弃学而去，至今不知其命运如何，其癖好是否依然存留。其实，在今日看来，这不过是恋物癖之一种，并不曾真的伤害到他人，却被世人放逐，至于放逐者自己，是否就清华高贵，完美无缺，因而有资格去评判他人，则是少有人去讨论的。不过，自居于道德之高地，而对他人之言行随意雌黄，对自己之言行则乐人之表扬、恶人之直言，倒是无论中西古今，大抵如此。但这上面的言论，倒是题外话了，因为宋濂这段极有想象力的文字，论的不是宽容不宽容的问题。且看其人的怪癖，完全是颠倒的，乃是混合了至洁与至臭，从逻辑上来讲，实在不通，所以，宋濂乃是另有他意。这段意思，不过是讽刺金玉其外败絮其中之辈，言谈或者高妙，态度或者典雅，及至被人挖地三尺，竟发现也有不干不净肮脏泼辣之处。所谓大洁者必有大污，此语实在是很有道理，因为圣人是几千年稀见的，所以，碰到那些自诩高风亮节之辈，千万不要晕头转向地以为圣人在世，但从其言谈的反面去想象对方，或者才能得其真实。

良桐 刘基①

工之侨②得良桐③焉,斫而为琴,弦而鼓之,金声而玉应④,自以为天下之美也。献之太常⑤,使国工⑥视之,曰:"弗古。"还之。工之侨以归,谋诸漆工,作断纹焉;又谋诸篆工,作古窾⑦焉;匣⑧而埋诸土。期年⑨出之,抱以适⑩市,贵人过而见之,易之以百金,献诸朝,乐官传视,皆曰:"希世之珍也!"

工之侨闻之叹曰:"悲哉,世也!岂独一琴哉?莫不然矣!而不早图之,其与亡矣。"

遂去,入于宕冥⑪之山,不知其所终。

《郁离子》

【注释】

①刘基(1311~1375):字伯温,谥曰文成,浙江青田南田武阳村(今属文成)人,元末明初军事谋略家、政治家、文学家和思想家,明朝开国元勋,明洪武三年(1370)封诚意伯,人们又称他刘诚意。在文学史上,刘基与宋濂、高启并称"明初诗文三大家"。

②工之侨:人名。其实指名为侨的工人。

③良桐:桐木质地优良,可制佳琴。

④金声而玉应:发声和应声如金玉之声。

⑤太常:朝廷掌管礼乐和祭祀的官吏。

⑥国工:国中技艺高超的工匠。

⑦古窾:古代的款识。款识,古代钟鼎上所刻的字。

⑧匦：装到盒子中。
⑨期年：一周年。
⑩适：前往。
⑪宕（dàng）冥：山林茂密幽暗的样子。

【赏读】

　　如果常读古人书，大约可以知道，只要立论，必定要引往古圣人贤士之言行，以为佐证；至于政治之美好，则只有三代为最高典范。这好像不独中国文化如此。我一直好奇这种复古的倾向，究竟源自人的何等心理。这个寓言恰好做了一个回答。原来在商品市场上，自来是物以稀为贵的，古物稀少，自然价贵，在这一思维惯性影响之下，人们逐渐不是关注古物之作为"物"的功用，而是关注古物之"古"的程度。所以，古物造假技术，在中国自古即有，后世日益发达，因此衍生了一门专门学问，叫"鉴定"。在今日物质繁盛的中国，人们的古典知识极度缺乏，富人们又急于通过收藏古物来显示身份或保持身价，因此，鉴定专家们尤其吃香，也就难免了。物以稀为贵的心理迁移到了学术上，于是越早的论述就越具有佐证价值，遂衍生了一门高级的功夫，叫作造伪书。最大名鼎鼎的伪书恐怕要算梅赜伪造的《古文尚书》了吧，自东晋开始就很能迷惑人，直到清代，才被阎若璩、惠栋等完完全全证伪。

　　无论在器物价值的判定上，还是在学术价值的估算上，我以为，以"古"来定价值大小，其实乃是当代人自信缺乏的典型表现。有一句古话，叫"自我作古"，说得很是响亮。顾炎武气魄雄伟的著作《日知录》，开头就说著作这书，为的就是"自别于古人"，自信之满满，可以想见。这皆可为今人创作找到信心提供借鉴。虽然，我在立论的时候，也一样犯了复古的毛病。可见，真的找到创造的自信，到底不是那么容易的事情。

噪虎 刘基

女几之山①,干鹊②所巢。有虎出于朴樕③,鹊集而噪之。鸲鹆④闻之,亦集而噪。

鹎鶋⑤见而问之曰:"虎,行地者也,其如子何哉?而噪之也!"

鹊曰:"是啸而生风,吾畏其颠⑥吾巢,故噪而去之。"

问于鸲鹆,鸲鹆无以对。

鹎鶋笑曰:"鹊之巢于木末⑦也,畏风,故忌虎;尔穴居者也,何以噪为?"

《郁离子》

【注释】

①女几之山:山名,在今河南省。

②干鹊:因喜鹊喜欢干燥环境,故名"干雀"。

③朴樕(sù):草木丛生之处。

④鸲鹆(qú yù):八哥。

⑤鹎鶋(bēi jū):一种乌鸦。

⑥颠:弄翻。

⑦木末:树梢。

【赏读】

这则寓言讽刺的是人云亦云之辈。另一个类似的成语,叫鹦鹉学舌,也是一样的意思。可见,一味模仿别人还以为很有道理,这种现象乃是自古即然。这现象的产生,我以为还是出于人缺乏自省,无独立之思想、自由之见解,于是害怕与人言行相异,在此胆怯心态之下,最佳混迹于世的方法,便是泯然众人、人云亦云了,这样,对他人便无攻击性,相反是在奉承被模仿者,不仅无害,反而有益。但这种混世的方法,虽然可以自欺欺人,在智者一眼看去,却不免原形毕露。可怕的是,一旦被智者戳破假象,那人云亦云之辈反而很不高兴,拼命维护自己模仿的言论或思想,转而去迫害那智者。谎言重复一百遍,据说就会变成真理,那只是因为占据了数量的优势,这优势就建立在那些人云亦云之辈身上,他们乐于接受别人的思想,鹦鹉学舌般化为自己的机械重复,虽然其实不过是做了分母,却自造出一种据有真理的假相,一旦这所谓的"真理"遭到人家的怀疑,他们比"真理"的原创者还要着急,但毕竟智力有限,于是其辩解往往荒谬到离题千里。这样的例子,至今在热闹的互联网上还时常发生。

芝麻通鉴[1] 王锜[2]

吴人爱以芝麻点茶,鬻家[3]必以纸裹授之。有一鬻家藏旧书一卷,旋[4]摘[5]为用。市人有得所授,积至数页,视之,乃《通鉴》也。遂取一熟读,每为人谈。或扣[6]其蕴[7],则曰:"我得之芝麻纸上,仅此而已,余非所知也。"

《寓圃杂记》

【注释】

[1]题目是编者所加。

[2]王锜(1433~1499):字符禹,明代长洲(今苏州)人。精于史学,曾从事《元史》的编修工作,一生不仕,自号苇庵处士,别号梦苏道人。著有《寓圃杂记》。

[3]鬻(yù):卖。

[4]旋:随意。

[5]摘:撕下。

[6]扣:询问。

[7]蕴:来历。

【赏读】

这则寓言本来是讽刺那些一知半解者的。这样的一知半解者,在如今的世界是很多的。所以有人自以为一通百通,硬去发言,难免要被人呵斥下台,弄得颜面俱无。但我看这个寓言,刨去讽刺成分,却格外欣赏这位吴地人士的学习之道。首先,此君善于碎片化学习，此正是当今信息时代欲求知识更高境界者必得学会的技能，我常常见人家坐公交、地铁出行，大抵无事可做，或呆望，或琐谈，或低头玩游戏、发短信、聊 QQ，却很少见人利用这段时间去学习，此皆是不会碎片化学习也，我以为今人应该向寓言中这位古人学习；其次，此君学习之道，无他，熟练文本，并于日常使用之，这是学习能产生效果的根本方法，尤其是文史、语言类学生，大可以借鉴这办法，多做揣摩，必有神效；再者，此君并不夸张炫耀，有多少知识，老老实实承认，这是何等温柔敦厚的风度！求之于今日学者中，却是很难寻觅。

慕道学者① 耿定向②

曾有人士歆③道学④之声而慕学之者。日行道上,宾宾⑤张拱⑥,跬步不逾绳矩⑦。久之,觉惫⑧,呼从者:"顾⑨后有行人否?"从者曰:"无。"乃弛恭⑩率意⑪以趋⑫。

《权子·志学》

【注释】

①题目是编者所加。

②耿定向(约1524~1597):字在伦,黄安(今湖北红安)人。明代官员、学者。辞官后居天台山,开书院,研究学问,讲学授徒,学者称之为天台先生。著有《冰玉堂语录》《天台文集》二十卷等。

③歆:羡慕。

④道学:此处指以宋代儒家周敦颐、张载、程颢、程颐、朱熹等的哲学思想为核心的学术流派,南宋时期又称理学。

⑤宾宾:彬彬有礼的模样。

⑥张拱:拱手作揖施礼。

⑦逾:越过。绳矩:规矩,准绳。

⑧惫:劳累。

⑨顾:向后看。

⑩弛恭:放松恭敬之貌。

⑪率意:随心所欲。

⑫趋:快步疾走。

【赏读】

耿定向还写过另一个故事，讲的是一个人走路踱着方步，极其优雅，不料暴雨骤至，乃极其狼狈地狂奔，忽然醒悟，觉得失态，乃知错即改，于是冒着大雨到方才开始奔跑之地，不管雨势如何，但将那优雅的方步缓缓踱开，重新走路。

这两位虽然表现不一，其实都是在演戏罢了。人生一大戏场，如何演好戏，本来各人皆有各人的境界与办法，不好强求统一。若那假道学，在人前雍容优雅，倘若看客一旦不在，则率性而为，自然是表里不一，自惹他人嘲笑，他自己感觉良好，倒也是他的造化——其实世人学他的技巧，不知有多少人呢，又有何资格嘲笑他呢？若那雨中走路的先生，遭遇极端环境，却仍坚持风度，世人或者觉得可笑，于我则觉得钦佩极了，因为人生在世，必要有坚定之原则，不为他人讥讽而动摇，如此，人生才能获得尊严。极端些说的话，即使到死，也是要学《伊索寓言》中那个狐狸，表演到底，令其成为艺术呢。这个狐狸，与同伴一起，意欲渡过湍流，大家皆不敢，它敢于尝试，不料一入河流，被水流卷走，它却潇洒挥手，说自己要乘这水流到远方去寄信——虽然马上就要面临灭顶之灾了。

燃烛而行① 李贽②

有一道学,高屐大履③,长袖阔带,纲常之冠,人伦之衣,拾纸墨④之一二,窃唇吻⑤之三四,自谓真仲尼之徒焉。时遇刘谐。刘谐者,聪明士,见而哂⑥曰:"是未知我仲尼兄也。"其人勃然作色⑦而起,曰:"天不生仲尼,万古长如夜。子何人者,敢呼仲尼而兄之?"刘谐曰:"怪得羲皇⑧以上圣人尽日⑨燃纸烛⑩而行也!"

《焚书·赞刘谐》

【注释】

①题目是编者所加。

②李贽(1527~1602):初姓林,名载贽,后改姓李,名贽,号卓吾,又号宏甫,别号温陵居士、百泉居士等,泉州晋江(今福建泉州)人。明代思想家、文学家,泰州学派的一代宗师。好聚众讲学,言行激烈,在明末社会影响极大,后被诬入狱,于狱中自杀。著有《焚书》《续焚书》《藏书》《续藏书》《初潭记》等。

③屐(jī):木屐,高底木质,类似拖鞋,今尚流行于日本。履:鞋子。

④纸墨:他人之著作。

⑤唇吻:他人之言论。

⑥哂(shěn):嘲笑。

⑦勃然作色:大怒,脸色大变。

⑧羲皇:即伏羲氏,伏羲氏是我国古籍中记载的最早的王之一,

所处时代约为新石器时代中晚期。

⑨尽日：终日。

⑩纸烛：灯笼。

【赏读】

　　刘谐聪明就聪明在，他绝不盲从，相反，更信赖自己的理性和独立思考，并以常识来判断事物的真伪。对习惯于人云亦云的国人，常识确乎是一剂很好的药，可以帮助吾辈做认真之思考，而不是一味听信人言，将脑袋给了别人去做跑马场。当然，吾辈从幼儿园开始，就很少见老师用常识与理性的办法，告诉我们如何独立分析这个世界的万事万物，因为答案都是给定的、唯一的、实用主义的，也就自然而然造成国人精神上的萎靡不振。有时，我想起《伊索寓言》中曾经提到，宙斯创造物类，或有力量、或有速度、或有翅膀，独人是裸体，宙斯自己解释，他给了人理性，"那不论在神在人都是最有力的，这比最有力的还有力，比最速的还速呢"。可惜世人大抵已经忘记。近年有些作家打出了"常识"的口号，实在是可喜之事；但这般普通的意见，居然也能激起个别人誓不共戴天的仇恨，甚至在他人签售现场，居然提着菜刀驾到，则近乎迷狂了。忽然想到，写这文章的李贽，不就是因为信任自己的常识、理性和独立见解，而被人参了一本，皇帝将之下到大牢里，不屈的李贽也就自己割了自己的脖子吗？连聪明绝世的顾炎武，也对李贽大肆攻击，讥刺其为"人疴"（《日知录》卷十八《李贽》），可见国人对有独立思想者，本就有不宽容的传统。但在今日全球一体的世界里，这等攻击常识、理性、独立见解之言行，只不过是余孽夸张之表演，也只不过落得个被人冷眼嘲讽的结局罢了。

三圣搬坏 赵南星[①]

一人尊奉三教,塑像先孔子,次老君,次释迦。

道士见之,即移老君于中。

僧又移释迦于中。

士来仍移孔子于中。

三圣自相谓曰:"我们自好好的,却被人搬来搬去,搬得我们坏了。"

《笑赞》

【注释】

①赵南星(1550~1627):字梦白,号侪鹤,别号清都散客,明代高邑(今河北高邑)人。散曲作家,明朝后期著名的政治家,官至吏部尚书,是东林党的首领之一。

【赏读】

在此世界,最可怕者,莫过于无信仰者,譬如行尸走肉,机械度日。但信仰过度,变成偏执,毫不宽容,对非我信仰者,则鄙之如虫,倘觉得信仰受到了人家的侮辱,则矢志以牙还牙,必造成腥风血雨的局面,两败俱伤而不止。前者虽然可怕,毕竟无直接之攻击性,且无坚定的攻击决心,故此所害者还少些;若后者,因其有坚定之决心,所造成的伤害,则是普遍的了。凡一信仰产生、传播,在其初期,必遭社会之守旧者攻击,因此而死者,不知凡几,统名为殉道者,典型如初期基督教在罗马的遭遇;穆罕默德早期传教,亦受到麦加权贵的迫害，遂率领信徒至麦地那，重整山河。但新信仰一旦站稳脚跟，且对世俗权力形成了精神控制力之后，则其极端的信仰者，易推行残酷的排外制。典型者，是中世纪的基督教，其对内部所谓的异端赶尽杀绝，死者无数，布鲁诺即被烧死在鲜花广场；而西班牙的收复失地运动，也将摩尔人驱逐殆尽。若在今日，则显现出一种新的倾向，即以信仰的名义，进行恐怖主义的活动，自焚、自杀式爆炸、扣押人质等等，其特点不过是"与汝偕亡"，我以为这种以弱者姿态发动的恐怖攻击，其实一点都不悲壮，相反，实在可悲。其实，无论何种宗教，其创始人必定乃思想的制高者，在其思想中，肯定注重宽容、博爱，譬如《马太福音》第五章中，耶稣曾说过这样的话："你们听见有人说：以眼还眼，以牙还牙。只是我告诉你们，不要与恶人作对。有人打你的右脸，连左脸也转过来由他打。"又譬如《古兰经》第二章有云："信道者、犹太教徒、基督教徒、拜星教徒，凡信真主和末日，并且行善的，将来在主那里必得享受自己的报酬，他们将来没有恐惧，也不忧愁。"所以，宗教的极端信仰者，其实才是背离教义者。尤其在今日的世界，多元文化之并存共荣，乃是世界的福气，其相互的竞争，应如体育运动或游戏般，平等、宽容、互相提高。若以非此即彼的态度应付这种竞争，必有残酷之结局。

惊潮　浮白斋主人①

海上每遇八月,潮声夜吼,震撼城市。

至正②间,有达鲁不花③者初至,闻此,夜不敢卧,因呼门者问之。

门者从睡中失答④曰:"潮涌上来也!"

不花惊趋入内,呼其妻曰:"本冀⑤做官荣耀,不意今夕共作水鬼。"合门号恸。

外巡更夫闻哭,以为有变,传报正佐⑥。诸官皆颠倒衣裳⑦来救,不花恐水涌入,坚闭不纳。同僚破扉⑧排墙而入,见不花夫妇及奴婢,皆升屋大呼"救我"。

同僚询知其实,忍笑而散。

《雅谑》

【注释】

①浮白斋主人:生卒年不详,生平不详,或说即冯梦龙。

②至正:元顺帝年号,即1341年至1368年。

③达鲁不花:蒙语音译人名,姓达鲁,名不花。

④失答:答得不甚清楚。

⑤冀:指望。

⑥正佐:官员的正职和副职。

⑦颠倒衣裳:形容慌乱,衣服穿得不整齐。

⑧扉(fēi):门。

【赏读】

　　读此故事，我突然想到《蜀梼杌》里面一个很有趣的人物，此人叫王昭远，在后蜀为官，宋太祖兵伐而至，孟昶命其领兵拒敌，宰相等在都城外为之践行，王昭远醉酒之后，捋着袖子，说了这么一段大言："此行非止克敌，当领此雕面恶少数万人，取中原如反掌。"行军之时，则喜欢握一把铁如意，指挥诸军，自比诸葛孔明。看其态度，乃是豪杰也。不料到了战场，一见两兵布阵，黑云之势，就战战兢兢起来，躺在行军的胡床上，赖着不起来，然后又脱了军服逃窜。可见，自古官吏不识大体，颠顶可笑之状，有异曲同工之妙。盖其为官，并非取决于其才能，而是取决于其身份。如此故事中的达鲁不花，乃是蒙古血统，估计是一个弱化了的蒙古贵族，已无祖宗之勇猛；而王昭远从前不过是一个脑子灵光的小沙弥，被孟昶收为小厮，后来便富贵发达。二人其实皆不知为官之道也。但达鲁不花在惊慌失措之际，却说了一段真话："本冀做官荣耀……"盖其当官，不过是为了富贵荣华。以此目的当官者，在历史上占据大多数，在今日的世界，这种实用主义的态度，仍然是普遍的。为什么说"肉食者鄙"？鄙就鄙在这里。为官本意，不过是服务民众耳，古人也知道这个道理，所以俗谚说"当官不为民做主，不如回家卖红薯"。但官吏自以为老爷，处处自我标榜，出行须是豪车，饮食须是精细，酒须是好酒（据云近日已然将茅台灌进矿泉水瓶了，云云），烟须是名烟，终日高坐主席台，大发其空言，及至事发，则颓丧若落水之狗，原来其富贵都不过是烟云耳，此时意欲教人救他，也只是如达鲁不花一般，被人嘲笑而已。其实被民众嘲笑，还算是较好的命运呢。

妄心 江盈科①

一市人贫甚，朝不谋夕。偶一日得一鸡卵，喜而告其妻曰："我有家当②矣！"

妻问："安在？"持卵示之曰："此是！然须十年，家当乃就。"因与妻计曰："我持此卵，借邻人伏鸡③乳④之，待彼雏成，就中取一雌者，归而生卵，一月可得十五鸡，两年之内，鸡又生鸡，可得鸡三百，堪⑤易十金。我以十金易五牸⑥，牸复生牸，三年可得二十五牛，牸所生者，又复生牸，三年可得百五十牛，堪易三百金矣；吾持此金举责⑦，三年间，半千金可得也；就中以三之二市田宅，以三之一市僮仆、买小妻，我乃与尔优游以终余年，不亦快乎？"

妻闻欲买小妻，怫然大怒，以手击鸡卵碎之，曰："毋留祸种！"

夫怒，挞其妻。乃质于官⑧，曰："立败我家者，此恶妇也，请诛之！"

官司问："家何在？败何状？"

其人历数自鸡卵起，至小妻止。

官司曰："如许大家当，坏于恶妇一拳，真可诛！"命烹之。

妻号曰："夫所言皆未然事，奈何见烹？"

官司曰："你夫言买妾，亦未然事，奈何见妒？"

妇曰："固然，第⑨除祸欲早耳。"

官笑而释之。

噫！兹人之计利，贪心也；其妻之毁卵，妒心也；总之皆妄心也。知其为妄，洎然无嗜⑩，颓然无起⑪。即见在⑫者，且属诸幻，况未来乎？嘻！世之妄意早计，希图非望者，独一算鸡卵之人乎？

《雪涛小说》

【注释】

①江盈科（1553~1605）：字进之，号绿萝山人。湖南桃源人。晚明"公安派"的重要成员之一，诗文理论主张为文应抒发个人的真性情，反对"文必秦汉、诗必盛唐"的说法，极力赞成灵性说。传世著作有《江盈科集》。

②家当：财产。

③伏鸡：孵化小鸡期间的母鸡。

④乳：孵化。

⑤堪：能够。

⑥牸（zì）：母牛。

⑦举责：谓放高利贷也。责，通"债"。

⑧质于官：告官。

⑨第：只是。

⑩洎（jì）然：淡泊。无嗜：无欲望。

⑪无起：不起贪念。

⑫见在：当前的事物。

【赏读】

读此寓言，不觉大笑。忽然想起，苏轼曾经写过一段话，刚好可以与上面这位妄想痴狂的先生做一个对子。"人有牧羊而寝者，因羊而念马，因马而念车，因车而念盖，遂梦曲盖鼓吹，身为王公。"（见《苏轼文集·梦斋铭序》）"鼓吹"则指的是乐队，古代高官行路，自然指望不上有奔驰宝马开道，大抵都是坐在轿子内，为了显摆，行路之时，有人喝道，有人鼓吹。至于轿子本身，则是制造精良之轿。

类似的笑话其实是有个谱系在的。最早的恐怕要数殷芸所撰，在《殷芸小说》里记载了一个"喜舞瓮破"的故事，说的是一个穷人，家里只有一个大瓮，夜里就睡在瓮中，半夜自己掐算，以为将此瓮卖了，可以将所得钱用来生利息，有了利息，可以买两个瓮，再去贩卖，再生利息，如此两倍计算下去，遂至无穷，终于可以发家致富，云云。不料狂喜之下，将瓮蹬破，这一切计算都成了黄粱一梦。

《太平广记》引《朝野佥载》，记载了唐朝一个县令叫夏侯彪之，贪鄙粗俗，笔墨不能形容。此人上任第一件事，就是将里正叫来询问鸡蛋价格，准备令人去买三万颗鸡蛋，他的打算是，三万颗鸡蛋找母鸡来孵化，便是三万只鸡，数月长成，可以卖去；又问里正竹笋价格，便欲买五万节，他的打算是，将竹笋放至林中养成，可以成长为五万根竹子，也可卖去。总之，经此两役，便可大发。贪欲自然堵塞人的智慧，所以，夏侯彪之只能进行理论上的计算，却丝毫不考虑实际执行起来的可能性。比如鸡蛋不可能全部孵化，即使有大部分孵化成功，小鸡也可能死亡；至于竹笋，既经挖出，再种回去，存活的可能性实在渺茫。

但千万不要以为这种痴心妄想只见于古人，且注意去观察周遭，有多少人渴盼一朝成名，为此机关算尽、廉耻都无？无非是幻想：一旦侥幸成功，立刻可以飞黄腾达，人生仿佛便自不同。

甘就寂寞 江盈科

宋朝大宋、小宋①，联登制科②，同仕京都。遇上元③令节，小宋盛备灯火筵席，极其侈靡。

大宋见而斥④之曰："弟忘记前年读书山寺寂寞光景乎？"

小宋笑曰："只为想着今日，故昔年甘就寂寞。"

噫！小宋亦人杰也，其言尚如此，然则人不能移于遇⑤，真难哉！

《雪涛谐史》

【注释】

①大宋、小宋：指的是宋朝的宋庠、宋祁兄弟，二人同时中进士。宋祁文采卓越，远过其兄，参与撰写《新唐书》，且为著名词人。宋庠则做了大官，高居宰辅之尊。

②制科：即制策科，唐宋时期科举考试科目之一。

③上元：节日名，即元宵节。

④斥：责备。

⑤遇：（舒适的）境界。

【赏读】

宋祁其实说了大实话，因为"著书都为稻粱谋"，我以为这是人情。但倘若有人因此而认定，世上凡做学问的人，都只不过是在混一口饭吃，我也不敢苟同。但现实情况是，不管是在古代，还是在当今，考试选拔制度在很大程度上最终滑向了纯粹的功利主义，以僵化的知识作为敲门砖，力图谋得一份油水丰厚的职业，成为大多数参与考试选拔制度的学生本人及其家长的不二选择。这倒不是不能接受。要命的是，在这种大一统的氛围之下，真正追求学问的人，其生存空间却越来越狭窄。人家说，"学术者，乃天下之公器"，这公器本应去呵护，否则传统就有衰落之危险，创新就有贫乏之可能，终至国民中庸，国家平庸，于他人无害亦无利，于人类无补亦无助。因此，作为一个成熟的社会，一定需要提供丰富的资源，为那些真心追求学术的人提供条件，使其免去后顾之忧，从而可以甘就寂寞，坐穿冷板凳。对此，我甚有期望焉。

当然，寓言归寓言耳，宋祁本人并非那么简单，当年，宋祁本来是进士第一名，因为哥哥宋庠也中了进士，而主政的太后认为弟弟不能在哥哥前面，所以让宋庠做了第一名，宋祁则得了第十名。但宋祁本人官做得很大，文章写得也好，在《宋景文公笔记》中自述因为家贫而读书，本来目的即是"愿计粟米养亲"，但他并未止于享受物质生活，对文章之道仍有较高追求，所以不断否定自我，说"取视五十已前所为文，赧然汗下"，又说"余年六十始知五十九年非"，并且发誓"若天假吾年，犹冀老而成云"。其为人境界，绝非寓言中叙述的那么低下。这是额外要说明的。

悭术 江盈科

一人已习悭术①,犹谓未足,乃从悭师②学其术,往见之,但用纸剪鱼,盛水一瓶,故③名曰酒,为学悭贽礼④。偶值悭师外出,唯妻在家。知其来学之意并所执贽仪⑤,乃使一婢用空盏传出曰:"请茶。"实无茶也。又以两手作一圈曰:"请饼。"如是而已。

学悭者既出,悭师乃归。其妻悉⑥述其事以告。悭师作色曰:"何乃费此厚款⑦?"随用手作半圈样曰:"只这半边饼,彀⑧打发他。"

《雪涛谐史》

【注释】

①悭(qiān)术:悭吝之术,即使小心眼的技巧。
②悭师:教人悭吝之术者。
③故:刻意。
④贽(zhì)礼:古代第一次拜见老师需送礼物,称为贽。
⑤贽仪:即贽礼。
⑥悉:尽。
⑦厚款:款待过于丰厚。
⑧彀(gòu):即"够"。

【赏读】

虽然是嘲笑悭吝者,但这笑话的想象力,却着实令人称叹。学徒纯以形似之物来实现礼节应酬,师娘的答复则夹杂空空的实物与虚拟动作,若师傅,则直接以虚拟的动作来传情达意,类似戏曲表演中的程式化(例如"趟马",用虚拟手法以鞭当马,并运用许多丰富多彩的舞蹈动作,来表现人骑马飞跑,人在马上不住挥鞭,而马不停蹄飞奔急驰的情景),实在是极佳的艺术。生活中太缺少艺术性,所以,这三位的悭吝气质虽不可取,但其在日常生活中实现艺术化的表达,却无论如何都是值得大家学习的。

话说回来,读者若以为这样的鄙吝乃是想象出来的,恐怕就太缺乏想象力了。《蜀梼杌》记载,后蜀皇帝孟昶的老师大臣范禹偁贪财之极,一日,有旧日门生拜访,"相见甚欢,延话终日,乃曰:'吾近凿一井水甚甘。'乃各饮一杯,竟不设席"。实在是白纸黑字的旧闻哩。

嘲出头被捉　佚名

黄雀、蚊虫、酒䗕①相会,各说本等②。

雀曰:"七月新凉③,五月登场④,主人未食,我已新尝。"

䗕问曰:"王孙⑤一弹打来,有何商量?"

雀曰:"古人道:'人为财死,鸟为食亡。'"

蚊虫曰:"幽闺深院度春风,黄昏寂寞没人踪。红罗帐里佳人睡,被我偷来一点红。"

鳖听得风流之事,遂上岸,乃问:"佳人睡觉,一掌打下,如何计较⑥?"

蚊曰:"见此好风光,就死便何妨?"

䗕曰:"酒熟我先尝,良朋千万聚。沉醉倒金樽,才郎扶我起。"

鳖曰:"才郎扶不起,可不浸杀你。"

䗕曰:"荷钟曾捉月⑦,姓名千古说。"

路人闻之来看,三物飞扬,鳖被捉住。

鳖曰:"是非只为多开口,烦恼皆因强出头!"

《博笑珠玑》⑧

【注释】

①酒䗕(xiǎng):酒醋上飞着的一种小虫子。
②本等:本来面目、本领。

③七月新凉：谓稻初熟时候。

④五月登场：谓小麦割毕、晒场之时。

⑤王孙：泛指贵族子孙。

⑥计较：思量、考虑。

⑦荷钟曾捉月：钟是一种圆形铜壶，古人用于装酒。此句意思是喝醉了酒欲去捉月亮，暗用李白溺亡典故。

⑧《博笑珠玑》：明无名氏作，见于明末刊本《新刻华筵趣乐谈笑酒令》。

【赏读】

此是小小一出独幕剧也，四个虫物，各各表其态度。若黄雀之贪食、蚊虫之好色、虿之酗酒，乃其本等，描摹如画，正比喻了世人游戏人生的态度。但这是题外话了，大家议论起来，都以为中国因无信仰，遂无生命之尊重，最后只剩下虚无主义式的享乐与颓唐，这三位虫豸的表演，活脱脱醉生梦死之辈的象征。因这则寓言本身要说的其实是大言不惭之辈，牛皮戳破之时，便下不了台阶，所以路人一旦来围观，便只得飞扬而去。这三个虫豸倒是可以逃得性命的，但若那官场上的某些显贵，大言清廉守正，及至进入私人生活，则穷奢极欲、淫靡荒唐，最后一旦败落，则就成为大家的话柄，自己也就锒铛入狱了，只怕还不如有翅膀之虫豸可以飞跑呢。这样的故事，我们在历史上见的难道少吗？

蚯蚓出洞　李世熊①

蚁游于蚓穴，闻蚓歌而善之，曰："美哉，沨沨②乎！古所谓遏云止水声也。"见其食槁③壤，饮黄泉，萧然④自得，曰："伯夷⑤西山之操⑥，介推⑦绵上之清，于陵仲子⑧不及。"见其引伸，长而黝⑨，顽⑩而泽⑪，曰："圣人其犹龙乎！"

蚓闻之曰："客知予处，未知予出也。试与客游人间世乎？"蚁从之。

蚓于是奋首昂霄⑫。出其穴，与蚁循风亭月榭长阶短砌⑬间，畅适⑭也。蚁益矜⑮之。

俄有鸡雏过，望蚓而啄。蚓负痛颠踣欲死，蹙⑯缩不逾寸。蚁讶曰："噫，能止此乎？汝终不可游人间世也！"

《物感》

【注释】

①李世熊（1602～1686）：字元仲，号愧庵，自号塞支道人，福建宁化人。经史子集乃至医卜星纬释道的典籍无不贯通。著有《寒支集》《钱神志》《史感》《物感》《本行录》等书，其中《物感》被誉为我国第一部学习伊索手法的寓言集作品。《清史稿》有其传。

②沨（fēng）沨：形容乐声的婉转悠扬。

③槁：枯死，此处指土灰色（类似枯死树木的颜色）。

④萧然：洒脱之貌。

⑤伯夷：商代著名的隐士，与弟叔齐耻食周粟，居首阳山，采薇而食，饿死于山中。

⑥操：气节。

⑦介推：即介之推，放弃晋文公之赏，与母隐居绵山，据说被文公烧死（为逼之出山），因有清明之节。

⑧于陵仲子：楚人，为避开楚王聘任，与妻子一起逃亡，替人灌园。一说即陈仲子，为齐国的廉士。

⑨黝：黑。

⑩颀（qí）：修长。

⑪泽：光泽发亮。

⑫霄：天空。

⑬砌：台阶。

⑭畅适：舒服畅快。

⑮矜：尊敬。

⑯蹙（cù）：缩。

【赏读】

此则寓言，风格模拟先秦，文字尚是清通的。整个故事譬如一幕独幕剧，常规的人生场景（自恋、捧杀）之后，接之以霍然惊人的结局，其前后故事叙事风格的极大差异，产生迷人的叙事张力，这是高明的作家操纵文字之妙处。

而世人大抵依然是喜欢被人吹捧的，受捧之后，复以为果然如何如何，却不知其实并不如此。那受吹捧之人，倘若养成习惯，便渐渐生活于由谎言构筑的城堡里，已不复能看见真实世界、自我。鄙人以前读史，觉得创业之始，太祖太宗皆是亲历战阵、熟悉民情，故此政治清明，官吏大抵收敛，连以残忍著称的朱元璋，其实观其所为，不过是对旧有陈腐官僚体系的猛烈反攻而已——这依然是其起义的初衷。但是及至"太平盛世",皇帝辈从小长于妇人、阉寺之手,不复知道世界真相,整套封建体系于是便慢慢消减其效率,官员们上瞒下欺,一面贪腐压榨,一面粉饰太平,捉弄得皇帝终日醇酒美人歌舞升平,还以为帝国固若金汤哩。及至天灾爆发,民众忍无可忍,揭竿起义,官僚们渐渐隐瞒不住,便告急书"雪片也似飞来"(套用古代白话小说语),皇帝则忽然诧异莫名,然后拜将点兵,此辈却大抵成事不足、败事有余,然后便是投降出卖,最终皇帝流亡,欲保偏安之局,但是小朝廷依旧大搞其窝里斗、小皇帝依旧沉溺在虚构的安全中继续其糜烂生活,比如南明弘光帝朱由崧甚至被称为"蛤蟆天子"(按:朱由崧命太监们每天夜里出城,四处捕捉蛤蟆,配制"蟾酥合媚"春药,以助春情,据云此君阳具伟岸,经常将幼女折磨至死)。可见,这种培养接班人的体系,是彻底失败的。这样的皇帝候选人,只要面临真正的危机,便大抵如此则寓言中的蚯蚓一样,"麼缩不逾寸"了也。因此,鄙人常有痴想,如若皇帝将自己的所有儿子全部偷偷放至民间,任其自然成长,经历人事,锻炼实干,并从中选择最出色者,或者能改变封建继承体系恶性循环的局面吧。其实,这倒也并不是我痴想,诸君倘注意南明小朝廷中,唯隆武帝朱聿键幼遭家庭变故,困居高墙,深知人事疾苦,被推为皇帝,则励精图治、戒绝享受,虽时世不允,被捕而绝食死,但其整个人生,却呈现出非一般王子王孙的刚强与坚韧,此无他故,不过是没有机会生活在假象的世界里罢了,所以既不自恋,也不接受人之吹捧。

对于普通人来讲,其实道理也是一样的,如果我们满足于别人为我们虚构的一个"幸福的世界",我们将永远无法体认真实的人生和自我,这样的"幸福",不过是另一个楚门的世界罢了。

雨钱 蒲松龄①

滨州②一秀才,读书斋中。有款门③者,启视,则皤然一翁,形貌甚古。延之入,请问姓氏。翁自言:"养真,姓胡,实乃狐仙。慕君高雅,愿共晨夕。"秀才故旷达,亦不为怪。遂与评驳④古今。翁殊博洽⑤,镂花雕缋⑥,粲⑦于牙齿,时抽⑧经义,则名理湛深,尤觉非意所及。秀才惊服,留之甚久。

一日,密祈翁曰:"君爱我良厚。顾我贫若此,君但一举手,金钱宜可立致。何不小周给⑨?"翁默然,似不以为可。少间⑩,笑曰:"此大易事,但须得十数钱作母。"秀才如其请。翁乃与共入密室中,禹步⑪作咒。俄顷⑫,钱有数十百万,从梁间锵锵⑬而下,势如骤雨。转瞬没膝;拔足而立,又没踝。广丈之舍,约深三四尺许。乃顾语秀才:"颇厌⑭君意否?"曰:"足矣。"翁一挥,钱即画然⑮而止。乃相与扃户⑯出。秀才窃喜,自谓暴富。

顷之,入室取用,则满室阿堵物⑰皆为乌有,惟母钱十余枚,寥寥尚在。秀才失望,盛气向翁,颇怼⑱其诳。翁怒曰:"我本与君文字交,不谋与君作贼!便如秀才意,只合寻梁上君交好得,老夫不能承命!"遂拂衣去。

《聊斋志异》

【注释】

①蒲松龄(1640~1715):字留仙,一字剑臣,别号柳泉居士,

世称聊斋先生,自称异史氏,淄川(今山东淄博)人,清代著名文人,以短篇小说集《聊斋志异》著称于世。

②滨州:今山东滨州市。

③款门:登门拜访。

④评驳:议论。

⑤博洽:知识渊博。

⑥镂花雕缋(huì):装饰华丽,比喻妙义迭出。

⑦粲:明亮。

⑧抽:演绎。

⑨小(shāo)周给:稍微资助。

⑩少间:一会儿。

⑪禹步:道士做法时的脚步,传说起自大禹。

⑫俄顷:一会儿。

⑬锵锵:金属碰击的声音。

⑭厌:同"餍",满足。

⑮画然:即划然,突然的意思。

⑯扃(jiōng)户:关门。

⑰阿堵物:钱币也。

⑱怼(duì):怨恨。

【赏读】

这则故事读来发人深省,狐仙与书生交往,初意是君子之交,后来却因人之贪欲而破裂。《庄子·外篇·山木》里论述朋友之道,分为两种,一种是"以利合",一种是"以天属",并且提出"君子之交淡若水,小人之交甘若醴"的经验之谈。朋友之交,其实不可牵涉利益,如若牵涉利益,则一转而为利益之交,彼此互为利用,这实在是对"朋友"二字的极大侮辱。但在实用主义盛行的当下,许多人开口闭口，皆是"兄弟姐妹""朋友哥们"，听来都是甜言蜜语，其实正符合"小人之交甘若醴"的描述，其背后的心理，在在都是利益之考量。求其志同道合、共赴理想与大道，因此成为朋友、肝胆相交者，世间有几？此即所谓"以天属"的友谊，今日已然罕见了。吾辈常常羡慕古人，若子期、伯牙高山流水响绝千古，若匠石、郢人心神同气运斤如风，若管仲、鲍叔相知相识共同进步，若左伯桃自杀以保羊角哀之性命，若高渐离目盲之后依然投筑欲杀始皇以报荆轲之仇，凡此种种，听来都是令人心神震颤的。我本是孤独许久的人，避居于句容山中，耕读过日，有时深夜一人，万籁俱寂，忽然也会思及《聊斋》，觉得或者有可能蓦然出现一个鬼仙或狐仙，彼此皆孤独，便互相安慰，聊解寂寞，即使涉及风月，亦不妨听其自然，但一定是彼此不求回报，不作承诺，来者自来，去者自去，并无牵挂，也是很好的事情。虽然，这只是单薄书生的痴想罢了。我其实是深中了唯物主义的毒的，所以也才敢一人住于山中极大的房子里，读书写作至深夜。人皆以为奇怪，这是因为我并无真正的朋友可以理解我的苦心与追求的缘故吧。因无朋友，甚至想起妖精来陪伴了，恐怕要为古人所笑了。

干净刀 石成金①

一人犯罪当斩,临绑时解开衣服,自己用手连拍胸前,人问何意,此人说:"恐怕伤了风,不是顽②的。"绑行半路,忽闻鸦鸣,此人叩齿③三通④,诵"元亨利贞⑤"七遍,人问何意,此人说:"鸦鸣主有口舌⑥,诵此免得与人相角⑦。"绑至杀场,临开刀时,向刽子手说:"求你用粗纸将刀口擦干净了。我听见剃头的刀若不干净,剃了头就要生疮,今刀若不干净,倘如害起疮来,几时得好?"

《笑得好》

【注释】

①石成金:生卒年不详,字天基,号惺庵愚人,江苏扬州人,清代医家。其生平欠详,大致生活于康熙至乾隆初年,著作甚多,有《养生镜》《长生秘诀》《石成金医书六种》等,并编有笑话集《笑得好》。

②顽:通"玩"。

③叩齿:上下牙互相叩击。

④通:遍。

⑤元亨利贞:语出《易经》乾卦的卦词,原文为"乾。元亨利贞",代表乾卦的四种基本性质。"元",为大、为始,引义为善长;"亨"为通,引义为嘉会;"利"为美利,引义为义和;"贞"为正,引义为干事。在人事上,元、亨、利、贞分别代表仁、礼、义、智。

⑥口舌:指争吵。

⑦角：斗（嘴）。

【赏读】

　　这则寓言中自然是痴人梦语。这位仁兄已然忘记生死之分才是本质，至于感染风疾、与人斗嘴、身体害疮，不过是无足轻重的表象而已。但仔细一寻思，却感觉到这种出离生死的离奇态度，有一种黑色幽默般的通脱精神。我常常在想，倘若老了，思维已无创造性了，便无意成为他人负担，自己去雅鲁藏布江峡谷，脱去衣裳，纵身跃入江水，倒也不失为一个体面的告别仪式——只是自己到底能否这般了却残生，却毕竟存疑，因为或者老了之后没有这等勇气，或者在年纪大时对尘世还有复杂欲望，也有可能转而怕死起来。所以，这个想法，终于不好跟世人分享，也不好劝老年人不要贪恋残命，自尽了事，以免被人怀疑"站着说话不腰疼"。

　　但此位仁兄的洒脱精神，却毕竟令鄙人欣赏而钦佩极了。于是便想及刘伶醉酒，令仆人随身带着一把铲子，云"死便埋我"，此其达观而忘生死。又想及金圣叹，临刑前留下一封家书，上书"盐菜与黄豆同吃，有胡桃滋味"云云，刑场上则大呼："割头，痛事也；饮酒，快事也；割头而先饮酒，痛快痛快！"此其滑稽不屈而忘生死。陈铁军、周文雍刑场之上而行婚礼，此其浪漫坚强而忘生死。先辈慷慨，思之令人不免惭愧耳。

屎㩼①心窝　石成金

龙为百虫之长,一日发令,查虫中有三个名的,都要治罪。蚯蚓与蛆,同去躲避,蛆问蚯蚓:"你如何有三个名?"蚯蚓曰:"那识字的,叫我为蚯蚓;不识字的,叫我为曲蟮;乡下愚民,又叫我做寒现。岂不是三个名?"蚯蚓问蛆曰:"你有的是哪三个名?也说与我知道。"蛆曰:"我一名蛆,一名谷虫,又称我读书相公。"蚯蚓曰:"你既是读书相公,你且把书上的仁义道德讲讲与我听。"蛆愁眉说曰:"我如今因为屎㩼了心窝子,那书上的仁义道德,一些总不晓得了。"

《笑得好》

【注释】

①㩼(nǎng):堵塞。

【赏读】

石成金之嘲弄,大约与康乾盛世时代,知识分子渐渐归心,入了清朝的彀中,不复如清初那样有强烈的抗议与蔑视有关。总之,是进入了"太平盛世"了,用鲁迅的话说,是"坐稳了奴隶的时代",自然读书人的老毛病就要重现,是一心一意要将所学贩卖于帝王之家,为了往上爬,便不顾廉耻。康熙年间,圣方济各会会士"七利安当"(好古怪的名字)作《正学镠石》,前有尚识己序,谓当时世上,"身所披者儒服,日所行者流俗",可见,读书人忘记孔孟之道，一门心思巴结权贵，不学无术，包揽词讼，横行乡里，坑蒙拐骗，无恶不为，做出下三滥之丑态，稍微有点良知的知识分子，都能看的出来。此辈行为与流氓混混何异？若说有什么区别，不过一穿长衫，一穿短褂而已。

　　嘲笑知识分子屎攘心窝，固然用语是格外粗鲁了些，但是世道混乱，也许不下猛药，不能得奇效。

官癖 袁枚①

相传南阳府②有明季③太守某殁④于署中,自后其灵不散,每至黎明发点⑤时,必乌纱束带,上堂南向坐。有吏役叩头,犹能颔⑥之,作受拜状。日光大明,始不复见。

雍正间,太守乔公到任,闻其事,笑曰:"此有官癖者也!身虽死,不自知其死故耳。我当有以晓⑦之!"乃未黎明即朝衣冠,先上堂南向坐。至发点时,乌纱者远远来,见堂上已有人占坐,不觉趑趄⑧不前,长叹一声而逝。自此怪绝。

《子不语》

【注释】

①袁枚(1716~1797):字子才,号简斋,晚年自号仓山居士、随园主人、随园老人,钱塘(今浙江杭州)人。清代诗人、散文家,与赵翼、蒋士铨合称"乾隆三大家"。

②南阳府:治今南阳市,辖境相当于今河南方城山、伏牛山以南,舞阳、桐柏以西地区。

③明季:明末。

④殁(mò):死。

⑤发点:即点卯。旧时官府在卯时查点到班人数,俗称点卯。

⑥颔(hàn):点头状。

⑦晓:(使)明白。

⑧趑趄(zī jū):犹豫前进与否。

【赏读】

　　袁枚自然是夸张了,但他讽刺的这一类人,确乎常见于世上。此辈尸恋官位,以致无可救药。这是一种精神上的疾病,吾辈当以"非正常人士"待之,但却不必宽容,因为此辈之疾病,害己也就罢了,尤其害人,所以必须如驱逐过街老鼠一样,发现一个,驱逐一个——虽然照例不是那么容易的事情。要治疗其官癖,则只有一个办法,便是令他人忽然跃升到其头上去,则自然如丧考妣,绝望而黯然销魂了,可是这以毒攻毒的手段,效果其实还很难说,倒也有可能加重其病症。所以我说,袁枚故事中那位有官癖的鬼魂一见到有人坐了他的位置,便沮丧而灭绝,只能算是艺术的夸张也。

读书贻笑 沈起凤①

徐枞,字直夫,少孤贫,甫②诵"四子书③",即无力就傅④,因借读于月声庵之上院。僧印源,奇人也,讽经之暇,即跌坐⑤蒲团,听徐读书。每至得意处,辄合掌赞叹,命侍者以茶笋果饼啖之。徐偶一致谢,必肃然起敬曰:"君读书君子,荒庵简亵⑥,幸勿见罪。"

后徐补博士弟子员⑦,夜读如故,而印源闭目垂眉,似不甚倾听。徐或挟卷高吟,印源即赴禅床,蒙被僵卧⑧矣。嗣后过之,亦不接一谈。

戊子岁,徐登贤书⑨,诣庵道贺者,屦迹⑩几满,而印源落寞如旧。时徐将赴礼闱⑪,努力作揣摩计,宵分⑫苦读,常至达旦。印源忽厉声曰:"驴鸣犬吠,强聒⑬不休;请避三舍,毋混乃公为⑭也!"徐愕然,谓印源曰:"仆虽不肖,蒙师见誉。何后倨前恭若此?"印源曰:"君初来时,所读皆古圣贤格言明训,是以不胜钦服。自君作秀才后,所读皆肤词剩义⑮,了无意味,已属厌闻。今高掇巍科⑯,面所读者愈趋愈下,竟似村歌牧笛,不堪入耳。前恭后倨,皆君自取,于我何尤⑰?"徐曰:"师方外人,未解读书机窍。我辈读书,向有成例:童时以《四子书》《五经》入手,稍长则读汉史、楚骚、韩、柳、欧、苏诸大家文字;习为举业,读成、弘,读隆、万,读天、崇⑱,读时人试艺⑲;小试得手,取春秋两闱墨卷⑳,揣摩成熟,然后可拾科第。

师何愦愦㉑而为此饶舌？"印源曰："原来儒家与佛家不同，佛家图得个竿头日进，儒家只是一步低一步法也！"徐默然语塞。印源俯思良久，忽大笑曰："卿自用卿法，我还读我书。秀才家自有制度，勿为出家人所误耳。"徐唯唯而退。

《谐铎》

【注释】

①沈起凤（1741～1802）：字桐威，号蕢渔，又号红心词客，苏州人。所作传奇有三十余种，风行大江南北。今存《报恩缘》《才人福》《文星榜》《伏虎韬》。又有杂记小说《谐铎》十二卷，流传尤盛。

②甫：开始。

③四子书：即四书，乃《论语》《孟子》《大学》《中庸》。

④就傅：上学堂求教老师。

⑤跌（fū）坐：佛家修行坐姿，盘腿而坐。

⑥简亵：（寒舍）简陋，委屈（阁下）。

⑦补博士弟子员：成了增补的生员。清代生员有限额，但可额外录取，凡生员均由官府补给廪食。博士弟子，原指汉代博士所教授的学生，明清时沿用为生员的别称。

⑧僵卧：睡得一动不动。

⑨登贤书：科举时代称乡试中式为登贤书。

⑩屦（jù）迹：鞋子痕迹。

⑪礼闱（wéi）：指古代科举考试之会试，因其为礼部主办，故称礼闱。

⑫宵分：半夜。

⑬聒（guō）：聒噪、话多。

⑭毋混乃公为：不要干扰了我。

⑮肤词剩义：浅薄文辞，冗杂语义。

⑯高掇：高中。掇，拾取。巍科：旧称科举考试名列前茅。

⑰尤：责备。

⑱"读成、弘"三句：指明代成化（宪宗年号）、弘治（孝宗年号）、隆庆（穆宗年号）、万历（神宗年号）、天启（熹宗年号）、崇祯（思宗年号）。

⑲试艺：八股文。

⑳春秋两闱：指春闱、秋闱。科举时代考试举人、进士的场叫闱，进士考试在春天，举人考试在秋天，故称。墨卷：中试者卷子的刻录本。

㉑愦（kuì）愦：昏庸之貌。

【赏读】

"儒家只是一步低一步法！"此语切中古代科举之弊，沈起凤之见解可谓独到，而以儒家通常不大看得起的和尚来道破，则尤其见出沈起凤的憎恶。盖沈起凤本人，二十八岁中乡试之后，则屡受挫折，终不能中会试，遂放情戏文。此人是有文章之才的人，《谐铎》也甚是有名。蒲松龄以《聊斋志异》证明，成不了进士，非文之罪，相反倒是文采过于高妙，世人无法框范。沈起凤恐怕也有此意。

徐枕提及的古代科举书生读书的顺序，确实令吾辈深有启发。童时读四书五经，皆是原典，文韵天然；少时读《史记》《汉书》《离骚》及唐宋八大家作品，虽涉雕琢，但毕竟天才之作，有思想，有文采。及至年岁渐大些，文字上略微清通些，却反去读八股文，琢磨那些考试优秀作文，意欲照葫芦画瓢，也将自己的八股文弄得锦上添花，希望中举，其实这些八股文字，既无思想之内涵，又乏华美之文气，是形式本质皆腐朽空洞的东西。琢磨得过度，难免范进中举式的疯狂。

爱堂先生言① 纪昀②

爱堂先生言：闻有老学究夜行，忽遇其亡友。学究素刚直，亦不怖畏，问："君何往？"曰："吾为冥吏，至南村有所勾摄③，适同路耳。"因并行，至一破屋，鬼曰："此文士庐也。"问何以知之。曰："凡人白昼营营④，性灵汩没⑤。惟睡时一念不生，元神朗沏⑥，胸中所读之书，字字皆吐光芒，自百窍⑦而出。其状缥缈缤纷，烂若锦绣。学如郑、孔⑧，文如屈、宋、班、马者，上烛霄汉，与星月争辉。次者数丈，次者数尺，以渐而差⑨。极下者亦荧荧⑩如一灯，照映户牖。人不能见，惟鬼神见之耳。此室上光芒高七八尺，以是而知。"学究问："我读书一生，睡中光芒当几许？"鬼嗫嚅⑪良久曰："昨过君塾，君方昼寝。见君胸中高头讲章⑫一部，墨卷⑬五六百篇，经文七八十篇，策略⑭三四十篇，字字化为黑烟，笼罩屋上。诸生诵读之声，如在浓云密雾中。实未见光芒，不敢妄语。"学究怒斥之。鬼大笑而去。

《阅微草堂笔记·滦阳消夏录一》

【注释】

①题目是编者所加。

②纪昀（1724~1805）：河间府献县（今河北献县）人，字晓岚，一字春帆，晚号石云，道号观弈道人。历雍正、乾隆、嘉庆三朝，官高位重，卒后谥号文达。为著名的《四库全书》的主编，自己著有《阅微草堂笔记》。

③勾摄：勾取人的魂魄。
④营营：忙碌于世俗利益之事。
⑤汩没：消失。
⑥朗沏（qī）：明朗清澈。
⑦百窍：身体孔窍，比如五官、毛孔等。
⑧郑、孔：此处应指郑玄、孔颖达，皆注经大家。
⑨以渐而差：随着水平下降，光芒亦逐渐短小。
⑩荧荧：光闪烁的样子。
⑪嗫嚅（niè rú）：言语犹豫。
⑫高头讲章：指古时文家解释《四经》的讲义，因列于朱熹注的《四书》的书眉（高头）上，故名。
⑬墨卷：中试者卷子的刻录本。
⑭策略：政论文。

【赏读】

　　此文与上文《读书贻笑》有异曲同工之妙，皆旨在讽刺迷恋科举之辈的可笑与可怜，在想象力方面甚至还要技高一筹。但纪晓岚此则寓言，却揭示了一个道理，也给了世人一点希望——不管世人读书何等实用，读书种子毕竟长存世间。

　　读书是有境界之别的，古今中外，此道理都是相通的。但吾辈生在今日之中国，则尤其恐惧于国人读书境界之低下。举凡走进图书城，摆在最显眼的展台上的那些畅销书，无非涉及"青春""励志""穿越"等，其特点是，类型化极其明显，一本风行，众模仿者急剧跟进，求其独一无二，求其创造性，求其经典型，则空之而不论，盖图书已成商品，论字而卖也。电子图书近年来的发达，更加速了读书境界之下滑，众声喧嚣之下，许多作者沉迷于排泄文字，以排泄量之大小、贩卖量之多少，计算自己成绩，而读者则以围观之态度、猎奇之心理观之，在双方合力之下，先进的技术只造成成堆的垃圾。

但真正的读书种子一定存在于世间，他们在寂寞中寻找着读书的快乐，寻找着与东洋西洋不论古代现代的所有作家精神与灵魂的相遇，他们是那些真正伟大的作家期待的完美读者：自信、好奇、热情、坚持不懈。他们一定是少数派。但所有真正伟大的作家，一定只会为这些"无限的少数人"写作，这样子精神与灵魂的相遇，于彼于此，都是一样的荣耀吧。想来，这些少数的读者，他们从每一个地方发出的光芒，在在遥相呼应，其光明璀璨，上冲霄汉，摇曳成景，组成人类在宇宙中尊严与骄傲的光谱之象征，恐怕是无疑问的。

击汝一砖 纪昀

武邑①某公，与戚友②赏花佛寺经阁③前。地最豁厂④，而阁上时有变怪，入夜即不敢坐阁下。某公以道学自任，夷然⑤弗信也。酒酣耳热，盛谈《西铭》⑥万物一体之理，满座拱听⑦，不觉入夜。忽阁上厉声叱曰："时方饥疫，百姓颇有死亡。汝为乡宦，既不思早倡义举，施粥舍药；即应趁此良夜，闭户安眠，尚不失为自了汉⑧。乃虚谈高论，在此讲民胞物与⑨。不知讲至天明，还可作饭餐，可作药服否？且击汝一砖，听汝再讲邪不胜正。"忽一城砖飞下，声若霹雳，杯盘几案⑩俱碎。某公仓皇出走，曰："不信程朱之学，此妖之所以为妖欤！"徐步⑪太息而去。

《阅微草堂笔记》

【注释】

①武邑：今河北武邑县。

②戚友：亲朋好友。

③经阁：藏经楼。

④豁厂：宽敞。

⑤夷然：坦然。

⑥《西铭》：原名《订顽》，为《正蒙·乾称篇》中的一部分，张载作。

⑦拱听：带着敬意听讲。

⑧自了汉：只顾自己生活者。

⑨民胞物与：民为同胞，物为同类，一切为上天所赐。泛指爱人和一切物类。

⑩几案：小桌子。

⑪徐步：慢走。

【赏读】

  这一砖头，击得甚好。因为它不仅击中了古代读书人的通病，其实也恰恰击中了今日中国知识分子的痛处。顾炎武《日知录·南北学者之病》一文中，叱道："饱食终日，无所用心，难矣哉。今日北方之学者是也。群居终日，言不及义，好行小慧，难矣哉。今日南方之学者是也。"其实，人无分南北，总之都未能担当起一个读书人的责任。若问古代之读书人责任何在，其实就是张载自己概括的，曰："为天地立心，为生民立命，为往圣继绝学，为万世开太平。"总之是道德、事功、学术兼备，而不是空言大道、庸俗混世、乡愿以老。

  若在现代的社会里，则知识分子的责任，也离不开这几个方面：一是要有较高的道德期许，能为社会之良心，而不是嘴上仁义道德，腹中男盗女娼。二是要真实关注社会，关心民众，对社会不公要发出抗议，成为民意之代表却又保持独立之姿态，而不是成为权贵的喉舌；所研究之问题，要有利社会之进步与发展，而不是搞些空对空谁也不知所云的玩意，单单以概念吓人，混文凭混经费混职称耳。三是倘若可能，将自己的能力发挥起来，在商言商，在官言官，在哪一个行业都努力做出成绩，不仅积极影响周边人，也积极影响这个社会，而不是自求多福，对他人与社会不管不顾，成为一个自了汉。

  这是世人的期许，虽然实践起来有许多的困难。但对真有追求的知识分子，恐怕也是能排除万难，度越关山的吧。

错死了人 方飞鸿[①]

东家[②]丧妻母，往祭，托馆师[③]撰文，乃按古本误抄祭妻父者与之。识者看出。主人大怪馆师。馆师曰："古本上是刊定的，如何会错，只怕是他家错死了人。"

《广谈助》

【注释】

①方飞鸿：生卒年不详，字宾来，浙江温州人。清代文学家，活动于乾、嘉时代。家世生平未详，纂辑有笔记杂录体著作《广谈助》五十卷。

②东家：主人家。

③馆师：家里的私塾先生。

【赏读】

这个故事着实叫人笑掉大牙，迷信人言，毫无辨别之力，乃有至于如此者！但其实这也并不稀奇。人是环境之产物，他人之思想言行，构成每个人成长的背景，倘若无清醒之自我意识，倘若不能形成独立之思维，则任何人也都将像故事中的西席一样，自以为说的都是正确之言，其实不过是照抄了旁人的话语，机械而不通，却又拼命去找理由解释，难免因其荒谬之论断，而成为别人的笑柄。这样的场景，在光怪陆离的世界里，现在常常可以见到。

但这则寓言还可以做另一层的解读，亦即抄袭的风气。中国以"山寨"闻名，其实说到底，就是喜欢抄袭。吾国人因从小到大都在经历各种不同的考试,所以抄袭作弊的思想也是日益盛行(近日某些监考老师太严,导致被家长学生围殴,显见世道已乱),为了与此抄袭作弊的风气做斗争,出试卷的一方也是使尽招数。据云,不久以后,国家英语等级考试将要一人一卷,但我很怀疑这是否能彻底解决问题,因为自古是道高一尺魔高一丈的。而且,只要有考试,就一定会有抄袭作弊,它们本就是矛盾的双方,互为依存,只有取消考试,才能取消抄袭作弊。但世事积重而不可返,考试不仅不曾减少,反而变本加厉,则世人作弊之风气,也就水涨船高起来,既有考试抄袭作弊,便有论文抄袭作弊,便有婚姻作弊(君不见为买房人们排队假离婚吗),便有技术抄袭。总之,人人皆锻炼成为一个熟悉作弊之术的高手,则创新之人,转无生存之地,而这民族,长此以往,吾看将要成为一个假大空的面具一样的存在了。呜呼哀哉!

痊驰 吴趼人①

曾见一丐踞地坐,以两手撑地,耸其臀向前,然后得行一步,盖病痊②者也。意颇悯之。忽疾风浓云骤起,雨大至,杂以冰雹。急走避人家檐下,回顾丐者,已起立,狂驰以去矣。

呜呼!叔季③之世,诈伪百出,吾岂不知之,固不虞④穷至为丐,仍出之以伪也。是可为世道人心一恸已。

《趼人十三种》

【注释】

①吴趼人(1867~1910):字小允,又字茧人,后改趼人,广东南海(今广东广州)人,号沃尧,因居佛山镇,自称我佛山人。清末小说家,代表作品:《二十年目睹之怪现状》《痛史》《九命奇冤》等。

②痊:瘫痪。

③叔季:衰落的世道。

④虞:料到。

【赏读】

"叔季之世,诈伪百出。"今日世上,诈伪之道,很是盛行。就乞丐而言,据传说,此行业已经成为某些地方一些人发财致富的不二秘诀,而且,更骇人听闻的是,为了博得世人更多同情,故意做残躯体的事件,也时有发生,所以,吾辈经常见到一些有奇异身体的人,其身体其余部分看起来很正常,只有某些特定的部位变异到令人震惊的地步。此道古亦有之,名为"割生",或曰"采割折生"

(《清稗类钞》有相关记录）。吾小时候为一块糖所诱惑，差点被人骗到外地去，据说那骗子就是一个专门搜集小孩进行训练，使其成为乞丐的人，大人以此恐吓我，说如果我再不听话，总有一天，被人骗走，塞进坛子里，以后两条腿就成畸形，也就可以上街乞讨了云云。其恐吓我的话，讲的就是"割生"——较为落后的地区恐怕至今仍流传类似的恐吓小孩的话吧。我疑心那些街头常见的形体奇异而恐怖的乞丐，大抵与"割生"的邪恶传统有些关系。

诈伪之道，还不止见于乞丐行业，其实已经渗透进社会生活的方方面面。譬如短信诈骗想象力层出不穷；譬如电视上各种长篇的医药广告，专去哄老年人的钱，却无人去管；譬如老人跌倒一旦去扶，便很有可能被反咬一口，赔上医药费，最后吓得世人都不敢去扶，此虽见讥于清流，却也是无可如何的事情了；又譬如，近日有一图片风传，拍的是一漂亮的年轻女孩，当街喂一个乞丐，表示"有爱"，后来证明乃是炒作，实在是虚构出来的。在今日的世界，炒作尤其盛行，这种炒作行为大抵得到媒体的大量宣传，遂使世人逐渐失去互信。当信任机制在此国度消失，最终大家便彼此视对方为贼了，彼此小心提防，这虽不会明里说出来，潜意识里是必定要生下万事怀疑的根了。

这在古人，恐怕是不可思议的事情。古代有一个"文王葬骨"的故事，很能见出古人对"信"这一价值观的珍视。"文王昼卧，梦人登城而呼己曰：'我东北陬之槁骨也，速以王礼葬我。'文王曰：'诺。'觉，召吏视之，信有焉。文王曰：'速以人君礼葬之。'吏曰：'此无主矣，请以五大夫。'（按：以五大夫，省文也，谓"以五大夫礼葬之"，所谓五大夫，指周代小宰、小司徒、小司空、小司寇、小司马的合称）文王曰：'吾梦中已许之矣，奈何其背之也。'"（见《新书》）文王做梦答应了人家的事情，醒来则绝不食言，这在今人读来，恐怕难以想象了。

卷二

哲理之什

多言无益① 墨子②

子禽③问曰:"多言有益乎?"

墨子曰:"虾蟆、蛙、蝇,日夜恒鸣,口干舌擗④,然而不听。今观晨鸡,时夜⑤而鸣,天下振动。多言何益?唯其言之时也。"

《太平御览》引《墨子》逸文

【注释】

①题目是编者所加。

②墨子(约前468~前376):名翟,相传为宋国人,后长期住在鲁国,是战国初期著名的思想家、教育家、科学家、军事家。墨家学派的创始人,后来其弟子收集其语录,以《墨子》之名传世。

③子禽:春秋时期人,姓陈名亢,字子禽,或说为孔子弟子。

④擗(pǐ):通"擘",分开。

⑤时夜:知道黑夜结束的时候。

【赏读】

《庄子·知北游》上说:"天地有大美而不言。"《论语·阳货》上说:"天何言哉?四时行焉,百物生焉。天何言哉?"与上面文字,所说道理,乃是差不多的。周作人有一句口头禅,"一说便俗",恐怕也是这个意思。为什么说"多言无益"?依墨子的意见,是因为反复谈论同类事情,无论此事情本来多么有意义,反复的言说,只会将其意义消解掉。而选择恰当的时候,只那么三言两语,便清晰呈现出应有的价值，世人自然领悟。这个道理说起来玄虚，其实联系到日常生活，便豁然开朗。

先举鄙人的例子。自13岁开始真正读第一部小说《钢铁是怎样炼成的》之后，十多年来，我读了小说无数，但是无论这些小说卷帙如何浩繁，真正能给我留下至深印象，并从根本上影响及于我的三观的，其实只是一些小细节而已。譬如，《钢铁是怎样炼成的》这部小说中，保尔·柯察金在极寒之地，与人一起伐木；譬如，《罪与罚》中拉斯柯尔尼科夫见到一匹马的眼睛，体味这牲畜的痛苦，并同情悲戚，以至发狂……其他的庞大的故事框架却差不多忘得干净了。可见，对于鄙人来说，小说世界的意义，只在少量的细节呈现，而庞大的叙述则成了远景。

对于其他个体来说，其实也无例外。各位且去寻思，你这一生，受过多少反复的"教育"，但你最后能记住的是什么呢？至于你日常的所有行为，恐怕大抵与你所受的那些反复的"教育"南辕北辙居多吧？但这个道理，主管教育者始终不能明白，以为反复的灌输便能造成潜意识的驯服，其实真正的领悟会在极短的时间内颠覆一切的灌输。

"多言无益"，少言，最好不言。于是方有大美之产生。识者自当知之。

歧路亡羊① 列子②

杨子③之邻人亡羊,既率④其党⑤,又请杨子之竖⑥追之。杨子曰:"嘻!亡一羊,何追者之众?"邻人曰:"多歧路。"既反⑦,问:"获羊乎?"曰:"亡之矣。"曰:"奚⑧亡之?"曰:"歧路之中又有歧焉,吾不知所之,所以反也。"杨子戚然变容,不言者移时⑨,不笑者竟日⑩。门人怪之,请曰:"羊,贱畜,又非夫子之有,而损⑪言笑者,何哉?"杨子不答。门人不获所命。

《列子·说符》

【注释】

①题目是编者所加。

②列子:生卒年不详,名列御寇,东周威烈王时期人,战国时期思想家、文学家,道家代表人物,后被道教尊奉为"冲虚真人"。《列子》是列子、列子弟子以及列子后学著作的汇编。

③杨子:即杨朱,字子居,战国时期魏国人,先秦时期哲学家,主张"重己"的思想。

④率:带领,领着。

⑤党:好友。

⑥竖:奴仆。

⑦反:通"返"。

⑧奚:为何。

⑨移时:很长时间。

⑩竟日:整天。

⑪损：缺少。

【赏读】

　　杨朱的痛苦，建立在他对"存在"的直觉。原来早在2000多年之前，20世纪风靡一时的存在主义，就已经在中国哲人的思维中出现了。这种"存在"之痛苦，不过指使人丧失了选择的能力，这种能力之丧失，其实倒不是人无选择，而是选择太多。太多的可能性、太多的选择机会，因其过于丰富，而令人绝望——杨朱是何等的先知先觉！

　　这种选择的丰富性造成的绝望，在今日的世界，常见于人们的表现。于是，因物质的大大丰富，人们在精神上遂无所求，而致空虚；因太多的消遣和娱乐方式，人们遂放弃对自身与社会的反省，皆做了自了汉，满足于空虚的安全感；因有太多之诱惑，人们竟无法安下心来，做真正有价值之事业……凡此种种，其实皆是人生绝望的表现，此等绝望的态度，其实也是因了选择太多。

　　其实，所有古代、现代、当代的伟大成就，无一例外出自于那些心思单纯的人们之手，他们正因为一心一意做好一件自己感兴趣、亦能充分发挥其天赋的事情，就能影响及于当世以及后来。此世人成功之不二法门：不过削减其他可能性，只给自己留一条路而已。自古华山一条道，后退无门，自然要奋力进取，以达顶峰也。

　　有时想想：何以古人文字如此高妙？是不是因为古代的文人们没有多少娱乐，从而有足够的时间去读书、写作？这对吾辈习文之人或有可以发省者。

揠苗助长① 孟子

宋人有闵②其苗之不长,而揠③之者,芒芒然④归,谓其人曰:"今日病矣!予助苗长矣!"

其子趋⑤而往视之,苗则槁矣。

《孟子·公孙丑上》

【注释】

①题目是编者所加。
②闵:担心,忧愁。
③揠(yà):拔。
④芒芒然:劳累的样子。
⑤趋:快跑。

【赏读】

在中国,自凡小学毕业者,大抵都知道这个有名的成语,也一定知道这个成语在教育领域是用得最广泛的。可惜虽然人人知道拔苗助长之荒谬,但及于自身,则趋之若鹜,迫不及待要实践之。譬如少儿家庭作业,常常写至深夜一两点钟,家长则辛苦陪之,不敢反抗;譬如各种幼儿培训与考级,铺天盖地,小儿从三岁开始,即可参与,而家长则不吝资本,令小儿辈从小进行各种训练,美其名曰"赢在起跑线"。凡此种种,尤其盛行于今日。大人们一面抱怨(不当着孩子面),一面却又炫耀比较(向别的家长),总之,都是抱着"一口吃成大胖子"的心态,此非拔苗助长而何?

拔苗助长，其根本目的，在于早一点看到收成；目下教育之偏激，其目的，一样是为了早点看到教育的结果，是希望教育的投资，尽快以各种形式获得回报——这是一切言商的急躁时代里人们功利化心态的表现。其实，教育的根本目的，不过是让孩子们学会做人，学会自己去解决问题，并发现其天赋，鼓励其自由发展，但其已被痴狂的当代人忘得一干二净。自然，这种问题，并不是当代才有，在古代，即已存在。顾炎武在《日知录》中提到，在他的时代，人们教育小孩，一样秉持着功利观念，"自其束发读书之时，所以劝之者，不过所谓'千钟粟''黄金屋'……"

　　只是古人、今人，常常只痴想教育的理想回报，却不知道，倘若以功利化的方式，急躁急进，则大抵不仅不能达成父辈的痴想。寓言中，被拔着生长的苗，终于枯槁而死；在生活中，以功利性的方式培养出来的学生，则大抵肤浅、平庸，固然或者有可能获奖无数、风光一时，但人既失去童年，一定便会失去未来，求其个体的幸福是不可能的了，更不要提去影响世界、改变社会了。最后，只是形成一个恶性的循环：被以功利化的方式培养的人，继续以功利化的方式培养自己的后代（他们居然可以完全忘记自己当年的切身感受），如此下去，不知伊于胡底。

路人献雉[①] 尹文[②]

楚人担山雉者,路人问:"何鸟也?"担雉者欺之曰:"凤凰也。"路人曰:"我闻有凤凰,今直[③]见之,汝贩之乎?"曰:"然。"则十金,弗与。请加倍,乃与之。将欲献楚王,经宿[④]而鸟死。路人不遑[⑤]惜金,惟恨不得以献楚王。国人传之,咸以为真凤凰,贵,欲以献之。遂闻楚王。王感其欲献于己,召而厚赐之,过于买鸟之金十倍。

《尹文子·大道上》

【注释】

①题目是编者所加。
②尹文:生卒年不详,战国时期齐国人,"宋尹"学派始祖,生平不详,大致活动在齐宣王、愍王之际,与宋钘、田骈、彭蒙等齐名。流传于世者唯《尹文子》一书。
③直:同"值",恰巧。
④经宿:过了一夜。
⑤不遑:来不及。

【赏读】

在这则寓言中,路人虽然愚笨,但他终于能得到楚王的厚赐,只是因为在信息传递的过程中,失真的信息却取得了楚王的认可,于是,把一个"概念"成功贩卖给了楚王。

《战国策·燕策一》里郭隗讲了一个类似的寓言,据说古代有一个国君要购买千里马，三年不能得。一个太监毛遂自荐，带了千金去买，可是等他遇到一匹真正的千里马时，那千里马恰巧死了，于是，太监用五百金购买了千里马的头。国君自然大怒，太监却是智者，说如果以五百金购买死千里马的头，那么别人知道了这个消息，必定以为国君实在太喜爱千里马了，自然会有人带千里马来贩卖。果然，不到一年，有三匹千里马到达国都。这也是把销售"概念"传递出去，引出真正的销售行为的典型例证。

楚王虽然当了冤大头（郭隗故事中的国君也算是个冤大头，虽然后面有所收获），但在这种贩卖概念的广告艺术的引导之下，今日世界上充了冤大头的人几乎遍地都是。因为，在已解决贫穷问题的地区，人的基本物质需求大抵都能得到满足，但商人们是不可能停止其生产冲动的，于是，各种功能新鲜、设计漂亮的产品，配合着极具想象力的广告，营造出一种务必购买新产品，以彰显购买者"身份"的虚幻的需求出来。其实，若将这些新产品的宣传语抽象到极致，不过是在吹嘘一些概念而已，譬如：性感、时尚、奢侈、自恋、现代、后现代等；而那些充满诱惑力的广告，则令购买者幻想自己成为主角的可能性（自然要购买了相关物品），从而成为被人围观的焦点，以此摆脱其日常的平庸与孤独。这种接受新产品的心理模式，是消费者与生产者相互合谋的结果，它意味着人们独立判断力的丧失，意味着人们沉溺于虚拟感官世界，如果任由这种心理模式发展，人类将彻底失去反抗现实、批判现实、改造现实的能力。其亦危哉！

戎夷解衣① 吕不韦②

戎夷违齐如鲁③,天大寒而后门④,与弟子一人宿于郭⑤外。寒愈甚,谓其弟子曰:"子与我衣,我活也;我与子衣,子活也。我,国士也,为天下惜死⑥;子,不肖⑦人也,不足爱⑧也。子与我子之衣。"弟子曰:"夫不肖人也,又恶⑨能与国士之衣哉?"戎夷太息叹曰:"嗟乎!道其不济⑩夫!"解衣与弟子,夜半而死。弟子遂活。

《吕氏春秋·恃君览第八·长利》

【注释】

①题目是编者所加。

②吕不韦(?~前235):战国末期卫国著名商人和政治投机家,后成为秦国丞相,受封文信侯。嬴政为王,吕不韦升级为"仲父",专断朝政。命食客编著《吕氏春秋》。嬴政掌权之后,吕不韦饮鸩而死。事迹见《史记·吕不韦列传》。

③违:离开。如:前往。

④后门:后于门,城门关闭之后才到达。

⑤郭:外城。

⑥惜死:珍惜生命。

⑦不肖:不贤之人。

⑧爱:珍惜。

⑨恶:同"乌(wū)",意为何以,怎么。反问之语。

⑩济:实现。

【赏读】

　　这个故事，同样具有存在主义的色彩。自然，在如此极端的情况之下，任何的选择，其背后的价值观都是值得警惕的。

　　且去分析戎夷的观点。他以为，自己是"国士"，乃是有益于社会者；而其弟子，则是一个平庸的人，其死活与社会之发展无关。从是否有益于社会的角度出发，戎夷认为弟子应该去死，而让自己活下来。这个立论的危险性在于，倘若在社会结构中将人明确地区分为三六九等，并因其社会价值含量大小，而分别给予不同的社会地位，只会导致社会鸿沟，并形成固化的等级体系，从而引发社会危机。此种理论的最要害之处在于，所谓的"是否有益于社会"的标准，其实是无法进行客观衡量的，所以，戎夷认为自己对社会更有用，弟子对社会没有用，仅仅是其本人的主观看法。

　　再来看看弟子的回答。他针对戎夷的立论，点破了其中的悖论，即倘若戎夷所言正确，弟子确实是平庸之人，那么平庸之人是不可能牺牲自己成全别人的；倘若戎夷所言不对，则弟子亦是"国士"，那么与戎夷就在同一个等级系统中，是无法得出去彼取此的任何一个结论来的。这是以彼之矛攻彼之盾，戎夷自然无法给出回答。

　　在思想无法解决问题的情况之下，不料戎夷以行动做出了回答。他脱下衣服给弟子取暖，选择自己冻死。于是，他证明了自己作为一个"国士"所应有的道德境界，但这个"国士"向庸人的妥协（放弃了自己的价值观和可能的对社会的更大的贡献），却是庸人的胜利。这正如人类历史之发展，纵然天才豪杰不断涌现，却从来不曾改变任意一个社会里平庸之人占据绝大多数的事实，故此，人类作为一个整体，仿佛一潭死水一样，固然偶尔有出色的石头激起涟漪与波浪，但并无改于死水的本质——所谓进步（尤其在人类的普遍道德或精神境界方面）从来都是一个彻头彻尾的谎言。

画鬼最易① 韩非子②

客有为齐王画者,齐王问曰:"画孰③最难者?"曰:"犬马最难。""孰易者?"曰:"鬼魅最易。"夫犬马,人所知也,旦暮罄④于前,不可类⑤之,故难。鬼魅无形者,不罄于前,故易之也。

《韩非子·外储说左上》

【注释】
①题目是编者所加。
②韩非子(约前280~前233):战国末著名的哲学家、散文家,法家思想的集大成者。
③孰:哪种(物体)。
④罄(qìng):显现。
⑤类:类似、相像。

【赏读】
这则寓言是很有意思的,于此可以比较古今之变。在古人,以为犬马最难画,因为难以逼真再现;而在今日,有照相术之发明,逼真再现是再简单不过的事情了——虽然在艺术上,再现形式是无任何问题的,难的是再现瞬间的本质。在古人,以为鬼魅最好画,因为没有形式的约束,可以纵情想象,自我作法;但在今日,人却很难去画鬼魅了,道理很简单,文明的堆积,使得鬼魅的形象库也不断丰满起来,于是,人类想要去想象鬼魅,就越来越束手束脚,不得自由了。

　　这个道理可以推而广之解释许多文化现象。譬如，古典小说与现代小说之区别。古典小说注重写实，并以描摹逼真为重要的衡量标准（完成这一高难度的标准，便可称得上佳作，托尔斯泰、司汤达、巴尔扎克、福楼拜、狄更斯等无一不以其对时代的真实再现而享誉），但文明至于后来，读者对小说的写实感一点都不热衷了，因为摄影以及电影技术的出现，使叙事的写实功能变得轻而易举。于是，小说不得不求其变，便出现卡夫卡、伍尔夫、普鲁斯特、乔伊斯，他们小说中的细节即使看起来再"真实"不过，其实却完全被强大的结构、意境、形式所圈服，变成若有若无、可信可不信的东西——便是"虚构"。但这些大家的小说，许多人去模仿，所谓的"结构"似乎也就不是那么艰难，于是，"结构"又成为后辈小说家的桎梏，便又有后现代主义的小说出来，破除结构，甚至要"反小说"，至今方兴未艾。

　　于此可见，事物的难易，取决于技术的变迁（这种变迁，在文艺上，若以弗洛姆的理论，便是"影响的焦虑"了吧）。但问题的关键在于，不管技术如何变迁，最重要的是人类要保持创造性，完成对旧有事物的再认识与新突破，这才能确保文明的演进。

仕数不遇^①　王充^②

昔周人有仕数不遇^③，年老白首，泣涕于涂^④者。人或问之："何为泣乎？"对曰："吾仕数不遇，自伤年老失时，是以泣也。"人曰："仕奈何不一遇也？"对曰："吾年少之时，学为文。文德成就，始欲仕宦，人君好用老。用老主亡，后主又用武，吾更^⑤为武。武节^⑥始就，武主又亡。少主始立，好用少年，吾年又老。是以未尝一遇。"

《论衡·逢遇》

【注释】

①题目是编者所加。

②王充（27～约97）：字仲任，会稽上虞（今浙江上虞）人，东汉著名哲学家。代表作品《论衡》是中国历史上一部不朽的无神论著作。

③仕数不遇：仕途多次没机会。仕，为官；数，多次；遇，获得机会。

④涂：通"途"，道路。

⑤更：改。

⑥武节：指武艺、兵法。

【赏读】

将自己的生涯失败归为数奇，或曰运气不好，其实只是一种托词罢了。随时逢迎，丢失自我，才是此人毫无建树的根本原因。普通人这么找托词也就罢了，伟大的英雄项羽兵败垓下时，也发出感叹，说"是天亡我，非战之罪"，其实也是力图从外界环境给自己的失败找理由，也是对自我认知的逃避。所有只要上过高中政治课的人，都知道内因系决定事物发展的根本原因。人这一生本就很短暂，倘若不能做到坚持自我，发展自己热爱的事业，培育自己擅长的能力，而一味随波逐流，根据时代兴趣之变化而变化自己的事业与能力，恐怕命运大抵不佳。据说20世纪80年代下海大潮兴起的时候，有一些人离开自己擅长的领域，到南方做生意去了，结果自然会有一些人的命运是悲剧性的，这就是胡乱追逐潮流而丧失自我所导致的。

郑人逃暑① 苻朗②

郑人有逃暑③于孤林④之下者,日流影移⑤,而徙衽⑥以从阴。及至暮,反席于树下。及月流影移,复徙衽以从阴,而患露之濡⑦于身。其阴逾去,而其身逾湿。是巧于用昼而拙于用夕矣。

《苻子》

【注释】

①题目是编者所加。

②苻朗(?～389):字远达,氐族人。略阳临渭(今甘肃秦安)人,前秦苻坚的侄子,喜经籍,手不释卷,苻坚称之"千里驹",苻坚败后降晋,有《苻子》三十卷,原书亡佚,现传有马国翰《玉函山房辑佚书》辑本和严可均《全晋文》辑本。

③逃暑:逃避盛夏日光。

④孤林:孤立的丛林,独树。

⑤日流影移:太阳运行,影子也随之移动。

⑥徙衽(rèn):移动席子。徙,迁移;衽,席子。

⑦濡(rú):沾湿。

【赏读】

唐代郑处诲的《明皇杂录》里,记录了这样一个故事:玄宗曾经命令养过一批能配合音乐舞蹈的马,安史之乱后,其中几匹舞马流入田承嗣的军队里,不料一日音乐声大起,这几匹舞马就自然而然舞蹈起来了,这可吓坏了饲马者,以为马发疯了,于是鞭打起来,不料这些舞马按照惯例,以为被打是因为舞蹈不到位,于是更加疯狂地舞蹈起来,田承嗣知道之后,下令狠命鞭打,最后这几匹舞马也就丢了性命。这与郑人吃亏的道理是一样的,都是局限于经验,不知道随机变通,适应新的环境。

不过,我尤其关注的,是郑人避暑的方式。在古代没有空调的日子里,当盛暑来临,除了富豪可以由侍女使了大扇子来驱热,其他人只能到大树下乘凉。我记得在童年时候,农村清贫,那时没有空调,人们夏日也习惯聚于大树之下,乘凉聊天,当真其乐融融。于是,大树成为了一个社交之地,自然也就砍伐不得。或者可以说,那时还算是人与自然和谐的时代呢。可是,一旦技术普及了,连农村也普遍有了空调,大树就消失了,社交也随之消失了,连农村也都出现单门独户、甚少往来的局面。

我曾去过大理,看到白族寨子前面,照例有一棵极其庞大的榕树,忍不住生了好些歆羡之感。可惜也只是感叹感叹罢了。

焦湖庙柏枕① 刘义庆②

焦湖庙祝③有柏枕,三十余年,枕后一小坼孔④。县民汤林行贾⑤,经庙祈福,祝曰:"君婚姻未?可就枕坼边。"令林入坼内,见朱门,琼宫瑶台,胜于世。见赵太尉,为林婚,育子六人,四男二女,选林秘书郎⑥,俄迁黄门郎⑦。林在枕中,永无思归之怀,遂遭违忤⑧之事。祝令林出外间,遂见向⑨枕,谓枕内历⑩年载,而实俄忽⑪之间矣。

《幽明录》

【注释】

①题目是编者所加。

②刘义庆(403~444):字季伯,彭城(今江苏徐州)人。南朝宋宗室贵族,以爱好文学出名,广招四方文学之士,聚于门下,并组织编写著名的笔记小说《世说新语》,另著有志怪小说《幽明录》。

③祝:祭祀时主持祭礼的人。

④坼(chè)孔:裂缝。

⑤行贾(gǔ):经商。

⑥秘书郎:官名,三国魏始置,属秘书省,掌管图书经籍,或称"秘书郎中"。

⑦黄门郎:官名,又称黄门侍郎,秦置,汉沿设,即给事于宫门之内的郎官。南朝以后因掌管机密文字,职位日渐重要。在唐玄宗年间改称门下侍郎。

⑧违忤（wǔ）：触犯权贵。
⑨向：旧时的。
⑩历：经过。
⑪俄忽：一刹那。

【赏读】

《焦湖庙柏枕》的故事非常有影响力，唐沈既济因此作传奇《枕中记》，明代汤显祖又据此作《邯郸记》，讲的也都是一场美梦，梦中富贵繁华，醒来都成了空，而睡前所煮黄粱醒来尚未熟呢。与此故事类似的，还有李公佐所作的传奇《南柯太守传》，讲述淳于棼醉倒古槐树下，接着梦见自己变成槐安国的驸马，任"南柯太守"二十年，"生有五男二女，男以门荫授官，女亦聘于王族；荣耀显赫，一时之盛，代莫比之"。后来公主病死，政治失意，极其凄凉地被逐出槐安国。于是梦醒，发现所谓槐安国，不过是一个蚁穴罢了。是所谓南柯一梦。

南朝宋刘敬叔有《异苑》一书，今仅存零星文字。《太平广记》曾引述了一个故事："晋太元中，桂阳临武徐孙江行，见岸有钱溢出，即辇着船中，须臾悉变成土。"与此寓言比对，刚好凑成一副对联，叫："富贵皆春梦，钱财悉粪土。"这是本国文化中一个非常奇怪的现象，一方面，在思想的根底中，社会精英皆认可"钱财身外之物"无任何真正价值，对经商发财极其鄙视；但在实践层面，则大抵奉行"人生在世吃喝二字"的哲学，极力攀登社会阶层，以达到穷奢极欲的享受。人如何能将思想与言行分割决绝到如此程度，却又并行不悖，乃是鄙人百思不得其解的问题。

只是，今日社会大变，鄙薄财富的思想几乎无什么话语权了，而享受主义则甚嚣尘上。凡事过犹不及，我以为闲时读读《焦湖庙柏枕》《枕中记》《南柯太守传》等，当此世界，倒也不失为一剂清凉散。

支公好鹤① 刘义庆

支公②好鹤,住剡东岇山③。有人遗④其双鹤,少时翅长欲飞,支意惜之,乃铩⑤其翮⑥。鹤轩翥⑦不复能飞,乃反顾翅垂头,视之如有懊丧意。林曰:"既有凌霄之姿,何肯为人作耳目近玩!"养令⑧翮成,置⑨使飞去。

《世说新语·言语第二》

【注释】

①题目是编者所加。

②支公:支遁,字道林,晋时著名的和尚,以清谈流行于士大夫间。

③剡东:剡溪东边。剡,剡溪,在浙江嵊州市。岇(áng)山:山名。

④遗(wèi):赠送。

⑤铩(shà):裁剪。

⑥翮(hé):羽毛中间的硬管,此指翅膀上的大羽毛。

⑦轩翥(zhù):做举翅高飞状。

⑧令:使。

⑨置:安排。

【赏读】

常见古人画作,若描摹高人隐士,则常有白鹤,依赖其旁,翩跹踱步,姿态潇洒。其实,这本是不可能的事情,观《世说新语》

这段故事即可知矣。盖鹤之天性，如《诗经》所言，乃是要"唳九霄"的，其最美之姿，本在其飞翔，而不在其流连大地。支道林是如此有名的和尚，对此本应很清楚，却未免多情，铩其鹤翮，不令其飞。好在终于幡然，说出"既有凌霄之姿，何肯为人作耳目近玩"的名言来。这个故事给予吾辈的体会是，人生于大地之上，当尽情发展其天性，纵恣其天赋，挥洒其生命，这生命多样性的交会与碰撞，才会产生思想与创造性见解，鼓励人类的进步。可惜世事大抵并不如此，教育所起的作用，相反只是压抑人的天性，磨灭人的天赋，折磨人的生命，遂使千人一面，颓唐喑哑，都不复能见到那生命的光彩。而社会运行体系中的大棒加胡萝卜政策，则很好地配合了教育体系，使人一面去逐利，一面却恐惧于莫须有的难以描述的境遇——仿佛有强硬之人受到种种压制，却又仿佛从不在身边碰见这样因强硬的生命力而与体系发生惨烈碰撞的人，这种若有若无的压力，其实倒最是产生压抑人的效果。《明史》卷二五五有黄道周上崇祯疏："以利禄豢士，则所豢者必嗜利之臣；以棰楚驱人，则就驱者必驽骀之骨。"——虽然是明末的论调，却深中今日教育与社会的弊病。在这一文一武的压力之下，人之天性是难以见其恣肆纵横了，而无此热烈奔放的生命，又何谈社会之创造性，又何谈社会之进步呢？于是，吾辈遂日陷进难以言说的荒谬之境，譬如一粒粒小米，躺在一大锅糨糊中，求其凌霄之姿，其可得哉？

三重楼喻 僧伽斯那

往昔之世，有富愚人，痴无所知。到余富家①，见三重②楼，高广严③丽，轩敞疏朗，心生渴仰④，即作是念："我有财钱，不减于彼⑤，云何顷来⑥而不造作如是之楼？"即唤木匠而问言曰："解作彼家端正舍不？"

木匠答言："是我所作。"

即便语言："今可为我造楼如彼。"

是时木匠即便经地垒墼⑦作楼。

愚人见其垒墼作舍，犹怀疑惑，不能了知⑧，而问之言："欲作何等？"木匠答言："作三重屋。"

愚人复言："我不欲下二重之屋，先可为我作最上屋。"

木匠答言："无有是事！何有不作最下重屋，而得造彼第二之屋？不造第二，云何得造第三重屋？"

愚人固言："我今不用下二重屋，必可为我作最上者。"

时人闻已，便生怪笑，咸作此言："何有不造下第一屋而得上者！"

《百喻经》

【注释】

①余富家：别的富贵人家。

②重：层。

③严：庄严、端庄。

④渴仰：非常羡慕。

⑤不减于彼：不比他家少。

⑥顷来：早先。

⑦经地垒墼（jī）：挖地基、垒土坯砖。

⑧了知：明白。

【赏读】

  少年时候，大家都读过王之涣的《登鹳雀楼》："欲穷千里目，更上一层楼。"本来这道理甚为浅显，实践的人却往往不是那么多。《百喻经》记载的这个土财主，就很证明了世人的愚妄：一面要享受风光之旖旎，境界之壮丽；一面却不愿打好基础，一步一步努力。所以，世上做梦的人多，梦醒了抱怨的人多，那真正不抱怨的极少数人，却扎实肯干，日积月累，终于有机会见证奇丽世界。这道理其实是普世的，不仅是做人，甚至最为微末的事情，也一定是由基础的努力，才逐渐达成目标的。世上万事，从无例外。但为何大家大多不肯去做基础的工作？道理是简单的，因为基础的工作，大抵是反复而单调的，那艳羡美好境界的人，太过于幻想，往往在精神上不够坚韧，无法支撑那些反复、单调的基础工作。我作为教育工作者，日常应对的皆是青年的大学生，有时就察觉到，他们多是喜欢想象的，总是倾向于对世界予以理想化，却完全不知道这个世界竞争之残酷，也无意于为未来人生之战斗做好准备，因此一旦步入社会，便充满痛苦与抱怨。这也是愚而可悲的呀！

无头亦佳① 佚名

汉武帝时,苍梧②贾雍为豫章③太守,有神术。出界④讨贼,为贼所杀,失头。雍上马还营。营中咸⑤走来视雍。雍胸中语曰:"战不利,为贼所伤。诸君视有头为佳,无头为佳乎?"吏泣曰:"有头佳。"雍曰:"不然,无头亦佳。"言毕遂死。

《录异传》⑥

【注释】

①题目是编者所加。

②苍梧:汉代郡名。汉武帝元鼎六年(前111)置。郡治在广信县(在今广西梧州市),属交阯刺史部。

③豫章:郡名,楚汉之际置。治南昌县(今江西南昌)。

④出界:越过豫章郡的地界。

⑤咸:都。

⑥《录异传》:又名《录异记》,原书久佚。作者、卷数均不详,历代书目亦不见著录,有些类书中常有征引。遗文散见于《北堂书抄》《艺文类聚》《初学记》《太平广记》《太平御览》等书中。

【赏读】

据云现在有一种超短小说"微小说",以微博为载体,在不超过140字的情况下,将一个故事写完。我看了些,可惜大抵失望的感觉居多。也许是因为我曾经读过上面这个寓言,加上标点符号,才105个字符而已。可是,且看这个寓言的叙事,有完整而恐怖的故事，有单个人物，有群体角色，有人物情绪的表达，最重要的是，它不仅有鲜明的哲学观，还有突出的文学风格，表现为超级冷静的叙事，贾雍对待死亡的语言表达，竟从容不迫至如此程度。所以，我是极其珍视这个寓言，认为其应当成为个人小说练习的最高典范。

就寓言的寓意来说，也很有佳处。当贾雍提出有头无头哪个更好的问题时，大众的回答是常规性的，一致以为"有头佳"，贾雍则反驳，以为"无头亦佳"。贾雍观念的突破，源自于他的切身体验，这说明人们的思维受局限，并不单单是思想本身无进展，更可能是行为本身沦于平庸和日常，满足于循规蹈矩、按部就班罢了。贾雍的回答，另一个值得注意的，是他用了"亦"字，这说明他是将无头、有头这两个从常规思维认知角度来看，觉得完全相对立的观念置于平等之地位，用极端抽象的佛学概念，就是色即是空，空即是色，这对习惯于二元世界观的众生，等于当头棒喝，因为习惯二元世界观的人，必有敌我之分，于是必有争论，遂造成古龙的名言："有人的地方就有江湖。"抛弃二元世界观，对万事万物采取更开放之态度，定能造成思维之飞跃，人类文明更当精进，世界更当和平。

"不然，无头亦佳。"这种思维之飞跃，却又是何等轻盈跳脱！

麻阳村人① 戴孚②

辰州③麻阳县村人，有猪食禾，人怒，持弓矢伺之。后一日复出，人射中猪，猪走数里，入大门。门中见室宇壮丽，有一老人，雪鬓④持杖，青衣童子随后，问人何得至此。人云："猪食禾，因射中之，随逐而来。"老人云："牵牛蹊⑤人之田而夺之牛，不亦甚乎？"命一童子令与人酒饮。前行数十步，至大厅，见群仙，羽衣乌帻⑥，或樗蒲⑦，或弈棋，或饮酒。童子至饮所，传教云："公令与此人一杯酒。"饮毕不饥。又至一所，有数十床，床上各坐一人，持书，状如听讲。久之却⑧至公所。公责守门童子曰："何以开门，令猪得出入而不能知。"乃谓人曰："此非真猪，君宜出去。"因命向童子送出。人问老翁为谁。童子云："此所谓河上公，上帝使为诸仙讲《易》耳。"又问君复是谁。童子云："我王辅嗣⑨也，受《易》已来，向五百岁，而未能通精义。故被罚守门。"人去后，童子蹴一大石遮门，遂不复见。

《太平广记》卷第三十九引《广异记》

【注释】

①题目是编者所加。

②戴孚：生卒年不详，谯郡（今安徽亳州）人，生平事略不见史传。所著有《广异记》，是唐朝前期大型志怪传奇集。

③辰州：隋开皇九年（589）始置，今属湖南省怀化市沅陵县。

④雪鬓：胡须花白。

⑤蹊（xī）：践踏。

⑥帻（zé）：头巾。

⑦樗蒲（chū pú）：古代游戏名，类似于现在的掷骰子。

⑧却：返回。

⑨王辅嗣：即王弼。王弼（226~249），字辅嗣，山阳郡（今河南焦作）人，魏晋玄学理论的奠基人。

【赏读】

麻阳县一农民因追野猪，突然进入一个奇异的宅邸，其主人为河上公，为传说中较早的为《易经》做注之人；而守门童子非他，乃大名鼎鼎的天才王辅嗣——他亦有注《易》之书——自云因为对《易经》理解不够，死后五百年来，被罚守门。我很疑心这是王辅嗣的敌人为攻击他而捏造的神话，但这捏造却自有其学理的依据。《老子》的理论是"为学日益为道日损"，所以要"绝圣弃智"复归于朴；《庄子》的理论是得鱼忘筌、得意忘言。老庄的理论，乃是一脉相承，皆怀疑学问之发展，并非促进意义的诠释，相反却给意义笼罩上越来越多的迷雾。我之所以以为这是攻击王辅嗣，是因为河上公作为诠释者，以老庄的理论，本也好不到哪里去。

自然，世人以为学问之道无穷，谁知这在今日的学术界，尤其彰明赫然。成千上万为了评职称而捏造出来的论文，以其空洞的言论、拗口的话语、不通的语句、满天飞的怪异术语、难以卒读的文章，织造出虚假的学术繁荣，却令一个个教授拎着皮包走上了讲台，喷发其或真或假的谬论，贻误后生非浅。这在世界各国恐怕都是罕见的。学术之尊严，从未如今日斯文扫地——虽然在面子上，吾辈到处可见一个个活灵活现的"大师""专家"摇着尾巴粉墨登场，自觉甚好，不觉丢人，吾辈则只能目瞪口呆地看其小丑表演而已。

顾楷[①] 佚名

陈时吴兴[②]顾楷在田上树取桑叶,见五色大蛇入一小穴。其后蛇相次,或三尺五尺,次第[③]相随,略[④]有数百。楷急下树,看所入之处,了不见有孔。日暮还家,楷病[⑤]口哑,不复得语。

《太平广记》卷第四百五十七引《广古今五行记》[⑥]

【注释】

①题目是编者所加。
②吴兴:浙江省湖州市的古称。
③次第:按顺序。
④略:总数大概。
⑤病:患了……病。
⑥《广古今五行记》:唐代笔记小说集,已佚。今残留《太平广记》等类书中。

【赏读】

南朝陈时吴兴人顾楷看见数百条蛇尾随着五彩的蛇王秩序井然地进入一个洞穴,等他走近一看,却发现这个洞穴消失了。因为好奇,顾楷得了怪病,成了哑巴。奇哉!

蛇大约是这个世界上最奇怪的动物,尤其在中国文化中,它们集性感与恐怖于一身,譬如白娘子,颠倒众生;譬如责骂性感而坏心的女人,必是"蛇蝎女人",所以是很值得去讨论的。我曾积聚了很多材料,意欲得一空暇,写篇长文,谈谈蛇在中国文化想象中的特殊地位。

现在且去谈这故事本身。这个神奇的寓言或者揭示了秘密世界的存在,是无法对人类开放的,若机缘巧合得以窥见,必定付出代价。因世界有神秘之大美,乃是完全不可言说的。我们对宇宙,对万事万物,均需要保持一份谦卑之心,学会去享受世间的神秘,倘若一味去追求所谓的"知识",必定排除万难解决宇宙间一切难题,务必将这份神秘化解殆尽,则人生便味同嚼蜡了,因为一切皆可以用数据、道理来解释,还有何罗曼蒂克可言?在当前,科技发展太快,渐渐裹挟了人类,我以为照这等速度发展下去,人的情感之变迁、理解之能力必定跟不上,早晚将让大部分人变成冷漠、消极之辈,而为少数掌握顶尖科技的人或公司或机构控制命运。所以,也许文明与科技的发展需要降速,甚至停留,因为美和幸福必定是在一个缓慢的时间维度中被人感知的。难道美、幸福不是人最终的追求吗?

但这故事若从消极的层面去理解,也许揭示了另一个恐怖现实——真相是严禁被泄露的。看见真相的人,务必小心被取消证人的资格,这是一种历史与政治的经验,但在古今中外,反抗此规则者,比比皆是。权力自然有办法让人沉默,但它一定没有办法让人放弃言说。真相既然严禁被泄露,那么必定有真相之存在,也必定有线索之存在。顾楷虽然哑声了,但五色大蛇和它的族群之存在,也终于被后世知晓。

无心子传 王绩①

无心子寓居②于越，越王不知其大人③也。拘④之仕，无喜色，泛若⑤而从。越国之载⑥曰："有秽行⑦者不仕。"俄而，无心子以秽行闻于王，王黜之，无愠色，退而将游于茫荡⑧之野。适绩之邑⑨，而遇机士⑩。

机士抚髀⑪而叹者三，曰："嘻！子贤者，而以罪废？"无心子不应。机士曰："愿受教。"无心子曰："尔闻蜚廉氏⑫马说乎？昔者蜚廉氏有二马：一者朱鬣白毳⑬，龙骼凤臆⑭，骤驰⑮如舞，终日不释鞍⑯，竟以艺死；一者重胫昂尾⑰，驼头貉膝，踶啮善蹶，弃而散诸野，终年肥腯⑱。是以凤凰不憎山栖，蛟龙不羞泥蟠⑲。君子不苟洁以罹患⑳，圣人不避秽而养生。"

东皋子闻之曰："善矣！尽矣！不可以加矣！"

《东皋子集》

【注释】

①王绩（585~644）：字无功，号东皋子，隋末唐初绛州龙门（今山西龙门）人，初唐诗人。有《东皋子集》。

②寓居：客居。

③大人：有才华的君子。

④拘：强迫。

⑤泛若：即泛然，不经意的样子。

⑥载：记录，此处指法令。

⑦秽行：卑劣的言行。

⑧茫荡：辽阔的样子。

⑨适：到。绩之邑：王绩的家乡。

⑩机士：聪明人，心机深。

⑪髀（bì）：大腿。

⑫蜚廉氏：人名，纣的大臣，据云善走。

⑬鬣（liè）：鬃毛。毳（cuì）：细毛。

⑭臆：胸。

⑮骤：疾步。驰：狂奔。

⑯释鞍：卸下马鞍。

⑰胫（jìng）：小腿。昂尾：竖着尾巴。

⑱肥腯（tú）：肥硕。

⑲泥蟠：曳尾泥中的意思，指在泥水中蟠伏。

⑳苟洁：为清白而不停努力。罹患：遭遇灾祸。

【赏读】

  无心子恐惧于人之优秀，终以艺死，而宁愿和光同尘，终年肥腯。这是中国传统中极其可恨的一种观念，即是鼓励大家皆去做乡愿，不要出头，甘于平庸，似乎太过优秀，将使他人很难堪，违反者，对不起，大家群起而攻之，非折挫其锐气，使其一体平庸不可。有人为此总结了一个很漂亮的成语，叫"木秀于林风必摧之"，专门警告那些试图逾越大众的人。那么什么样的人容易不甘平庸，而要挑战温吞水的现状呢？自然是年轻人，于是民间有"少不看水浒"之俗语，据我的理解，恐怕也是因为年轻人血气方刚，倘若看到《水浒传》中那些个性鲜明的好汉，将周围无能之辈完全比下去，极有可能便去模仿，也试图要超越日常平庸，导致与现状的对立、冲突，使大家心里皆不快活。《明史》卷一六二记载，石亨害怕言官，怂恿皇帝，"帝谕吏部，给事、御史年逾三十者留之，余悉调外"。于是，三十岁以下言官尽皆罢弃。

传统之毒，尤其深藏于今日社会之肌体中。家庭教育，从小令小孩做"听话"者；学校教育，从小即让统一的"人才"筛选机制对有个性者进行去棱角的工作；至于社会大众，则以唯一的收入标准衡量人之"成就"。于是至于成人，则大家皆只不过成为社会庞大机构中一个个毫无个性之螺丝钉，不会相互碰撞，最后大抵以寿死，化为灰烬，在历史中不留痕迹。虽然免于了"以艺死"的命运，但可惜国家也失去了真正创造力的源泉，因为道理很简单，创造性只能脱胎于对现状的反抗与超越，由真正有棱有角的"优秀"的个体去实践，他们是注定不能忍受平庸的。

我自然害怕小荷才露尖尖角就被人削平枯死，无机会长成艳丽惊天之荷花。但我以为，所有荷花，经秋必凋，艳丽与否，本不足以改变其枯萎的结果。既然如此，何不皆努力皆去做最美的荷花？如果大家皆去这般设想，这般作为，形成千里激滟的景致，到处皆是勇猛展示生命极致的荷花，即使有人或无聊或恶意，要来削平尖角，只怕也无那体力，能将这千里的激滟景致悉数灭绝吧。

这是我的空想吧。个人且去自寻出路，或"以艺死"，或"肥腯"终生，本皆属个人之命运也。他人再揪心操劳，也是于事无补的。

说天鸡 罗隐①

狙氏②子不得父术,而得鸡之性焉。其畜养者,冠距③不举,毛羽不彰④,兀然⑤若无饮啄⑥意,洎⑦见敌,则他鸡之雄也;伺晨⑧,则他鸡之先也,故谓之天鸡。

狙氏死,传其术于子焉。且反先人之道,非毛羽彩错⑨嘴距铦利⑩者,不与其栖。无复向时伺晨之俦⑪、见敌之勇,峨冠高步,饮啄而已。

吁,道之坏矣有是夫!

《谗书》

【注释】

①罗隐(833~910):字昭谏,新城(今浙江富阳西南)人,晚唐著名诗人,著述甚丰,有诗集《甲乙集》传世,散文名著《谗书》五卷,哲学名著《两同书》等。

②狙(jū)氏:养猴人家。

③距:鸡爪。

④彰:色彩绚烂。

⑤兀然:呆呆的样子。

⑥饮啄:饮水吃米。

⑦洎(jì):及至。

⑧伺晨:报晓。

⑨彩错:华丽。

⑩铦(xiān)利:锋利。

⑪俦（chóu）：同类。

【赏读】

　　其实，官二代、富二代的问题，不是今日才爆出来的，自古衙内成患、公子败家，乃是稀松平常的事情，这在传统的经典文体中是甚少提及的，但在世俗文学，譬如说书、小说等，基本无书不涉及。譬如罗隐这个故事中的一家三代，祖父是养猴的高手，父亲就学不了，倒是发现了养鸡的手段，但传到第三代，只是迷恋外表的华丽，不曾学到真正的养鸡技术。这一家三代，在技术传承的过程中，不断丢失上一代的精髓（只有父亲一代，却做出了一点创新，可惜儿子不能持续）。联系到今日的世界，官一代、富一代，必有其发奋的动力、升迁发家的手段，但富贵可传，这动力与聪明劲，却不可传也，其实是一样的道理。古语云："富不过三代。"确乎是卓见也，根底原因，其实还是在于官一代、富一代对下一代教育之失败。我想及《伊索寓言》中"农夫与他的儿子们"的故事，就觉得古人智慧之不可及，这位农夫并不将财富传给后代，却在临终时蛊惑他们去深挖葡萄园，通过劳作，使葡萄丰收，终于有所收获。这才是正确的传家之道。

樊氏狂者① 无能子②

樊氏之族有美男子，年三十，或被发③疾走，或终日端居④不言，言则以羊为马，以山为水，凡名一物，多失其常名，其家及乡人狂之，而不之罪焉。

无能子亦狂之。或一日遇于丛翳⑤间，就⑥而叹曰："壮男子也，貌复丰硕，惜哉病如是！"狂者徐曰："吾无病。"

无能子愕然曰："冠带不守⑦，起居无常，失万物之名，忘家乡之礼，此狂也，何谓无病乎？"

狂者曰："被冠带，善起居，爱家人，敬乡里，岂我自然哉？盖昔有妄作者，文之以为礼，使人习之至于今。而薄醨因醇酎⑧也，知之而反之者，则反以为不知，又名之曰狂。且万物之名亦岂自然哉？清而上者曰天，黄而下者曰地；烛昼者曰日，烛夜者曰月。以至风云雨露，烟雾霜雪；以至山岳江海，草木鸟兽；以至华夏夷狄，帝王公侯；以至士农工商，皂隶⑨臧获⑩；以至是非善恶，邪正荣辱，皆妄作者强名之也。人久习之，不见其强名之初，故讼⑪之而不敢移焉。昔妄作者或谓清上者曰地，黄下者曰天；烛昼者月，烛夜者日，今亦沿之矣。强名自人也，我亦人也，彼人何以强名，我人胡为不可哉？则冠带起居，吾得以随意取舍；万状之物，吾得以随意自名。狂不狂，吾且不自知，彼不知者狂之，亦宜矣。"

《无能子·幻见第八》

【注释】

①题目是编者所加。

②无能子：生卒年不详，唐朝末年思想家，生平不详，仅留下一部著作《无能子》。

③被（pī）发：披发。

④端居：安静居止。

⑤丛翳（yì）：树木茂盛之地。

⑥就：靠近。

⑦冠带不守：不遵守儒家规定的穿衣打扮的方式。

⑧薄醪（láo）：淡酒。醇酎：高度数的酒。

⑨皂隶：官家的杂役。

⑩臧（zāng）获：奴隶。

⑪讼：公认。

【赏读】

这则寓言的整个叙述背景，与鲁迅《狂人日记》极其相似，也是有清醒之意志的人，被乡里排斥，以为狂妄，但就其自白来说，则不仅言之有理，而且发人深省，甚至具有颠覆性的认知。《狂人日记》自然是攻击中国传统文化之"吃人"的本质，但这篇寓言，则更加深入，更加直接。其攻击的逻辑，翻译作现代的学术语言，不过是说：能指与所指，都是由古人随意定其联系的，其实只是偶然之物，既然古人可以，为何我就不可以？于是"言则以羊为马，以山为水，凡名一物，多失其常名"，终于自以为达于自由的境界。此寓言中的"狂者"是否抵达自由之境姑且不论，但就其反省来说，则确乎是思维超前了，虽然这思想本来有着老庄的根底，但其直接开始自由地命名（行动），则是一个巨大的突破。

但是关于语言命名的正确性的讨论，有其现实的困境。人作为群居之动物，必须有其信息交流，而信息交流，是需要一个约定俗成的符号系统的，其发展的方向，最后是抽象的文字系统，一旦失去此"约定俗成"，则交流就不可能实现。所以，完全摆脱旧的语言系统，在形势上是不可能的。在信息全球化之后，人类碰到一个翻译的问题，即每一个文明都自有其语言系统，于是需要在相异的语言系统内寻找信息对称的办法。翻译问题的出现，恰好证明了语言命名本来就可以是自由的，只不过，发达的信息全球化世界，为了保障人类信息交流的顺畅，同样需要一个受到更广泛认可的语言系统，来尽量巩固全球化的认知基础——这也就是一个新的"约定俗成"。19世纪末的时候，一批聪明人想出了"世界语"的主张，在中国曾经风靡一时，据说当时还真有人用世界语写书，但后来终于不能成功，证明了不可能建立一个唯一的语言系统，为全世界人民共享。道理很简单，在共性的基础上，人类还需要多样性，而语言的多样性，实在是保证人类各群体间思想的交流激荡碰撞，从而产生竞争性与创造力的必要条件也。

此则寓言中，这位发狂的美男子，确实努力在创造自己独一无二的语言系统——虽然只不过是寓言罢了。那么世界上有没有人真的自创了自己的语言系统呢？是有的。这个人便是乔伊斯，其《芬灵根守灵夜》一书，据说语言庞杂，体系标新立异，是对旧有语言系统的突破与创新，但太过自由，以至无人读懂，号为天书。近日中国有一位学者将其翻译，第一卷业已出版，实乃盛事。但中国迄今无人写作突破性的语言作品，吾辈只能等待了。

杨真 佚名

邺中①居人杨真者家富。平生癖好画虎，家甚多画虎。每坐卧，必欲见之。后至老年，尽令家人毁去所画之虎。至年九十忽卧疾②，召儿孙谓之曰："我平生不合③癖好画虎，我好之时，见画虎则喜，不见则不乐。我每梦中多与群虎游。我不欲言于儿孙辈。至晚年尤甚。至于纵步游赏之处，往往见虎。及问同游人，又不见，我方恐惧。寻乃尽毁去所画之虎。今卧疾后，又梦化身为虎耳。又梦觉④既久，而方复人身。我死之后，恐必化为虎，儿孙辈遇虎，慎勿杀之。"其夕卒，家方谋葬，其尸忽化为虎，跳跃而出。其一子逐出观之，其虎回赶其子，食之而去。数日，忽家人夜梦真归谓家人曰："我已为虎，甚是安健。但离家时，便得一人食之，至今犹不饥。"

《太平广记》卷第四百三十引⑤

【注释】

①邺：古代著名都城，遗址范围在今河北临漳县和河南安阳市北郊境内，始筑于春秋齐桓公时，曹魏、南北朝时几个政权先后以此为都。

②卧疾：因病卧床。

③不合：不应该。

④梦觉：梦醒。

⑤《潇湘记》：宋以前的一部笔记集，逸文见于《太平广记》

等类书。

【赏读】

　　杨真平生癖好画虎,老而死,其尸忽化为虎,还现梦给家人,说为虎之后,"甚是安健"云云。我以为这是对艺术本质的一个寓言,伟大的艺术,能在创作时达到主体与客体的水乳交融,从而使人的想象突破时间与空间的束缚,实现自由的转换;但是创作出这样伟大的艺术,代价常常不菲,那就是发疯或死掉。所以,在这样伟大的艺术之上,还有一个更高的台阶可以攀登,那也可以说是人类艺术金字塔的最顶尖了,即是:艺术创作时超然于主客体的束缚,自由穿梭于想象与现实、时间与空间,纵意所如,皆成境界,也就是孔子所说的,"纵心所欲不逾矩"。

　　说到梦虎,我忽然想及庄周梦蝶的故事。"昔者庄周梦为胡蝶,栩栩然胡蝶也。自喻适志与!不知周也。俄然觉,则蘧蘧然周也。不知周之梦为胡蝶与?胡蝶之梦为周与?"(《庄子·齐物论》)这就是超然于主客体的束缚了。

　　有时,我偶然想想,为何西方伟大的艺术家,多见疯狂与早死,譬如凡·高、兰波、海明威。也许是因为其文化传统,思维是线性的(非此即彼),真要突破,达到超然主客世界的境界,心理承受起来太难,自然结果不大妙;但东方有"庄周梦蝶"的典故,文艺人无不知晓,又有禅宗,点明心外无物,此思维其实乃是圆形的(彼此不分),突破主客体之界限,本就是水到渠成自然之事。所以东方古代艺术大妙。但在技术上落后于西方之后,东方也起而学习西方,不仅是技术,还包括政治、文艺,反将自家精髓抛弃,遂使中国现当代艺术,只做了西方的小跟班,更不要提比肩本国古典了。可怜也!

卖油翁① 欧阳修②

陈康肃公尧咨③善射,当世无双,公亦以此自矜④。尝射于家圃⑤,有卖油翁释担⑥而立,睨⑦之,久而不去。见其发矢⑧十中八九,但微颔⑨之。康肃问曰:"汝亦知射乎?吾射不亦精乎?"翁曰:"无他,但手熟尔。"康肃忿然曰:"尔安敢轻吾射。"翁曰:"以我酌油⑩知之。"乃取一葫芦置于地,钱覆其口,徐以杓⑪酌油沥⑫之,自孔入,而钱不湿。因曰:"我亦无他,惟手熟尔。"康肃笑而遣之。

《欧阳文忠公集·归田录》

【注释】

①题目是编者所加。

②欧阳修(1007~1072):字永叔,号醉翁,晚年又号"六一居士",吉州吉水(今江西吉水)人,谥号文忠,世称欧阳文忠公,北宋卓越的政治家、文学家、史学家,"唐宋八大家"之一。主要著作有《欧阳文忠公文集》,另与宋祁等合作编著《新唐书》,并自撰《新五代史》。

③陈康肃公尧咨:陈尧咨(970?~1034?),宋代官员、书法家。字嘉谟,阆州阆中(今四川南充阆中)人,真宗咸平三年(1000)状元,死后谥号康肃。

④自矜:自夸。

⑤圃:园子,此处指场地。

⑥释担:放下挑货的担子。

⑦睨（nì）：斜视。
⑧矢：箭。
⑨微颔：微微点头表示赞许。
⑩酌油：倒油。
⑪杓（sháo）：同"勺"。
⑫沥：倾倒。

【赏读】

卖油翁因手熟，可以自如倒油。想来觉得神奇，此其实暗合了一个道理：两万小时定律。根据这个定律，无论何人，无论在何行业工作，想有所成就，出人头地，必定至少要经过本行业两万个小时的训练，才有可能实现职业梦想。比如蝶庵我至今在文学上无甚成就，就是因为还欠功夫，写作时间离两万个小时尚有较大之差距。这个道理古人虽然没有总结，其实大家都有所领悟。《列子·汤问》里提及古代著名的射手纪昌，为了箭术天下无双，先是花两年时间躺在妻子织布机下，目光盯着梭子来回穿梭，以至后来用针刺其双目，也可以做到不眨一下眼；后又花三年时间，将小小的虱子悬挂在朝阳的窗户上，盯着看，最终看这虱子大如车轮，于是，功夫乃成。其实就现代的常识来讲，这般呆看，更可能变成瞎子，更不要提什么成为射箭专家了，所以，这故事只不过是以寓言的方式告诉人们专心训练的必要性罢了。另一个有名的故事出自《庄子·达生》，讲一个驼背老者，用竿子去粘蝉，百发百中，原因在于这老者也经过了辛苦的训练，于是孔子对其大为赞叹。

本来天下并无做不成的事情，人之可恨，不过在没有恒心罢了。

螺蚌相语 苏轼[1]

中渚[2],有螺蚌相遇岛间。

蚌谓螺曰:"汝之形,如鸾[3]之秀,如云之孤,纵使卑朴[4],亦足仰德[5]。"

螺曰:"然[6]。云何珠玑之宝,天不授我,反授汝耶?"

蚌曰:"天授于内,不授于外,启予口,见予心;汝虽外美,其如内何?摩顶放踵[7],委曲[8]而已。"

螺乃大惭,掩面而入水。

《苏轼文集》

【注释】

[1]苏轼(1037~1101):眉州眉山(今四川眉山)人,字子瞻,号东坡居士。北宋文学家、书画家,文为"唐宋八大家"之一,词开豪放一派,书法方面则与黄庭坚、米芾、蔡襄并称"宋四家",并擅长文人画,乃中国古代文化史中罕见的全才。有《苏东坡全集》。

[2]渚(zhǔ):水中小块陆地。

[3]鸾:属于凤凰一类的鸟。

[4]卑朴:地位不高、居处朴素。

[5]仰德:德行令人敬仰。

[6]然:是的。

[7]摩顶放踵:《孟子·尽心上》:"墨子兼爱,摩顶放踵,利天下为之。"本形容极端辛劳奔波,此处形容螺蜷缩在壳内的模样。

⑧委曲：螺蛳乃软体动物，外壳内肉，其壳旋而扭曲，其肉则极富弹性，有螺旋之状，故用"委曲"形容。

【赏读】

　　苏轼的文章，如水之流，随意曲折，皆成风景。这段有趣的动物寓言，极富田园生活想象，却又含意深刻，正是典型的苏文。此故事说到底，不过是讲外表与内在的关系。这个关系乃是人类生活常见而常加讨论的，中西莫不如此。譬如《伊索寓言·狐狸与豹》，豹炫耀自己的皮毛漂亮，狐狸则予以反驳，以为"我比你要美多少呀，因为我不是在身体上，却是在精神上是各种颜色的"（周作人译本）。可见古贤如伊索，是重视内在的智识之美的，亦即内秀。

　　但是在一般人处理起来，大抵是重外表而忽视内在，古代即已如此，所以有苏轼之讽刺；但于今犹烈耳。譬如婚姻等同买卖，自古就是如此，但今日谈婚论嫁，则只顾对方之资本与家庭之背景，嫌贫爱富达于极致，而人之品性、才华、彼此爱情深浅，转被忽视。强扭的瓜，照例是不甜的，我以为这是今日离婚率忽然走高的本质原因。又譬如演艺界，根据外表情况，特别有偶像（以外表胜出）与实力（以内在本事胜出）的区别，某些偶像艺术水准低滥，却无碍于俘获大量粉丝，证明了时代是何等轻浮。此外的表现还有许多，例子是随手可拾的。

　　此等重外表轻内在的潮流，如今看来，已经占据了主流，所以内秀之人，欲有所成就，阻力极大，委曲甚多，只能期望他们思想足够坚定，能抗拒潮流，岿然不动了。不过，蚌内之珍珠，毕竟胜于螺内之涩肉，这是聊可自慰的。

威无所施[①] 苏轼

忠、万、云安[②]多虎。有妇人昼日置二小儿沙上而浣衣于水者。虎自山上驰来，妇人仓皇沉水避之。二小儿戏沙上自若。虎熟视久之，至以首抵触。庶几[③]其一惧，而儿痴，竟不知怪，虎亦卒[④]去。意[⑤]虎之食人，必先被之以威[⑥]，而不惧之人，威无所从施欤！

有言虎不食醉人，必坐守之，以俟[⑦]其醒。非俟其醒，俟其惧也。有人夜自外归，见有物蹲其门，以为猪狗类也，以杖击之，即逸去。至山下月明处，则虎也。是人非有以胜虎，而气已盖之[⑧]矣。

使人之不惧，皆如婴儿、醉人与其未及知之时，则虎畏之，无足怪者。

《苏轼文集·书孟德传后》

【注释】

①题目是编者所加。

②忠、万、云安：即今忠县、万州区和云阳县，三地均属重庆市。

③庶几：或者，有可能。

④卒：终于。

⑤意：怀疑、猜度。

⑥被之以威：以威势加于他人。

⑦俟（sì）：等待。
⑧气已盖之：言气势已压过对方（虎）。

【赏读】

  这个道理，《庄子》文本中亦曾提及，大意是，醉酒之人倘若摔倒，较一般人之摔倒，更难受伤。不知道这种理论，可有其科学的论证。但寓言自然无意较真，我以为，这则寓言，其实只是说明了一点：恐惧仅仅是一种心理的虚构，是人的知识背景造成的一种思维局限性。倘举一个简单的例子，一个在城市高楼中生活的人，日常生活中很难遇见蛇，但在电视中看见蛇时，很少有不感觉一阵凉意油然而生的。既然蛇并不在他的经验中，则这种恐惧又从何而生？原来是来自对蛇的"知识"了解，其造成了一种想象的恐惧。我们若有自省的习惯，是很能从自己的日常言行中解剖出来许多恐惧的，有些恐惧造成了人的不自信和视野、思想的局限，将人限制在低级发展状态之中，想来是很可惜的事情。

吴五百① 萧德藻②

吴名惷③,南兰陵④为寓言靳⑤之曰:淮右浮屠客吴,日饮于市,醉而狂,攘臂突市人,行者皆避。市卒以闻吴牧,牧录而械之,为符移⑥授五百,使护而返之淮右。

五百诟浮屠曰:"狂髡⑦,坐尔乃有千里役,吾且尔苦⑧也。"每未晨,蹴之即道,执扑⑨驱其后,不得休;夜则縶⑩其足。至奔牛埭⑪,浮屠出腰间金市斗酒,夜,醉五百而髡其首,解墨衣衣之,且加之械而縶焉,颓壁⑫而逃。明日,日既昳⑬,五百乃醒,寂不见浮屠,顾壁已颓。曰:"嘻,其遁矣!"既而视其身之衣则墨,惊循⑭其首则不发,又械且縶,不能出户,大呼逆旅⑮中曰:"狂髡故在此,独失我耳!"

《宾退录》卷六引

【注释】

①题目是编者所加。

②萧德藻:生卒年不详,字东夫,自号千岩老人,闽清(今属福建)人。南宋诗人。原有《千岩择稿》,已佚。

③惷(chōng):愚笨。

④南兰陵:作者世居兰陵,后迁居江南,故自称南兰陵。

⑤靳(jìn):嘲笑。

⑥符移:官方移交案犯的文件。

⑦髡(kūn):古时去发之刑,此指和尚没有头发。

⑧尔苦：苦尔，使你痛苦。

⑨扑：棍子。

⑩絷（zhí）：绑住。

⑪奔牛埭（dài）：地名。埭，壅水为堰。

⑫頮壁：破墙而出。

⑬昳（dié）：日过午。

⑭循：抚摸。

⑮逆旅：宾馆。

【赏读】

　　这则寓言，倘若只做笑话读，未尝不可。因为故事中狡猾的僧人，颇有幽默的精神；而吴五百的表演，则颇有小丑一般的笨拙与天真。但既是寓言，则必有所指，此寓言所指，则是现代社会里极其普遍的一种现象：大家皆在迷茫与苟且中慢慢忘记了本来的自我。特别是吴五百，一日权力在手，便恣意使用，以为有万千的安稳，却不知道，在权力施展的过程中，他其实已经忘了自己是谁。推广此道理，人若有了些成就，自以为超越众人之上，便自大、夸张起来，忘了自己也是有生老病死，根底上也只是一个血肉之躯，慢慢自己将自己神化，也就将自己圈在一个虚构的完美之中，最终都不复知道自己是谁了。其实就像栖息于公牛角上的蚊子，临飞之前，问公牛是不是希望它早点走，公牛其实根本就不在乎蚊子的来去（见《伊索寓言·蚊子与公牛》），就像民众其实并不真正在意那些自以为伟大的人物，但"伟人"们却照例以为世界少了他们便转不动了。此辈"伟人"共同的特点，叫作自恋，且是极度自恋，譬如《伊索寓言》中临水照影的小鹿，因陷入对自身的迷恋，而无法应对危机。那不曾忘记自己亦如普通人一般有七情六欲，并予以认可者，其清醒的态度，我们理应表示钦佩，譬如姚晨、王石之辈。

夜光宝珠 宋濂

雍丘①有北宫②殖③,操舟捕鱼蚌自给④。夜宿河滨,忽获夜光之珠,明照百步外。雍丘之人以北宫殖得奇宝也,争刺⑤羊豕往贺之,曰:"自若⑥居雍丘,出则操舟,入则舍舟,其衣罔罔尔⑦,其食扈扈尔⑧,宋人之婆⑨者未有过于若也。若今一旦得奇宝,奇宝者世之所珍,何欲不餍⑩?"宋大夫闻之亦往贺,曰:"宋君欲求照乘⑪之珠者十枚,既有其九,环宋国之疆而诏之,无有应者。不意若得之河滨也。若当袭⑫以阿锡⑬,贮以宝械⑭,吾挈⑮若西献之,贵与富弗须口⑯也。"北宫殖将行,其父始还自秦,北宫殖具⑰以告,其父哭曰:"予居雍丘十世矣!安于一舟。今以是珠献,必致贵富,贵富则骄,骄则暴,暴则乱,乱则危,危则大坏而后已。求如今日操舟,尚可得耶?吾安用是⑱为也!吾安用是为也!"碎之。

《宋濂全集·潜溪前集卷二·寓言》

【注释】

①雍丘:古代地名。

②北宫:复姓。

③殖:名。

④自给:谋生的意思。

⑤刺:杀。

⑥若:你。

⑦罔（wǎng）罔尔：衣服破烂。

⑧扈（hù）扈尔：食物粗劣。

⑨窭（jù）：贫穷。

⑩餍：满足。

⑪乘：古代称兵车，四马一车为一乘。珠的光芒能照一乘，可见其光芒耀眼。

⑫袭：裹。

⑬阿锡：齐国有一地名阿，善产漂亮的细布，称阿锡。

⑭宝械（jiān）：装饰珠宝的木匣子。

⑮挈（qiè）：带领。

⑯弗须口：不用说。

⑰具：全部。

⑱是：代词，指宝珠。

【赏读】

　　这个寓言告诉我们，对一个不成熟的个体，或者对一个不成熟的社会，身怀宝物，其实潜藏着很大的危险。这就像长在路边的核桃树，因为结了果实，人皆用石头抛掷，深感苦恼。（见《伊索寓言·核桃树》）若个体不成熟，则如北宫殖的父亲所担忧的，因富贵而骄人，而践踏他人权利，渐为人所痛恨，遂成了过街的老鼠，人人喊打；时机一成熟，则树倒猢狲散，乃是免不了的。

郑人惜鱼 宋濂

郑人有爱惜鱼者，计无从得鱼，或汕①或涔②，或设饵笱③之。列三盆庭中，且实水焉，得鱼即生之。

鱼新脱网罟④之苦，惫⑤甚，浮白⑥而唵喁⑦。逾旦，鬣⑧尾始摇。

郑人掬而观之，曰："鳞得无伤乎？"

未几，糁麨⑨而食，复掬而观之，曰："腹将不厌⑩乎？"

人曰："鱼以江为命。今处以一勺之水，日玩弄之，而曰'我爱鱼我爱鱼'，鱼不腐⑪者寡矣！"

不听。未三日，鱼皆鳞败而死。郑人始悔不用或人之言。

《宋濂全集·潜溪后集卷二·燕书》

【注释】

①汕（shàn）：用渔笼捕鱼。

②涔（cén）：积水，此处指在河流边挖小水塘，诱鱼入。

③笱：竹制的捕鱼器具，口大窄颈，腹大而长，鱼能入而不能出。

④罟（gǔ）：网。

⑤惫：疲劳。

⑥浮白：肚皮翻着浮上水面，鱼将死之貌。

⑦唵喁（yǎn yóng）：鱼口开合貌。

⑧鬣（liè）：鱼鳍。

⑨糁（shēn）：谷类磨成的碎粒。麸：将小麦磨成面过箩后剩下的皮，亦称"麸皮"。

⑩厌：同"餍"，吃饱。

⑪腐：死。

【赏读】

　　在做了父母的人读来，这则寓言可谓直指要害，令人心生戚戚之感。吾辈不幸生于计划生育的时代，因为大抵一家只有一个小孩，所以，许多人家皆把这唯一的小孩几乎当作菩萨供养起来，含在口里怕化了，捏在手里怕碎了，总之家中六个大人（爷爷、奶奶、外公、外婆、父、母）一心围着孩子旋转，遂引发得这孩子自以为乃世界的中心，于是呼风唤雨无不如意。及至到了真正的较量场，则疲苶软弱熊包怂样了。宋濂还有一个有趣的寓言，叫《束氏狸狌》，讲的是善于捕鼠的狸狌，其后代因为天天都是用肉来喂养，与世无争惯了，及至放到有鼠的所在，则恐惧殊甚，战战兢兢，以老鼠为恐怖，乃是完全忘记了捕鼠的本事，最后被老鼠们轻咬一下指头，便就狂奔溃逃而出。人从根本上来说，难道不是一个动物吗？动物失去野性，实在可怕；人倘失去一定的野性，我以为也一般可怕，但或许有人会以此为进化，则我实在不能认同，我宁愿人内心深处仍保留一丝狂野，使其可以抵消日常的平庸。20世纪90年代末，曾经有一段时间流行小小说，我读过许多，大抵皆忘了，倒是有一篇格外有趣，讲的是一个高度发达的外星文明世界里，公认为最漂亮的一个女子，却找不到合适的对象；忽一日，此外星与地球大战，俘虏了一名地球上的战士，此战士是个粗鲁狂野的人，不料却被那外星的美人看中，要成其佳偶云云。恐怕这粗鲁狂野的地球人，国籍很难是中国的吧。布拉德·皮特主演的著名电影《燃情岁月》，也是鄙薄所谓的文明与现代政治，而欣赏狂野粗鲁的本真人性的，我以为做父母的人大可以学习学习。但话说回来，虽然吾辈国民日益娇惯下一代，使其性格逐渐精致脆弱，但对孩子的精神折磨与摧残，却反而日益严重起来。据云现在孩子的竞争，从幼儿园即已开始，四五岁的小孩，已经送到培训班去磨炼了，现在能经常感知大自然的孩子，据说已是凤毛麟角了，南京电视台曾为此做了一个专题调查，探讨孩子与自然亲近度如何，结果令人沮丧。南京如此，其他城市想来乐观不了。于是，我想起自己幼年时在苏北农村散养长大的过程了，父母无知无识，任吾成长，小时也就打过架，游过野泳呛过水，偷过东西，掏过蛇洞，吞过铜板差点噎死，一个人学骑自行车冲下坡差点摔成残废，还崇拜过小流氓学着混街头，若在今日城市的父母们看来，岂不要发疯！但我自己却以为那样的童年，倒好像神话一般好玩，侥幸不死，也未曾变成恶棍，虽然是出乎意料，成才也谈不上，但是至今知道自己还有那么一些野性，谁也驯化不了，也是足以骄傲于人的。

　　言及于此，不免想到伊索讲过的一个故事，叫作"小孩与大鸦"，乃一家人为了保护一个小孩，做了一个笼子，把小孩放在里面，大人们以为有万千安稳，不料小孩却被垂下的搭扣砸中脑门而死。原来，过度的保护，只会使孩子失去生命——虽然世人还以为这是爱呢。

唐蒙与薜荔 刘基

唐蒙①与薜荔②俱生于松、朴之下，相与谋所丽③。

唐蒙曰："朴，不材木也，荟而翳④。松，根石髓⑤而生茯苓，是惟百药之君，神农之雨师食之以仙；其膏⑥入土是为琥珀，爰与水玉琅玕⑦同为重宝；其干耸擎而干霄⑧，其枝樛流⑨；其叶扶疏，爰有百乐弦管之音。吾舍是无以丽矣。"

薜荔曰："信美，然由仆观之，不如朴矣。夫美之所在，则人之所趋也。故山有金则凿，石有玉则劚⑩，泽有鱼则竭，薮⑪有禽则薙⑫。今以百尺梢云之木，不生于穷崖绝谷人迹不到之地，而挺然于众觊⑬，而又曰'有茯苓焉'，'有琥珀焉'，吾知其戕不久矣。"

乃袤而附于朴，钻蚋蠐⑭之穴，以入其条，缠其心而出焉。于是朴之叶不生，而柯枚条干，悉属于薜荔，中虚而外皮索⑮，箨如⑯也。

岁余，齐王使匠石取其松，以为雪宫之梁。唐蒙死，而薜荔与朴如故。

《郁离子》

【注释】

①唐蒙：草名，即菟丝草。

②薜荔（bì lì）：一种常绿的藤本植物。

③丽：依附、攀爬。
④荟而翳（yì）：叶子茂密，其下幽暗。荟，聚集；翳，遮蔽。
⑤根石髓：根从石头精髓之中吸取养分。
⑥膏：松脂。
⑦水玉琅玕：水晶。琅玕，像珠玉一样的美石。
⑧耸壑：超过山谷。干霄：直插云天。
⑨樛（jiū）流：树枝盘曲。
⑩劚（zhú）：砍、削。
⑪薮（sǒu）：湖泊沼泽。
⑫薙（tì）：除草。
⑬众覿（dí）：众人所见（之地）。
⑭蚋蠦（ruì cáo）：皆害虫也。
⑮索：掉落。
⑯箨如：像发笋一般。

【赏读】

　　刘基这则寓言，寄托遥深。从传统的观念来看，唐蒙、薛荔所做的事情，引申到士人身上，不过是良禽择何木而栖的问题。有一种士人，单去看所依附者的现状，以为大富大贵，声势显赫者，乃是值得人羡慕的，便去依附了，或为清客，或为帮闲，最后树倒猢狲散，无个善果；另一种士人，却反其道而行，信赖朴实而宽容者，虽不免境遇萧条些，却能互为帮助，共得安宁，皆有发展。若对今人而言，不过是如何选择就业方向的问题，是趋向热门行业或企业单位，削尖脑袋往里钻，单单为的是丰厚的待遇，却丝毫不去考虑行业衰退或企业单位不景气之可能性？还是选择符合本人气质、能力，且具有可持续性发展空间的行业或企业单位？但问题的核心，其实从来不在于如何选择依附对象，而在于对自己的清醒认知，由此清醒的自我认知出发，去形成独立的人生追求——虽然这种独立的人生追求，也许在最初的时候，会以"依附"的形式呈现。

不韦不智 刘基

越人寇，不韦避兵而走剡①，贫无以治舍②，徘徊于天姥③之下，得大木而庥④焉。

安一夕，将斧其根以为薪。其妻止之曰："吾无庐，而托是以庇身也。自吾之止于是也，骄阳赫⑤而不吾灼⑥，寒露零⑦而不吾凄⑧，飘风扬而不吾栗⑨，雷雨晦冥而不吾震撼，谁之力耶？吾当保之如赤子，仰之如慈母，爱之如身体，犹惧其不蕃且殖也，而况敢毁伤之乎？吾闻之，水泉缩⑩而潜鱼惊，霜钟鸣⑪而巢鸟悲，畏夫川之竭、林之落也。鱼鸟且然，而况于人乎？"

郁离子闻之曰："哀哉，是夫也！而其知⑫不如一妇人也。呜呼！岂独不如一妇人哉，则亦鸟鱼之不若矣！"

《郁离子》

【注释】

①剡（yǎn）：地名，在今浙江。
②治舍：建房子。
③天姥：山名，在今浙江。李白有诗《梦游天姥吟留别》。
④庥（xiū）：庇护，安身。
⑤赫：炽热。
⑥不吾灼：即不灼吾，即不会烧伤我。
⑦零：下降。
⑧凄：寒冷。

⑨栗:战栗、寒冷。
⑩水泉缩:水位下降。
⑪霜钟鸣:指降霜。郭璞注《山海经》:"霜降则钟鸣。"
⑫知:通"智"。

【赏读】

　　此寓言本身,意思还是很浅显的。不过是说,人不可失去立身之根基。但这故事里提到的庥于大树,未明确是指居住于树上,还是居于树下。但文中明言不韦"贫无以治舍",所以在大树之下做一个简易的居所,恐怕也是不行的。所以,我宁愿相信,这对贫寒的夫妇其实是住在树上的。这是一个很美妙的想象。意大利文豪卡尔维诺有一部小说,叫《树上的男爵》,讲的也是人居住树上不下来,极其迷人。我少年时迷恋武侠电影,曾看到一部电影中,一对男女共居于大树之上,白衣飘飘,阳光闪烁,譬如漏金,极富诗情画意。这想象之所以如此吸引我的注意,我以为是因了这种生活方式代表了与自然和谐共处的可能性,并暗示了目前城市化鸽子笼式的居住方式的失败。

　　即使明知这种居于树上,过着鸟儿一般生活的愿景在今日是绝无可能实现的了(目前在人口密集之地已经很难见到大树了,即使有,也无人上去住,盖城管必定将其"拿下"来也;存在大树的地方则必定在荒郊野外原始森林中),但至少保留着这种想象。

穷格竹子[1] 王守仁[2]

初年与钱友同[3]论做圣贤要格[4]天下之物。如今安得这等大的力量？因指亭前竹子，令去格看。

钱子早夜去穷格竹子的道理，竭其心思，至于三日，便致劳神成疾。

当初说，他这是精力不足。某因自去穷格，早夜不得其理；到七日亦以劳思致疾。

遂相与叹圣贤是做不得的，无他大力量去格物了。

《传习录》

【注释】

①题目是编者所加。

②王守仁（1472～1529）：幼名云，字伯安，号阳明子，谥文成，人称王阳明。浙江绍兴府余姚（今浙江宁波余姚）人。明代最著名的思想家、哲学家、书法家兼军事家、教育家，是陆王心学之集大成者，其学说世称"阳明学"。留有三本传世之作《传习录》《阳明全书》《大学问》。

③钱友同：人名，当时一个研究理学的人。

④格：研究。格物致知是中国古代儒家思想中的一个核心观念，却未能导致现代科学的发生。

【赏读】

格物致知，从词义上来讲，或者很好解释，但究竟如何去格，其实大可探讨。至聪明若王守仁，让他贸然去格竹子的道理，最后神思不旺，乃成疾病。可见，格物必定是有讲究的。《韩非子·说林上》有"老马识途"的典故，故事里说："管仲、隰朋从于桓公而伐孤竹，春往冬反，迷惑失道。管仲曰：'老马之智可用也。'乃放老马而随之，遂得道。行山中无水，隰朋曰：'蚁冬居山之阳，夏居山之阴。蚁壤一寸而仞有水。'乃掘地，遂得水。"我以为这乃是真正的格物。若《笑林》里那位"汉中人"，其格物就格出笑话来了。原来，这位住在汉中的人，从没见过竹笋，一日到吴地，人家招待烧竹笋，大约觉得味美，问了吴人，说是竹子，回家之后，立刻将席子煮起来，不料煮之许久，依然很坚硬，最终不见竹笋那烧烂的模样，遂以为吴人狡猾，大为恨恨。管仲、隰朋之格物，乃是根据经验，充分信任事物的规律，故所行不误；而汉中人，却以偏概全，完全从语言的一面去格，因此深受"误读"之害。可见，格物是万万不能抽象化的，必得落实到事实层面。唐朝的牛僧孺有《玄怪录》，提到开元年间，一个叫崔尚的学者著《无鬼论》，道理很通达，一日，忽然有道士造访，反驳崔尚，说世间本来有鬼，崔尚要其提供证据，于是，这位道士说："我则鬼也，岂可谓无？"然后忽然不见。世间自然是无鬼的，因为现代人无法在事实层面验证鬼的存在，但这故事本身，却寓言了格物需要事实的依据，不能空凭语言与逻辑的推理。所以是很有意思的。

那么，竹子究竟怎么去格呢？若去问植物学家，或者根据其研究的逻辑，从分类、土壤、环境等方面去格；若去问艺术家，则必定从竹子神态、结构、声音等方面去格；若去问伐木工人，则必定从成熟情况、可用性等方面去格了。总之，皆是根据个人之经验，从其实际情况着手，才能有所格。若空谈家，先端个凳子坐在竹子下，苦思冥想，寻思竹子身上有什么"大道"，对不起，是格不出什么东西来的。但这等空谈家，尚是有些情趣的呢；有一等空谈家，是直接看着照片，便能谈出许多惊人妙论的，其格物功夫，只怕都入了化境了。

猴子下棋　王兆云[①]

西番有二仙弈[②]于山中树下,一老猴于树上日窥其运子致思[③]之法,因得其玄秘[④]。国人闻而往观,仙者遁去,猴即下与人弈,遍国中莫能胜。国王以为奇,进于中国。诏举朝能弈者与较,又求四方有高手名者敌之,皆败。或言杨靖善弈。时靖以事系狱,诏释出之。靖请以盘满贮桃实于前而弈,猴心牵于桃,遂连败。诏椎[⑤]杀之。

《说圃识余》

【注释】

①王兆云:生卒年不详,湖北麻城人,字元桢,乃明朝著作家。著作有《碣石剩谈》《王氏杂记》《明词林人物考》等。
②弈(yì):下棋。
③运子致思:指的是棋子的摆设以及战术。
④玄秘:奥妙。
⑤椎(chuí):硬物击打。

【赏读】

类似的故事,古代尤其多。在古代希腊,亦有类似的一个寓言,说的是一个猴子学跳战士舞,惟妙惟肖,但一见核桃,遂原形毕露。(见《路吉阿诺斯对话集·渔夫》)《伊索寓言》里,也写到一只黄鼠狼爱上一个漂亮的青年,请求阿芙洛狄特将自己变化为美丽的处女,与这青年相恋,阿芙洛狄特意欲考验它,在其面前放了一只老鼠,这变化的"处女"于是本能发作,跳下床去追老鼠去了。古印度《五卷书》亦记载一类似故事,说一个名叫旃陀罗婆的豺狼因掉进染缸,浑身变蓝,到了森林,众兽恐怖,遂假托为大神,统治起群兽来,连狮子、老虎都成为了它的仆从。可是,一日走到某处,听到豺狼的叫声,"它身上的汗毛直竖,两只眼里充满了由喜悦而流出的泪水,它站起来,开始高声嚎叫"。因其本性暴露,遂露出真面目,被羞愧的狮虎等撕碎。同书还有一个故事,更为有趣,乃是讲一只驴子,披了一张虎皮,人人畏惧,但一日听见母驴的叫声,不觉发情,遂被人看破,乃至被打死。

王兆云这则寓言,说的亦是同样意思。但细细分析之,还有深意。恐怕是在暗示欲望毁灭了单纯的心灵——这自然是老庄的理论。刘元卿在《贤奕编》中亦列了一个类似的寓言,讲的是一个快乐的穷汉子,终日牧牛牧羊,兴起则歌,牛羊亦安然守序,这原始单纯的境界很快便破灭了,原因很简单,这汉子在路上捡了遗金一铢,便紧紧藏在身上。一铢如果计算起来,在今日的度量,也就是1.3克罢了,但这汉子此后就终日魂不守舍了。在当今的世道,欲望横行,汹涌猛烈,一如洪水,世人乃因此丧失天真,亦丧失快乐,不知凡几,恐怕与这穷汉子并无多少区别吧。

兄弟争雁　刘元卿①

昔人有睹雁翔者,将援弓②射之,曰:"获则烹。"其弟争曰:"舒③雁烹④宜,翔雁燔⑤宜。"

竞斗而讼于社伯⑥。社伯请剖雁,烹燔半焉。已而索⑦雁,则凌空远矣。

今世儒争异同,何以异是。

《贤奕编·应谐录》

【注释】

①刘元卿(1544~1609):字调甫,号旋宇,一号泸潇,萍乡莲花(今属江西萍乡)人,明代著名教育家。人称"正学先生",一生孜孜于理学。著述较多,包括《通鉴纂要》《六鉴》《诸儒学案》《贤奕编》《刘聘君全集》等。

②援弓:张弓射箭。

③舒:行动迟缓。

④烹:煮。

⑤燔(fán):烤。

⑥社:古代二十五家为社。伯:长官。

⑦索:寻找。

【赏读】

雁肉不过是那片雁肉,至于如何烧法,完全可以商量,前提是要有雁肉之存在。此是这则寓言的根本意思,抽象点说,不过提醒众人，不能执着形式，却遗忘本质。这种忽略本质，纠缠形式的做法，在人生中时常见到。譬如婚姻之本质，乃在双方爱情之依恋，愿"执子之手与子偕老"，而不在构成婚姻形式的那些要素，若房子、双方收入、车子等；又譬如学术之本质，在钻研问题，求得真知，但今日大家却着迷于学术表现的形式，比如论文发表之数量、发表之刊物等级；又譬如教育之本质，乃在人全面、健康之发展，但教育的形式，如上何等的学校、考试的分数，却使所有人趋之若鹜。事物本质，自然是隐藏在深层，需要人们花费较长时间、精力去追求的，而其结果之展现，往往滞后，这在浮躁的年代里，自然为人所不取；但形式却是易于看见结果的，人们也容易找到一些固定的标准，以资比较，这也符合此等世界里的人们看待世界的方式，只是，这种执着于形式的人生，往往伴随的，都是"求之不得，寤寐思服"，越是求取不到，便越是羡慕那能求取得到的，于是便大害其红眼病，一面憎恨别人，一面憎恨自己，其痛苦不堪处，难以言表——这也同样验证了"执着形式遗忘本质"的现代人生，因为人生的本质，其实不过是幸福感与价值感的累积与发展，只是世人追逐形式，只落得痛苦与庸碌的后果。可惜世上无狮子吼，可以警醒迷梦中的世人也。

摇树取菱 醉月子①

山中人至水乡,于树下闲坐,见地上遗一菱角,拾而食之,甘甚,遂扳②树逐枝摇看,既久,无所见,诧曰:"如此大树,难道只生得一个?"此时告以菱从水生,其人必不信,毕竟望树梢沉吟。

《精选雅笑》

【注释】

①醉月子:明人,生平不详,著有《雅俗周观》一书,其中的《精选雅笑》多笑话寓言。

②扳(bān):摇晃。

【赏读】

这则寓言乃是讽刺经验主义的,此毋庸多言,人人皆知,虽然世人其实皆在践行。这是不可避免的,因为人皆自一定的环境生长起来,思维必有局限,很难相信超过经验之外的世界。我独赏这则寓言,乃是因为其想象力超凡脱俗。自然,终日居于高楼大厦之中的人,可能无缘得识菱角是何等模样,最多也只是在图画中见过。而鄙人故乡,乃是有名的里下河地区,虽多水灾,却也有丰富的鱼水。鄙人家长皆是农民,信奉天生天养的道理,对童年之我并无什么"教育",所以,吾难免是狂野的,尤其在夏日假期,与一众邻居家孩子们白日喧天地游行于田野,捉鱼、摸虾、野泳、斗殴,饥时便去人家菜园里偷瓜,渴时便啜那河水畅饮,算是无法无天,毫无生命意识,却也侥幸活到今日。在那段岁月里,留下的一些印象中,菱角也算是其中之一,所以看了这则寓言,格外觉得亲切。原来那菱角乃是一片一片地铺陈在河面上,浮于水面的是圆而小的叶子,在那叶子下方,隐藏着的,正是悬挂于牵缠在一起的茎干之下的菱角,那菱角摘取了,用水随意擦擦,其实仍然留着许多黏稠的不知名的绒毛状的东西,但吾等却也不觉肮脏,用牙齿嚼开带着"水味"(水味难以言表)的壳,内里洁白如玉的果肉便粲然呈现,其甜与脆,现在说来都如梦境。也许正因为是熟知的缘故,所以从来不曾跳出经验的圈子,意识到菱角也有可能会长在树上吧。所以,人跳脱经验的束缚,所需要的,也只是想象力罢了。

钱流 蒲松龄

沂水①刘宗玉云：其仆杜和，偶在园中，见钱流如水，深广二三尺许。杜惊喜以两手满掬，复偃②卧其上，既而起视，则钱已尽去，惟握于手者尚存。

《聊斋志异》

【注释】

①沂（yí）水：山东境内的一条大河。

②偃：弯腰躺下。

【赏读】

鄙人故乡宝应，是在苏北里下河，自古为洼地，常被水浸，故视贫穷为常事。所以，一旦见到有人显摆，花起钱来大手大脚，便照例要讽刺几句，其中最常见的一句是："他以为钱是发山水淌的来呢！"我疑心蒲松龄在此故事中呈现出如此的想象力，与他曾经在宝应县知县孙蕙幕下做幕宾数年有关系，他应该对当地的俗语有些了解，也听说过上面那句话吧。

钱的问题，其实最是折磨人。虽然古话说得好，孔方兄这东西，生不能带来，死不能带去，无奈活于世上的人，在其一辈子中，真是一日不可无此君，一日不可不想及，终日琢磨计较，无非为的此物。求之而得，则欲求更多；求之不得，则痛恨富者。钱是有多有少，但人之一味苦闷，却不分贫富。合法得到的，也就罢了，更有些人，以非法得之，最后弄得锒铛入狱，也不是罕见的事情。总之，钱这东西，如用一句话概括人对它的感受，无过"爱恨交加"也。

　　读者诸君不必误会，鄙人其实也不怎么清高，有空其实也会想弄点钱玩玩，偶尔也会大发其痴想，以为倘一日自己大发了，则如何如何享受，说出来，都是不好意思的事情。但读到蒲松龄此篇寓言，却也就有点冷水泼身的意思，原来钱流如水，不过梦寐，人真正能用上的，也不过就手上几枚罢了。钱财越多，往往不得善用，人遂被其所害，吾辈见的实例多了；这就好比山水越大，越易淹没人群。吾家乡人的俗语，其实是很有见解的呢！

松喻　王晫①

松之性直上，虽数尺，自亭亭也。有人移之盆盎②，置之华屋③之内，屈其枝，缚其节，灌之溉之，蓬蓬如偃盖④焉。非不取悦于人，然以视夫岫岭之间，干青云⑤，凌碧霄，矫矫郁郁于严霜积雪者，相去何如耶！

噫，士君子之失身于人，亦犹是耳。

《杂著十种·寓言》

【注释】

①王晫：生卒年不详，初名斐，字丹麓，号木庵，自号松溪子，浙江钱塘人。生于明末，约生活于清顺治、康熙时。文人，著有《遂生集》十二卷、《霞举堂集》三十五卷、《墙东草堂词》及杂著多种。

②盎（àng）：一种盛器。

③华屋：装饰华丽的屋子。

④偃盖：倾倒的盖。偃，倒下；盖，古代伞或车棚顶部遮挡之物，像盖子。

⑤干青云：直上青天。

【赏读】

这则寓言，在作者，本是警戒士人，虽然良禽择木而栖，但所选的依靠对象，一定要是品格清奇的人，这样，自己也才能跟着一起成长为精神健旺的人；千万不能一味依赖权贵，自以为有泰山之固,却不知道权贵照例是些金玉其外败絮其中的人,自己跟着这些人,只能埋没才智,沦于无耻。这个道理,是人人都懂得的。

但我要谈的,却是关于教育的问题。盖这个寓言,很能反映两种教育观。一种是将受教育者圈在温柔乡中,束缚其思维,压抑其精神,只是训练成一个听话的工具,最后虽然长得是人模人样,却已然无根无底,成为他人精神的奴隶,失去独立与自由;另一种教育观,却是鼓励受教育者依其天性天赋生长,不强求,不强迫,顺其自然,但去引导学生学会克服困难,自寻大道,磨砺精神,不屈服世事,独立自主,刚强有为。柳宗元作《种树郭橐驼传》,就是鼓吹后一种教育观的,他的理论是,"能顺木之天,以致其性焉尔";龚自珍作《病梅馆记》,反映的是世人如何追求前一种教育观,造成梅花"斫其正,养其旁条,删其密,夭其稚枝,锄其直,遏其生气,以求重价,而江浙之梅皆病"的局面——虽然,这样子病态的梅花确乎能卖出高价。到今日的世界,则世上最为流行的,已经千篇一律,大抵是前一种教育观了,于是,社会上培养出一代代"精致的利己主义者",他们聪明、势利、善钻空子、没有底线,外表光鲜亮丽,却失去基本人格,造成奴性。我有时寻思:这样一代一代下去,最终将造就什么样的民族性格出来?这民族还能不能找到自己的脊梁?

龚自珍是一个很理想化的人,曾大声疾呼"我劝天公重抖擞,不拘一格降人才",实在是时代最强的呼唤,而晚清民国,倒确实出了一大批人才,此无他,因为那是一个王纲解纽的时代,且恰巧配合了东洋西洋精神交会的绝佳契机。龚自珍在《病梅馆记》的末尾表态:"安得使予多暇日,又多闲田,以广贮江宁、杭州、苏州之病梅,穷予生之光阴以疗梅也哉!"念及此语,恐怕要使钱理群辈感伤莫名了。

卖蒜叟 袁枚

南阳县有杨二相公者,精于拳勇①。能两肩负粮船而起,旗丁②数百以篙刺之,篙所触处,寸寸折裂。以此名重一时,率其徒行教常州。每至演武场传授枪棒,观者如堵。

忽一日,有卖蒜叟,龙钟伛偻③,咳嗽不绝声,旁睨④揶揄⑤之。众大骇,走告杨。杨大怒,招叟至前,以拳打砖墙,陷入尺许,傲之曰:"叟能如是乎?"叟曰:"君能打墙,不能打人。"杨愈怒,骂曰:"老奴能受我打乎?打死勿怨!"叟笑曰:"老人垂死之年,能以一死成君之名,死亦何怨?"乃广约众人,写立誓券。

令杨养息三日,老人自缚于树,解衣露腹。杨故取势⑥于十步之外,奋拳击之。老人寂然无声,但见杨双膝跪下,叩头曰:"晚生知罪了。"拔其拳,已夹入老人腹中,坚不可出,哀求良久,老人鼓腹纵之,已跌出一石桥外矣。

老人徐徐负蒜而归,卒不肯告人姓氏。

《子不语》

【注释】

①拳勇:武术。

②旗丁:漕运的兵丁。

③龙钟伛偻(yǔ lǚ):衰老之貌。龙钟,行动不方便;伛偻,

驼背。

④睨：斜视。

⑤揶揄（yé yú）：嘲笑。

⑥取势：做准备动作，积蓄力量。

【赏读】

　　这个故事对于喜欢武侠小说的人来说，实在是很有意味的。因为在武侠小说中，常常见到类似的情节，即一个看来平平常常的人，其实却很有可能是绝世高手，譬如《天龙八部》里的"扫地僧"。这种坚信民间藏龙卧虎的观念，似乎是我民族一个根深蒂固的思维，是否与第一个破坏贵族统治天下传统，以流氓而为帝王的刘邦的巨大影响力有关？或可去做探讨。总之，山外更有山，世人其实不可浅量，此观念实在很是流行。唐朝有一部书，叫《国史补》，里面提及唐朝围棋第一国手王积薪自以为天下无敌，一日欲往京城去，想征服全国，不料居于旅馆时，深夜听到房主老婆婆与其媳妇下棋以消良夜，乃是下的盲棋，一子一道地下来，媳妇最终败北，王积薪暗暗揣摩，明日在棋盘上还原，才发现，两个妇人的棋局，非其所及也。在周星驰的电影《功夫》中，主人公学得的如来神掌的拳谱，居然来自一个腌臜不堪的老乞丐。至于近日，《中国好声音》一时风靡。凡此，皆见出对民间奇人异士的信仰之强烈，至今不衰。君不见，中国的很多农民，一直在进行一些疯狂的发明创造吗？其背后的精神动力，依然是此信仰。

　　此种信仰，若从现代国家流行的专家治国的角度言，便是谬论了。但我以为还是保留好，因为它能给予普通人对自己创造力的珍视，对普通生活的肯定，对社会流动的渴望，以及反抗一切不合理现象的自信。

卷三 治策之什

阳昼赠言 宓子①

宓子贱为单父②宰，过于阳昼③曰："子亦有以送仆乎？"阳昼曰："吾少也贱，不知治民之术。有钓道二焉，请以送子。"子贱曰："钓道奈何？"阳昼曰："夫投纶错④饵，迎而吸之者，'阳桥'也，其为鱼薄而不美；若存若亡、若食若不食者，鲂也，其为鱼博⑤而厚味。"子贱曰："善。"

未至单父，冠盖迎之者交接于道。子贱曰："车驱之，车驱之！夫阳昼之所谓'阳桥'者至矣。"

于是至单父，请其耆老⑥，尊贤者，而与之共治单父。

选自《玉函山房辑佚书·宓子》

【注释】

①宓子：生卒年不详，即宓子贱，春秋末期鲁国人，名不齐，孔子的学生，七十二贤人之一。

②单父（shàn fǔ）：鲁国邑名。

③阳昼：人名，春秋时鲁国有名的贤者。

④错：通"厝"，放置，安放。

⑤博：大。

⑥耆（qí）老：有威望的老者。

【赏读】

阳昼以钓鱼的道理，告知宓子贱为官将碰上两种人。

一种乃是趋势附利之辈，闻风而来，攀附以求好处，这是以利来以利往，视官员为摇钱树，其实不过是在利用官员而钻空发财而已，表面上却打出"交朋友"的旗号来；此辈的特征，就像"阳桥鱼"一样，见利即上，虽然官员或者觉得一时大有收获，但从根本上说，却无益于其官场之发展，甚至是大为有害的，因此辈非真朋友，过河拆桥的事情，皆是他们做的。

另一种人，却是官员需要虚心求教的，此辈因有才华，因此骄傲，不屑为五斗米而折腰，是不大愿意来亲附的。但是一身本事，照例是要卖于帝王家的，所以心里其实是在等待官家的礼聘。此辈就比如鲂，对于官场，是若即若离，但只要官员们以求贤之心，给予礼遇，创造条件，使此辈发挥才能，则必能大大提高官员之政绩。

宓子贱立刻就领悟此道。但对于官场上的大部分人来说，这个道理，他们是不大能懂的，因为"千里当官为的钱"，从起头就决定了当官者亦是逐利之辈，自然要与那些来吹捧溜须者互相利用，大做其以权谋私的勾当。

官是喜欢"阳桥"，"阳桥"亦喜欢官，此所谓海上有逐臭之夫，乃是臭味相投在一处了。至于那鲂鱼之辈，因为有些傲气，不大能投上司所好，所以常常被埋没于底层，很难被为官者发现并欣赏。

华胥之梦① 列子

（黄帝）昼寝而梦，游于华胥氏之国。华胥氏之国在弇州之西，台州之北，不知斯②齐国几千万里；盖非舟车足力之所及，神游而已。其国无师长，自然而已。其民无嗜欲，自然而已。不知乐生，不知恶死，故无夭殇③；不知亲己，不知疏物，故无爱憎；不知背逆④，不知向顺⑤，故无利害，都无所爱惜，都无所畏忌。入水不溺，入火不热。斫挞⑥无伤痛，指摘无痟痒⑦。乘空如履实，寝虚若处床。云雾不硋⑧其视，雷霆不乱其听，美恶不滑⑨其心，山谷不踬⑩其步，神行而已。

《列子·黄帝》

【注释】

①题目是编者所加。

②斯：离开。

③夭殇：早死。

④背逆：两字意思等同。

⑤向顺：两字意思等同。

⑥斫：砍。挞：鞭打。

⑦痟（xiāo）痒：酸痛。

⑧硋（ài）：碍，妨碍。

⑨滑（gǔ）：通"汩"，乱。

⑩踬（zhì）：被东西绊倒。

【赏读】

　　这个寓言自然很迷人，因为它是中国式乌托邦思想的源头，它指向的，其实是人们对原始时代的回忆。在此寓言中，华胥国人民的幸福感滥觞于无政府主义的社会结构，更源自精神上的"绝圣去智"，肉体上则放弃感官体验。《列子·汤问》里又讲述了大禹曾经到过的一个叫"终北"的神奇国度，有一神泉流遍全国，"臭过兰椒，味过醪醴"，可解人饥饿。因有这物质的基础，所以此国之人，"人性婉而从物，不竞不争；柔心而弱骨，不骄不忌；长幼侪居，不君不臣；男女杂游，不媒不聘；缘水而居，不耕不稼；土气温适，不织不衣；百年而死，不夭不病"。当然，最著名的中国式乌托邦思想，是陶渊明的《桃花源记》，因为那山中的世界有着人世的很多特征：耕织、鸡犬当门、男女衣着、饮食、酒醪，以及人与人之间平常交往，与华胥氏之国、终北之国的幻想性有重大的区别，但其《桃花源记》中的世界依然有着乌托邦的本质特征：弃绝政治。很久以前看过一篇文章，似乎是陈寅恪先生对《桃花源记》的考证，以为此作乃是混乱时代民间自建"坞堡"抵抗恶势力的象征性言说。即使考证无误，"坞堡"依然是对政治的弃绝，因为中国政治的核心，乃是大一统而已。

朝三暮四[①] 列子

宋有狙公[②]者,爱狙;养之成群,能解狙之意;狙亦得公之心。损其家口[③],充狙之欲。俄而匮[④]焉,将限其食。恐众狙之不驯[⑤]于己也,先诳之曰:"与若芧[⑥],朝三而暮四,足乎?"众狙皆起而怒。俄而[⑦]曰:"与若芧,朝四而暮三,足乎?"众狙皆伏而喜。物之以能鄙相笼[⑧],皆犹此也。圣人以智笼群愚,亦犹狙公之以智笼众狙也。

《列子·黄帝》

【注释】

①题目是编者所加。
②狙(jū)公:养猴子者。狙,猴子。
③损其家口:削减家人口粮。家口,家里人。
④匮:缺乏。
⑤驯:服。
⑥芧:栎树,此指栎实。
⑦俄而:短时间内。
⑧能鄙相笼:能者以其能力笼络低能者。

【赏读】

不知为何,无论中外,猴子在寓言中常常是一种自认为聪明其实却傻兮兮的角色。譬如在古印度的《五卷书》中,提到了这么一个故事,一群猴子因为冬天天气寒冷,想围着火堆取暖,可是一时不能得到，不料突然有一只小小的萤火虫飞过，大家便都以为是"火"，乃将这萤火虫逮住，"用干草和干树叶子把它盖起来，都把自己的胳臂、胁、肚子、胸膛伸到上面，又抓又搔，仿佛真正享受到了烤火的快乐似的"（见季羡林译本）。也是一样自欺欺人，是一种纯粹的精神胜利法。这与《列子》寓言中猴子因"朝四而暮三"来发放口粮，自以为占了便宜，何其相似乃尔。

但这则寓言最深刻的，还不是在说什么精神胜利法，而是讨论古代的驭民之术，也就是所谓的"圣人以智笼群愚"，其技巧的核心，就是通过虚假的利诱，让民众在精神上感觉到被"施恩"了，从而感激涕零、誓死效忠，虽然这种效忠，因其根本上是利益的交换，而彻底变成实用主义了，也就失去了真正的忠心，而变为一种表演艺术。这在中国古代政治中最为习见。

割肉相啖① 吕不韦

齐之好勇者,其一人居东郭,其一人居西郭。卒然②相遇于涂。"姑相饮乎?"③觞数行④。曰:"姑求肉乎?"一人曰:"子,肉也;我,肉也。尚胡革求肉而为⑤?"于是具染⑥而已。因抽刀而相啖⑦,至死而止。

《吕氏春秋·仲冬纪第十一·当务》

【注释】

①题目是编者所加。
②卒然:突然。
③这是其中一人说的话,古人省文,后文皆如此。
④觞(shāng):古代饮酒器。此句意思是斟过几遍酒。
⑤胡:何必。革:另外。此句意思是身上有肉,不必另外再找。
⑥具:准备。染:调味料也。
⑦啖:咀嚼。

【赏读】

在中国可怜的语文教科书中,很少见到真正惊心动魄的文字,但鲁迅先生的《狂人日记》却属意外,其古怪的文体与结构,远远超越整个教科书的意识形态的牢笼。尤记得当时读到"在写满'仁义道德'的历史中,其实满本都只写着两个字:'吃人!'"时,只觉浑身汗毛直竖。今看这则寓言,两位荒谬的"勇士"呈现的似乎是纯个人的自虐般的行为,但由此反映出来的我民族原始的吃人冲动,却深值得我们反省,因为"吃人"这一词语是可以通过比喻的形式泛化的,此中痛处种种,都不能在此细说。但我在读古书时,却格外留意将真正的"吃人"史料记下,这大约都成为我的自虐的行为了。比如著名的文王就吃过用自己儿子伯邑考的肉做成的羹;读《韩非子》,乐羊攻中山国,其子在中山,中山国君将其子烹杀,做成肉羹送给乐羊,乐羊知之,照饮不误,尤其见得残忍;《炀帝开河记》说麻叔谋惯于烹调小孩;至于唐人,粗野鄙吝者甚多,《朝野佥载》记载独孤庄挑剔到只食人肋下肉;最"艺术"的,是唐朝的薛振食人肉,以水银消骨。后来读《水东日记》,叶盛则言之凿凿,云多吃人肉者,眼珠都是黄的;三余氏的《南明野史》里则记载两个将领金声恒、王得仁守南昌,城渐以困,"遂杀人而食",埋伏的兵丁甚至规定了暗号,"曰雄鸡也,即男;伏雌也,即妇;曰有翅,即带刀者;曰有尾,即群行者。闻无翅与尾,即共出擒而杀之"。这些都是史书中指名道姓的,还有更多的平民百姓,一旦发生饥荒,无可奈何,便会自动转入动物般的状态,但史书照例以四字遮掩过去,叫"易子而食"。现如今似乎未见吃人的事情,所以迈阿密的瘾君子大发其昏,啃起人来,弄得世界惊讶。其实,吃人风气,大洋这边,尤其绵长深厚也。文化之毒未除尽,恐怕是无人敢担保当今真的是人人皆为人了。

宋襄公义战① 韩非子

宋襄公与楚人战于涿谷②上,宋人既成列③矣,楚人未及济④,右司马购强⑤趋而谏曰:"楚人众而宋人寡,请使楚人半涉,未成列而击之,必败。"襄公曰:"寡人闻君子曰:'不重伤⑥,不擒二毛⑦,不推人于险,不迫人于阨⑧,不鼓⑨不成列。'今楚未济而击之,害义。请使楚人毕⑩涉成阵而后鼓士进之。"右司马曰:"君不爱宋民,腹心不完⑪,特⑫为义耳。"公曰:"不反列⑬,且行法⑭。"右司马反列,楚人已成列撰⑮阵矣,公乃鼓之。宋人大败,公伤股⑯,三日而死。

《韩非子·外储说左上》

【注释】

①题目是编者所加。

②涿(zhuō)谷:宋国地名。

③成列:排好阵势。

④未及济:还没来得及渡河。

⑤右司马:官名,掌军事。购强:人名。

⑥重伤:第二次伤害(对手)。

⑦二毛:头发斑白的老者。

⑧阨:困境。

⑨鼓:击鼓而进攻。

⑩毕:全部。

⑪腹心不完:国家的根本不能保全。腹心,国家的根本,指

人民。

⑫特：只是。

⑬反列：回到队伍中去。

⑭行法：执行军法。

⑮撰：构成，布置好。

⑯股：大腿。

【赏读】

宋襄公因为追求义战，不仅亡了国，而且伤了性命。千古以来，没有不嘲笑他的。自然，他固执于学得的经典上的话，不能认识当时战争的本质（春秋无义战），不能灵活应对具体的情况，最后落得此局面，也是势所必然。但吾辈仔细寻思，宋襄公之选择，究竟有没有其价值？《韩非子》中还有一个寓言，讲的是一个妇人，买了一只鳖，过河之时，怜悯鳖，怕它口渴，遂纵之入水，最后，鳖自然逍遥亡入了江河。这自然也要被人非笑。但这妇人的选择，是否也有其价值呢？

妇人亡鳖，是失财，但至少有慈悲的意思在；宋襄公虽战败亡国亡命，但至少尊重了古典义战，使世人知道，在战争的胜负之上，还有更高价值的标准。其实，这二人的作为，都是对功利思维的逃离。在功利思维不是那么发达的先秦，宋襄公、亡鳖的妇人是要因其愚蠢而受嘲笑的；但在遍地功利思维的今日，只怕这样的非功利思想，还是要被大家供奉起来才好。

在普通人，处理一身之事的时候，少些功利，宁愿自己略吃些亏，却多关心他人之感受，倘若人人都这般谦逊宽容，自然少见纷争。

一顾价十倍① 刘向②

苏代为燕说③齐，未见齐王，先说淳于髡曰："人有卖骏马者，比④三旦⑤立市，人莫之知。往见伯乐曰：'臣有骏马，欲卖之，比三旦立于市，人莫与言，愿子还⑥而视之，去而顾之，臣请献一朝之贾⑦。'伯乐乃还而视之，去而顾之，一旦而马价十倍。"

《战国策·燕策二》⑧

【注释】

①题目是编者所加。

②刘向（前77～前6）：字子政，原名更生，汉朝宗室。西汉经学家、目录学家、文学家，著有《别录》《新序》《说苑》《列女传》等书，编订了《战国策》《楚辞》。

③说（shuì）：说服。

④比：连着。

⑤三旦：三个早晨。

⑥还：通"旋"，绕着马。

⑦贾：通"价"。

⑧《战国策》：是一部国别体史书。主要记述了战国时期纵横家的政治主张和策略，文辞炫耀，是研究战国历史的重要典籍。西汉末刘向编定为三十三篇，书名亦为刘向所拟定。

【赏读】

"太阳底下无新事"这句俗谚，果然在哪儿都可以挪用。这个故事中伯乐充当的角色，不就是当今的代言者吗？话说人的心理是极奇怪的，似乎天性易于从众，易于崇拜权威人物，鄙人疑心这是因为原始时代人们务必抱成团，否则不易应对危机，所以有从众心理之基因；而自原始时代以至封建时代，大家皆有首领、帝王，做了几千年精神或肉体上的奴隶，所以有崇拜权威人物心理之基因吧。这自然是我的私心揣度，或者也有一二分道理。只是既然社会已进化至"现代""后现代"，何以这种心理不见衰落的迹象？我疑心这是因为当前专业细分太琐碎，以至于普通人没有完全的知识去判断一个事物的真相，只得依赖专家吧，这也是可以理解的。所以，由养由基来代言射击产品，由张骞或玄奘来代言户外产品，由西施、貂蝉来代言化妆品或服装，由赵飞燕来代言减肥产品，由杨玉环来代言丰胸产品……我以为都是可以接受的，自然，前提是代言者真的在使用相关产品，确定其品质可以信赖。但在今日的世界，事情似乎不是如此，许多名人代言相关领域的产品，自己却从来不用，这已是可疑；更有一些代言者根本不熟悉代言产品所在的行业，却动心于丰厚的代言费，盲目去代言，待至产品出了事故，则撇清无路，辩解无方，遭人诟病，则就有些可恨了。而消费者崇拜名人也已至丧失理性的地步，并不去分辨名人与商品之间到底是什么关系，只要觉得名人代言了某品牌，其便必是名牌，便有购买之倾向，倘所买的东西出了问题，则自卸责任，一味怪罪代言者，也是可怜而可耻的吧。

杯弓蛇影① 应劭②

予之祖父郴为汲③令,以夏至日请见主簿④杜宣,赐酒。时北壁上有悬赤弩⑤,照于杯中,其形如蛇。宣畏恶之,然不敢不饮,其日便得胸腹痛切,妨损饮食,大用羸露⑥,攻治万端⑦,不为愈。后郴因事过至宣家,窥视⑧,问其变故,云畏此蛇,蛇入腹中。郴还听事⑨,思惟⑩良久,顾见悬弩,必是也。则使门下史将铃下⑪,侍徐扶辇载宣⑫,于故处设酒,杯中故复有蛇,因谓宣:"此壁上弩影耳,非有他怪。"宣意遂解,甚夷怿⑬,由是瘳平⑭。

《风俗通义·怪神》

【注释】

①题目是编者所加。

②应劭(约153~196):东汉学者,字仲瑗。汝南郡南顿县(今河南项城)人。应劭博学多识,平生著作较多,现存《汉官仪》《风俗通义》等,尤以《风俗通义》著名。

③汲:县名,在今河南省北部。

④主簿:县令属官,负责簿籍,掌管印鉴。

⑤赤弩:未装弓套的弓。

⑥羸(léi)露:瘦弱。

⑦攻治万端:用了无数方法来救治。

⑧窥视:探望。

⑨听事:厅堂,官府办事的地方。

⑩思惟：思考。
⑪门下史：又作"门下掾"，汉代地方官自己选择的属吏。将：带领。铃下：随从护卫役卒。
⑫侍徐扶辇（niǎn）载宣：慢慢拉车，服侍杜宣坐好。辇，拉的车。
⑬夷怿：快乐。
⑭瘳（chōu）平：康复。

【赏读】

《晋书·乐广传》也提到过一个类似的故事，只不过主角是乐广的一个好友。我以为这个寓言有深意在焉，或者暗示的是人凭空臆想出来一些恐惧，其实有其经验的来源。譬如在这个寓言中，蛇这种恐怖之物，乃是大多数人所熟悉并恐惧的，所以臆想出来的蛇的影子自然能制造出非常恐怖的气氛。"一朝被蛇咬，十年怕草绳"的俗语，讲的也是一般的源于经验的恐惧。看见不公正，大家多不敢出来反驳抗议，我以为也是有"杯弓蛇影"的心理因素在；看见惨剧发生，大家多不敢伸出援手，我以为也是有"杯弓蛇影"的心理因素在……正是因为这种虚构的恐惧，很多时候扼杀了社会前进的动力。在心理学上（尤其在弗洛伊德的理论里），人们常常将成年时发生的精神疾病归根到童年时的创伤造成的心灵阴影，因而在临床上鼓励人们将童年时的创伤发掘出来，予以引导，最终解决心理疾病。这种幼年创伤造成的心灵阴影，不也是"杯弓蛇影"之一例证吗？倘若旧日病根不清算清楚，今日乃至未来，都必受折磨，在个人如此，在社会何尝不是这样？解决"杯弓蛇影"的办法，也就是让得了恐惧症的病人亲自看看真相罢了，这是最简单的。但我疑惑为何对于一些人来说，这却成了最困难不过的事情。

生愚死智① 杨衒之②

时有隐士赵逸,云是晋武③时人,晋朝旧事,多所记录。……(赵逸)又云:"自永嘉④以来,二百余年,建国称王者十有六君,吾皆游其都邑⑤,目见其事。国灭之后,观其史书,皆非实录。莫不推过于人,引善自向。苻生⑥虽好勇嗜酒,亦仁而不杀。观其治典,未为凶暴,及详其史,天下之恶皆归焉。苻坚⑦自是贤主,贼⑧君取位,妄书君恶。凡诸史官,皆此类也。人皆贵远贱近,以为信然。当今之人,亦生愚死智⑨,惑已甚矣!"人问其故。逸曰:"生时中庸之人耳,及其死也,碑文墓志,莫不穷天地之大德,尽生民之能事,为君共尧舜连衡⑩,为臣与伊尹等迹⑪。牧民之官,浮虎慕其清尘⑫;执法之吏,埋轮⑬谢其梗直。所谓生为盗跖,死为夷齐⑭。妄言伤正,华词损实。"当时构文之士,惭逸此言。

《洛阳伽蓝记·灵应寺》

【注释】

①题目是编者所加。

②杨衒(xuàn)之:生卒年不详,北魏散文家。杨,或作"阳",又误作"羊",元魏北平(今河北满城)人,博学能文,精通佛教经典。著有《洛阳伽蓝记》一书,该书文笔俊逸清新,颇为人所称道。

③晋武:晋武帝司马炎。

④永嘉:晋怀帝的年号。

⑤都邑：城市。都，京城；邑，边邑。

⑥苻生：十六国时前秦国君，后被苻坚所杀。

⑦苻坚（338~385）：十六国时前秦世祖宣昭皇帝，字永固，又字文玉，小名坚头，357年至385年在位。

⑧贼：杀害。

⑨生愚死智：生时平庸，死后被人谬赞为聪明。

⑩连衡：并列。

⑪等迹：事迹相似。

⑫浮虎：东汉刘昆为官三年，为政仁德，当地为害的老虎均负子渡河而去。后以"浮虎"作为地方官施行仁政的典故。清尘：清白的名声。

⑬埋轮：东汉顺帝时，梁冀专权，张纲受命循行风俗，纠察吏治，乃埋其车轮于洛阳都亭，并上书弹劾梁冀，京都为之震动。后以"埋轮"作为不畏权贵、直言正谏的典故。

⑭夷齐：伯夷、叔齐，商朝末年人，传说中的古代贤人。武王灭商后，他们逃到首阳山，宁愿饿死也不吃周朝粮食。

【赏读】

隐士赵逸观察到的现象很有趣，亦很能发人深省。在宋朝王曾所著的《王文正公笔录》里，记录了宋朝宰相丁谓亦有类似议论："古今所谓忠臣孝子，皆不足信，乃史笔缘饰，欲为后代美谈者也。"无论对历史人物做美化或恶化的褒贬，其实大抵有充分的动机，这种动机或者是政治上的，为了捧当时当政者的欢心，所以要将罪恶归到前朝，而将赞美留于本朝起居录上或实录上；或者是经济上的，为了通过这种褒贬，吸引被褒贬者后代的贿赂。因政治上的动机而胡乱褒贬，乃是读史书者皆知的常识。因经济上的动机而随意褒贬，最典型的是魏收做史，称为"秽史"。不过，虽然动机不一，但结果却格外一致，即史书中的人物逐渐失去了个性。倘若我们比较"二十四史"，那么大抵可以发现，《史记》《汉书》《后汉书》《三国志》中的人物还普遍地具有一些个性的光芒，尤其是私修的《史记》；《晋书》中的人物还有许多的个性，这可能是那个普遍逍遥颓废的时代造成的；但自《晋书》以后，传主只有枯燥的事迹，美则美之，恶则恶之，却都是史者的褒贬，而反映不到传主的个性上去。鄙人是一个好奇的人，所以曾有遍读"二十四史"的壮志，可惜从前四史往下，《晋书》以后，逐渐失去兴趣，最终只能止步于《隋书》；目前为写作之故，读起《明史》，则感觉味同嚼蜡，人家说《明史》算是后世正史中修得好的，我看也只能说结构上严谨些罢了，要论文笔，一般无味。

但是，有时候寻思，古人至少重视史书中的褒贬，似乎还有强烈的羞耻感；若信奉"一切史都是当代史"的今日，在互联网无坚不摧的渗透性之下，人们失去了历史感（因为一切都将留痕于互联网上，无需史书的书写；而在心理上，则人们已只会往前看，不再重视历史的感悟了），也顺便失去了羞耻感。我疑心这是历史的巨大进步，但却不敢明白地说出来罢了。

和尚吃蒸饼[①]　侯白

尝有一僧忽忆𬳿[②]吃，即于寺外作得数十个𬳿，买得一瓶蜜，于房中私食。食讫[③]，残[④]𬳿留钵盂[⑤]中，蜜瓶送床脚下，语弟子云："好看我𬳿，勿使欠[⑥]少。床底瓶中，是极毒药，吃即杀人。"此僧即出。

弟子待僧去后，即取瓶泻[⑦]蜜，揾[⑧]𬳿食之，唯残两个。僧来即索所留𬳿、蜜，见𬳿唯有两颗，蜜又吃尽，即大嗔云："何意吃我𬳿、蜜？"弟子云："和尚去后，闻此𬳿香，实忍馋不得，遂即取吃。畏和尚来嗔，即服瓶中毒药，望[⑨]得即死，不谓至今平安。"僧大嗔曰："作物生[⑩]，即吃尽我尔许[⑪]𬳿？"弟子即以手于钵盂中取两个残𬳿，向口连食，报云："只做如此吃即尽。"此僧下床大叫，弟子因即走去。

敦煌卷子本《启颜录》

【注释】

①题目是编者所加。

②𬳿（duī）：蒸饼。

③讫：完。

④残：剩余。

⑤钵：盛东西的食器。盂：盛液体的器皿。皆为出家人所用。

⑥欠：缺少。

⑦泻：倾倒。

⑧ 搵（wèn）：抹、擦。
⑨ 望：指望、期盼。
⑩ 作物生：怎么样？
⑪ 尔许：如此。

【赏读】

袁枚在《子不语》中有《沙弥思老虎》的故事，与此故事恰成对比。《沙弥思老虎》说的是，一小沙弥三岁就跟师傅修行于五台山，十余年后才第一次下山，因此万物不识，师傅便一一告诉他，此为牛，此为马，此为鸡犬。不料一少女走过，沙弥惊问："此又是何物？"师傅害怕他动了尘心，回答说是老虎，极其恐怖，惯会吃人。后来回到山上，师傅问小沙弥一日所见，有什么事物是放心不下的。沙弥曰："一切物都不想，只想那吃人的老虎，心上总觉舍她不得。"

这两个故事告诉我们的是同一个道理，美好的事物，纵使再予以丑化、毒化，却并不能改变其本质，最终依然会使人们热爱。

临江之麋 柳宗元①

临江之人,畋得麋麑②,畜之。入门,群犬垂涎,扬尾皆来,其人怒,怛③之。自是日抱就④犬,习示⑤之,使勿动,稍使与之戏。积久,犬皆如人意。麋麑稍大,忘己之麋也,以为犬良⑥我友,抵触偃仆⑦,益狎⑧。犬畏主人,与之俯仰⑨甚善。然时啖其舌。三年,麋出门,见外犬在道甚众,走欲与为戏。外犬见而喜且怒,共杀食之,狼藉⑩道上,麋至死不悟。

《柳河东集》

【注释】

①柳宗元(773~819):字子厚,唐代河东郡(今山西永济市)人,著名诗人、哲学家、儒学家、政治家,唐宋八大家之一。因为他是河东人,人称柳河东;又因终于柳州刺史任上,又称柳柳州。以散文著名,经后人辑为三十卷,名为《柳河东集》。

②畋(tián):打猎。麋麑(ní):小麋鹿。

③怛(dá):吓唬,呵斥。

④就:接近。

⑤习示:反复演示。

⑥良:确实。

⑦抵触偃仆:玩耍。抵触,用头角互相顶触;偃仆,仰卧伏倒。

⑧狎:亲近。

⑨俯仰:高低,此处指一起玩耍。

⑩狼藉:混乱不堪。

【赏读】

鄙人在童年的时候,喜读"画人书"(即小人书),因为书上以画为主,故敝乡人有此称呼。"画人书"的流行,恰恰预示了读图时代的到来。到今日,尤记得曾经在一本小小的"画人书"上看到过上述的寓言,因为涉及死亡的主题,对小孩子来说,自然是够触目惊心的了。

后来读到《庄子·应帝王》:"南海之帝为儵,北海之帝为忽,中央之帝为浑沌。儵与忽时相与遇于浑沌之地,浑沌待之甚善。儵与忽谋报浑沌之德,曰:'人皆有七窍以视听食息,此独无有,尝试凿之。'日凿一窍,七日而浑沌死。"乃若有所悟,原来对于生命来说,失去本性乃是最恐怖的事情,因为本性的丢失,其实意味着生命价值的消失。临江之麋正是因为失去了自己的本性,而丢了卿卿性命。

自然,对于柳宗元来说,故事还要稍微复杂些。因吾辈可在此寓言中,嗅到一丝洗脑的味道。这位无聊的或残忍的主人,以"保护"的名义,试图对自己家中的狗和捕来的麋麕同时洗脑,强使两个敌对的族类和平相处,这和平的假象最终还是破灭,因为这洗脑的过程,只能在主人家中进行,一旦到了外部世界,真相就显露无遗了——但是对于被洗脑者,此时后悔,已然不能及时适应外部的世界了。

雁奴三叫　宋祁①

雁奴，雁之最小者，性尤机警。每群雁夜宿，雁奴独不瞑②，为之伺察③。或微闻人声，必先号鸣，群雁则杂然④相呼引去。

后乡人益⑤巧设诡计，以中雁奴之欲。于是先视陂薮⑥雁所常处者，阴布⑦大网，多穿土穴于其傍⑧。

日未入⑨，人各持束缊⑩并匿⑪穴中，须其夜艾⑫，则燎⑬火穴外，雁奴先警，急灭其火。群雁惊视无见，复就栖焉。于是三燎三灭，雁奴三叫，众雁三惊，已而无所见，则众雁谓奴之无验也，互唼迭⑭击之，又就栖然。

少选，火复举，雁奴畏众击，不敢鸣。乡人闻其无声，乃举网张之，率⑮十获五。

《宋景文集》卷四十八

【注释】

①宋祁（998~1061）：北宋文学家，字子京，安州安陆（今湖北安陆）人，后徙居开封雍丘（今河南杞县）。天圣二年进士，官翰林学士、史馆修撰。与欧阳修等合修《新唐书》，卒谥景文，与兄宋庠并有文名，时称"二宋"。

②瞑：闭目休息。

③伺察：侦查巡逻。

④杂然：错杂骚动之貌。

⑤益：更加。
⑥陂（bēi）薮（sǒu）：湖泊沼泽之处。
⑦阴布：暗中设置。
⑧傍：旁边。
⑨日未入：指太阳还未下山。
⑩束缊（yùn）：一捆麻绳。
⑪匿：藏身。
⑫夜艾：指夜晚将尽。艾，尽、停止。
⑬燎：点燃。
⑭唼（shà）：咬啄。迭：轮流。
⑮率：约略、大概。

【赏读】

　　几乎所有上过小学的人都知道"狼来了"的故事吧？宋祁所写的这个寓言，与"狼来了"的故事实在有异曲同工之妙。其实悲剧的核心在于人们在认知上的错觉，或者可以总结为对经验的迷信。与此故事相近，《吕氏春秋》曾经提到周幽王为了博著名的冷美人褒姒一笑，在边境击鼓游戏，诸侯以为敌人进攻，皆来助战，不料只是幽王的游戏罢了。数次游戏以后，当敌人真来进攻，击鼓已经无用，周幽王于是死在骊山之下。这个不爱江山爱美人的典故，是历代帝王教育的范本之一。另一个很有名的故事，情节相似，讲的是有人三次告诉曾子的母亲，说曾子杀人了，虽然深信自己的儿子乃是有道德的人物，但还是禁不住别人的多次谣传，也就"投杼逾墙而走"了（见《战国策》和《新语》）——虽然其实只是一个同名同姓的人物做出来的勾当，与以贤德著名的曾子本人毫无关系。这种对经验的迷信其实很害人，它使得人们为自己的常规思维局限，无法跳脱出来，于是不能始终保持新鲜的思维力。

自来旧例① 文莹②

杨叔贤郎中异③，眉州人。言顷有眉守④初视事⑤三日，大排⑥，乐人献口号，其断句⑦云："为报吏民须庆贺，灾星移去福星来！"新守颇喜。后数日，召优人问："前日大排，乐词口号谁撰？"其工对曰："本州自来旧例，止此一首。"

《湘山野录》

【注释】

①题目是编者所加。

②文莹：生卒年不详，俗姓不详，字道温，号玉壶，钱塘人，约生活在宋真宗至神宗年间，为皈依佛家的文人。著有《玉壶野史》十卷，《湘山野录》三卷，《续录》一卷。

③杨叔贤郎中异：杨异，字叔贤，任职郎中。古人表述名号官职，或有如此。

④眉守：眉州太守。

⑤视事：任职。

⑥大排：举行盛宴。

⑦断句：结尾。

【赏读】

这个寓言，妙就妙在预期的答案与真实答案之间巨大的落差，由此形成巧妙的嘲弄。本来甚为欢喜的眉州太守，在期待落空之后，究竟何等神情、态度，可惜文中没有表述，但我以为，恐怕高兴不到哪里去，道理很简单，"为报吏民须庆贺，灾星移去福星来"这句歌词说明了他将来会有遭人痛恨的命运。当他卸任，指望小民们送把万民伞，而人们也大抵都能配合着演这把戏，这实在是奇特至极的事情。只不过，公道自在人心，在真实而自然的舆论里，包括在私密的场合，讨伐是免不了的。所以，乐工自自然然道出了众人的嘲弄之词，这个结论估计对绝大部分古代官员都适用。其实，嘴上发泄几句，那还算是客气的。犹记得古代有部白话小说，提及一个贪官离任，故意搞了场悲情表演，万民伞自然是准备好了，可是粗俗的老百姓却不大配合，竟将屎尿泼过来，遂败兴逃跑。这粗俗甚是美好。

请君入瓮① 司马光②

或告③文昌右丞④周兴与丘神勣通谋,太后命来俊臣鞫⑤之。俊臣与兴方推事对食⑥,谓兴曰:"囚多不承,当为何法?"兴曰:"此甚易耳!取大瓮,以炭炙四周之,令囚入中,何事不承!"俊臣乃索大瓮,火围如兴法。因起谓兴曰:"有内状⑦推⑧兄,请兄入此瓮!"兴惶恐叩头服罪。

《资治通鉴》

【注释】

①题目是编者所加。

②司马光(1019~1086):字君实,号迂叟,陕州夏县(今山西夏县)涑水乡人,北宋政治家、文学家、史学家,历仕宋仁宗、英宗、神宗、哲宗四朝,卒赠太师、温国公,谥文正。主持编纂了中国历史上第一部编年体通史《资治通鉴》,生平著作甚多,有《温国文正司马公文集》《稽古录》《涑水记闻》《潜虚》等。

③或告:有人密告。

④文昌右丞:官名,即尚书右仆射,通俗地说,就是右丞相。

⑤鞫(jū):审问。

⑥推事对食:一边讨论审理讼案,一边吃饭。

⑦内状:宫内递出的状辞。

⑧推:追究,检举。

【赏读】

周兴作茧自缚,自然活该。但我重视这故事,却因故事中提及的酷刑，其在本国历史中渊源绵长，是值得格外了解的。据说，以肉刑为代表的酷刑始于夏朝，《汉书·刑法志》："禹承尧、舜之后，自以德衰而制肉刑。"凡墨（刺面并着墨）、劓（割鼻）、刖（斩左右趾）、宫（割去生殖器）、大辟（即死刑）五种主要肉刑。汉代孝文帝仁慈，去五之四，单单保留死刑。名义上虽则去除了，但不排除有酷吏或发疯的帝王继续使用。更吓人的是，后人发明的酷刑越来越精巧复杂，花样繁多，从名目上来讲就有笞杖、鞭扑、枷项、斩首、腰斩、梳洗、剥皮、炮烙、烹煮、绞杀、凌迟、车裂等。周兴之瓮，大约近于炮烙、烹煮之间。还有些执政者大约是精神迷狂，在发明酷刑方面极具想象力，譬如彭严，不仅有"汤锅铁床之狱"，而且残忍到将投进汤锅的犯人捉将出来，"更加日曝，沃以盐醋，肌体腐烂……"其他种种酷刑，更不忍言，而此君在实施酷刑时，则一副变态模样，书中记载他观刑时，"唇吻必垂涎及颐颔"，也就是大流其口水。（事见《五国故事》）在中国当代作家中，亦有两位以写酷刑有名者，其一是诺贝尔文学奖得主莫言，代表作是《檀香刑》；另一位是余华，在他写作先锋小说的年代，对酷刑、死亡有很细致并且惨烈的描写，比如《河边的错误》《现实一种》《往事与刑罚》等。能将酷刑以审美的态度叙述之，想来二位都是铁石心肠。

里有蓄马者[①] 苏轼

里有蓄马者,患牧人欺之而盗其刍菽[②]也,又使一人焉为之厩长[③],厩长立而马益癯[④]。

《苏轼文集·策别厚货财一》

【注释】

①题目是编者所加。
②刍菽(chú shū):草和豆。
③厩(jiù)长:负责马棚的人。厩,马棚。
④癯(qú):瘦。

【赏读】

寓言中的这位小财主,因为吝啬自己的财产,不能充分信任别人,不敢放权,使牧人正常管理马匹。他又自以为聪明,在牧人之上设立了一个厩长,自以为有了厩长管住牧人,牧人就不敢侵吞自己的财产了,但他根本就没有考虑到,如果牧人可以侵吞其财产,厩长自然也可以,所以结果便不大妙了。

宋代以机构臃肿著名,极低的行政效率最终葬送了这个在文化上极具创造力的王朝。苏轼有此寓言,正是对现状的清醒分析。

老妪与虎① 王谠②

曾有老妪山行,见一兽如大虫,羸然③跬步④而不进,若伤其足者。妪因即⑤之,而虎举其前足以示妪。妪看之,乃有芒刺在掌下,因为拔之。俄而奋迅阚吼⑥,别妪而去,似愧⑦其恩者。及归,翌日,自外掷麋鹿狐兔至于庭者,日无阙⑧焉。妪登垣⑨视之,乃前伤虎也,因为亲族具言其事,而心异之。一旦,忽掷一死人,血肉狼藉,乃被村人凶者⑩呵捕,云杀人。妪具说其由,始得释缚⑪。乃登垣伺⑫其虎至,而语之曰:"感则感矣,叩头大王,已后⑬更莫抛人来也!"

《唐语林》

【注释】

①题目是编者所加。

②王谠:生卒年不详,字正甫,北宋长安(今陕西西安)人。出身显贵,曾入苏轼门下。著有《唐语林》八卷,乃是仿效南朝宋刘义庆的《世说新语》体例而作的书。

③羸(léi)然:瘦弱的样子。

④跬(kuǐ)步:半步。

⑤即:走近。

⑥奋迅:动作敏捷。阚吼:吼声响亮。

⑦愧:铭感。

⑧阙(quē):遗漏。

⑨垣:短墙。

⑩凶者：保甲之类的人物，古代地方上的治安负责人。
⑪释缚：解下绳索。
⑫伺：伺候、等待。
⑬已后：以后。

【赏读】

  大家皆说，中国社会是人情社会，可是，又最常感叹人情冷暖，许多治世名言皆感慨人世的势利，譬如"穷居对面不相闻，富在深山有远亲"。这个道理其实不难懂，因为这个传自古代的"人情"理念，照例走了样，最后变成了利益之交。连传教士都看出毛病在哪里了，顺治年间，泰西耶稣会士卫匡国作《逑友篇》，云："交友以馈者，非爱洽，乃利洽也。"果然一针见血。天下熙熙，皆为利来；天下攘攘，皆为利往。利之所在，方才有人情。老妪救大虫，本出于慈悲，大虫报恩，本亦属平常，而老妪之贪心渐重，遂来者不拒，终于惹出一段祸事。

  本来人之好色、好吃、好货，皆是本性，但要控制在合法之范围内，不损伤大众权益，那么大家都能抱以"同情"之理解。《韩非子·外储说右下》记载，春秋时鲁国的相国公仪休嗜好吃鱼，以至于"一国尽争买鱼而献之"，自然，鱼乃是小东西，也许值不了多少钱，但公仪休不受人家献鱼，因为他的账算得很清楚，一旦受人家的鱼，势必欠人人情，势必枉法办事，最终事发，被罢免官职，甚至小命难保，更不要提每天能享受专业人士烹调的美味的鱼了（古代士大夫远庖厨，所以公仪休是需要仆人来烹调的）；倘若不受人家的鱼，则能奉公守法，职位可长期保持，还有俸禄可以雇用高级厨师，自然就可以长期吃到美味的鱼。

何不钻弥远① 周密②

当史丞相弥远③用事,选人改官,多出其门。制阃④大宴,有优⑤为衣冠⑥者数辈,皆称为孔门弟子,相与言"吾侪⑦皆选人⑧"。遂各言其姓,曰:"吾为常从事⑨!""吾为于从政⑩。""吾为吾将仕⑪。""吾为路文学⑫。"别有二人出曰:"吾宰予也。夫子曰:'于予与改⑬。'可谓侥幸!"其一曰:"吾颜回也。夫子曰:'回也不改⑭。'吾为四科之首而不改,汝何为独改?"曰:"吾钻故改,汝何不钻?"

回曰:"吾非不钻,而钻弥坚⑮耳?"

曰:"汝之不改宜也,何不钻⑯弥远⑰乎?"

《齐东野语·优语》

【注释】

①题目是编者所加。

②周密(1232~1298):字公谨,号草窗,又号四水潜夫、弁阳老人、华不注山人,南宋词人、文学家。祖籍济南,流寓吴兴(今浙江湖州)。入元隐居不仕。一生著述较丰,著有《齐东野语》《武林旧事》《癸辛杂识》等杂著数十种。其词风格清雅秀润,与吴文英并称"二窗",词集名《草窗词》。

③史丞相弥远(1164~1233):南宋权臣。

④制阃(kǔn):指统兵在外的将帅。

⑤优:戏子。

⑥为衣冠：穿着儒家标准的冠服。

⑦吾侪（chái）：我们。侪，同辈。

⑧选人：一时之选的人才。

⑨常从事：谐音"尝从事"。《论语》："曾子曰：'以能问于不能，以多问于寡，有若无，实若虚，犯而不校，昔者吾友，尝从事于斯矣。'"

⑩于从政：戏谑语。《论语》："子曰：'苟正其身矣，于从政乎何有？'"

⑪吾将仕：戏谑语。《论语》："（阳货曰）：'日月逝矣！岁不我与！'孔子曰：'诺，吾将仕矣！'"

⑫路文学：戏谑语。《论语》："政事：冉有、季路；文学：子游、子夏。"

⑬此句见《论语》："宰予昼寝。子曰：'朽木不可雕也，粪土之墙不可杇也。于予与何诛？'子曰：'始吾于人也，听其言而信其行；今吾于人也，听其言而观其行。于予与改是。'"

⑭此句见《论语》："子曰：'贤哉，回也！一箪食，一瓢饮，在陋巷，人不堪其忧，回也不改其乐。贤哉，回也！'"

⑮钻弥坚：见《论语》："颜渊喟然叹曰：'仰之弥高，钻之弥坚……'"此处的"钻"字为原意，指用锥状的物体在另一物体上转动穿孔。

⑯钻：钻营，拍马溜须以求好处。

⑰"弥坚"与"弥远"看似对称，但恰好讽刺了史弥远。

【赏读】

故事中的戏子，巧妙运用《论语》，攻击时政，表达民众意见，胆子很大，比那些只知谄媚的文人高尚了许多。在中国古代，有一个奇怪的现象，即戏子常代表普通民众之想法，对当代政治之失策予以巧妙大胆的攻击。最著名的代表人物恐怕就是后唐的敬新磨了吧，他留下了很多有名的嘲讽政治的故事，譬如后唐庄宗一次打猎，践踏了民田，县令不识好歹，扣马而谏，庄宗大怒，将杀之。敬新磨乃带着其他戏子追着县令，擒到庄宗马前，故意说道："汝为县令，独不知吾天子好猎邪？奈何纵民稼穑以供税赋！何不饥汝县民而空此地，以备吾天子之驰骋？汝罪当死！"其实语语皆是讽刺。庄宗大笑，县令遂侥幸逃得性命。那庄宗只是把敬新磨代表民意的嘲讽当作笑话，最后弄得国破，实在是活该。五代戏子，亦喜嘲讽官长。《江南余载》一书记载，"徐知训在宣州，聚敛苛暴，百姓苦之。入觐侍宴，伶人戏作绿衣大面，若鬼神者。傍一人问：'谁何？'对曰：'我宣州土地神也，吾主入觐，和地皮掘来，故得至此。'"嘲讽官吏之贪婪欺诈，显出可贵的批判勇气。

但在封建政治的后期，这种嘲讽政治的风气已经衰歇了。冯梦龙曾在《广笑府·官箴》中叙述了一个故事："优人扮一官到任，一百姓来告状，其官与吏大喜，曰：'好事来了。'连忙放下判笔，下厅深揖状者。隶人曰：'他是相公子民，有冤来告，望相公与他办理，如何这等敬他？'官曰：'你不知道，来告状的，便是我的衣食父母，如何不敬他！'"也不知这是真事，还是冯梦龙自己编出来的，但也就是罕见的例子了。

官舟 刘基

瓠里子①自吴归粤,相国使人送之,曰:"使自择官舟以渡。"送者未至。于是②舟泊于浒③者以千数,瓠里子欲择之而不能识。送者至,问之曰:"舟若是多也,恶④乎择?"对曰:"甚易也,但视其敝蓬折橹而破帆者,即官舟也。"从而得之。

瓠里子仰天叹曰:"今之治政⑤,其亦以民为官民与?则爱之者鲜⑥矣,宜其敝⑦也。"

《郁离子》

【注释】

①瓠(hù)里子:虚拟的人名。
②于是:当时。
③浒:水畔。
④恶:同"乌",语气词,"怎么"的意思。
⑤治政:指当政者。
⑥鲜:少。
⑦敝:穷困。

【赏读】

唐代宫词高手王建,难得地写了一首诗,叫《射虎行》,与本寓言有异曲同工之妙,其诗曰:"自去射虎得虎归,官差射虎得虎迟。独行以死当虎命,两人因疑终不定。朝朝暮暮空手回,山下绿苗成道径。远立不敢污箭镞,闻死还来分虎肉。惜留猛虎著深山,射杀恐畏终身闲。"（见《全唐诗》卷二九八）《瓠里子择舟》的故事说明了虽然为公家办事，但公家之物，无人爱惜；《射虎行》则讽刺了虽然为公家办事，但最好不去做该做的事情，"惜留猛虎著深山，射杀恐畏终身闲"，正因为事情做不完，所以自己才有生存的空间。对读此诗与此寓言，才明白其中道理：一方面，正因为公家广征众敛，富得流油，所以公务员皆任公家之资产浪费、损害，甚至想方设法去揩油，反正少人关心，也无人问责；另一方面，但因为是铁饭碗，所以无人愿意打破，于是缺乏主动的精神，只求职位保留，不管责任有无尽到，于是一代又一代长期霸占着位置，可气复又可笑。

观捕鱼记　贝琼①

松江产鱼非一。取鱼者,或以罩,或以叉,或以笱②,或以罾③。巨家则斫大树置水中,为鱼薮④,鱼大小毕赴之。纵横盘亘,人亦无敢辄捕者,故萃而不去。天始寒,大合。渔者编竹断东西津口⑤,以防其佚⑥。乃彻⑦树,两涯鼓而殴⑧之。鱼失所依,或骇而跃,或怒而突,戢戢然⑨已在釜中矣。于是驾百斛之舟⑩,沉九囊之网⑪,掩其左右,遮其前后,而盈车之族,如针之属,脱此挂彼,损鳞折尾,无一纵者。

予观而叹曰:"鱼之托于水也,非无九州四海之可归也,而归于数亩之陂⑫,朽株之下,以为至安无患,若登龙门焉。恶⑬知诱之者将以致之,养之者将以杀之?人之机亦巧且深矣!予又伤其尽而无遗,何其不仁之甚耶?呜呼!天下之死于尽取者,岂独鱼已乎?岂独鱼已乎?"

故书为记。

《清江贝先生文集》

【注释】

①贝琼(1314~1379):崇德(今浙江桐乡)人,初名阙,字廷臣,一字廷琚、仲琚,又字廷珍,别号清江。贝琼从杨维桢学诗,论诗推崇盛唐,文章则以清雅见长。传世著作有《中星考》《清江贝先生集》《清江稿》《云间集》等。

②笱(gǒu):竹制捕鱼器,即渔笼也。

③罾(zēng)：一种跨越河两岸的方形大渔网，用辘轳牵引。
④藂(cóng)：同"丛"，聚集。
⑤津口：渡口，这里指出口。
⑥佚：逃跑。
⑦彻：同"撤"。
⑧殴：驱赶之意。
⑨戢(jí)戢然：收敛的样子。
⑩百斛(hú)之舟：船容量大至百斛，形容船较大。
⑪九囊之网：有许多大口袋的渔网，形容渔网较大。
⑫陂(bēi)：池塘。
⑬恶：同"乌"，怎么。

【赏读】

我出生、生长于里下河地区的农村，此乃多水之地。贝琼在这篇寓言中提及的捕鱼方法，我无不熟悉，而且神往。犹记得少年时候，可以一个下午待在扳罾人家——扳罾之人一般在河边盖一简易的棚子——只为了一次又一次看那巨大的网从水中悠然起来，那时网中央覆盖的水面于是越来越少，鱼便"欢快"地跳跃起来，然后扳罾之人撑一只破船，将极其长的竹竿绑着的抄网伸到渔网中央，将那终于脱离水面的鱼抄入，然后撑船回来，将鱼放进鱼护之中。若非真爱鱼的人，是无法想象这看来简单的过程具有何等的神奇魔力——尤其对一个孩子来说。长大之后，读到"庄子与惠子游于濠梁之上"那段文字，体悟自然亲切极了。其实还有另外一些捕鱼方法，古代的人们是无法想象的，比如，用药使鱼中毒，用电使鱼麻痹，更残酷的，用炸药将鱼震晕或直接炸死。这是技术与人方便，惜哉毫无美感。虽然如此，这些方法针对的毕竟是自然河流内的鱼族，破坏力有限。至于后来，河流污染，于是，罩、叉、筍、罾、鱼蒉这些古老的方法用不起来了，因为自然河流里的鱼已然死光了，随之而来的，就是水产养殖，人们将稍微干净的一片水域圈起来并与外部水流隔绝，或直接挖出池塘来进行规模化经营，捕鱼已经不再是一件乐事，道理简单极了：水已是死水，捕鱼还会是乐事吗？

  自然，贝琼此寓言，乃是攻击古代权贵设置圈套，牢笼天下愚民。所以，悲观些讨论，鱼固然无所逃于人，难道人便可逃于天地之间吗？"出来江湖上混，迟早是要还的。"这话既可对鱼讲，人听了也会寒心吧。

决湖为田 徐渭①

王荆公好言水利,有小人谄曰:"决②梁山湖八百里水以为田,其利大矣。"荆公喜甚,徐曰:"策固善,决水何地可容?"刘贡父③在坐④中曰:"自其旁别凿八百里湖,则可容矣。"荆公笑而止。

《谐史》

【注释】

①徐渭(1521~1593):初字文清,后改字文长,号天池山人,或署青藤老人、青藤道人、青藤居士、天池渔隐等别号。绍兴府山阴(今浙江绍兴)人,明代嘉靖年间诗人、画家、书法家、军事家、戏曲家、美食家、历史学家,艺术成就极其突出,与解缙、杨慎并称"明代三大才子"。有《徐文长文集》,另有杂剧集《四声猿》。

②决:使水流尽。

③刘贡父:即北宋史学家刘攽,助司马光纂修《资治通鉴》,充任副主编,负责汉史部分,著有《东汉刊误》等。

④坐:通"座"。

【赏读】

这个故事可与《伊索寓言》里《运盐的驴子》共读:这驴子先是运盐,不慎跌到水里,起身发现背上重量大为减轻;下次背了海绵,它故意跌到河里,这次却被吸收了水的海绵压弯了腰。这两个故事,都讽刺了执政者们想当然的单线思维,能产生何等荒谬的政策出来,然而对于旁观者,却一眼就可以看出政策的荒谬所在。

阉羊　陆灼①

艾子畜羊两头于圈②。羊牡③者好斗，每遇生人，则逐而触之。门人辈往来，甚以为患，请于艾子曰："夫子之羊，牡而猛，请得阉之，则降其性而温驯矣。"艾子笑曰："尔不知今日无阳道④的更猛些。"

《艾子后语》

【注释】

①陆灼：生卒年不详，明朝长洲（今苏州）人，生平不详。著有笑话集《艾子后语》，托名苏东坡的《艾子杂说》。

②圈（yòu）：羊圈。

③牡：雄性动物。

④阳道：雄性生殖器。

【赏读】

明朝中期以后，太监势力逐渐强盛，及至后来，把持朝政，把持地方税收，弄得民怨沸腾不已。但士人对待这特殊的一群人，却有两种截然分明的态度。一种是迎合。如张居正以太监势力为依靠，彼此利用，维护自己政治地位，这种态度穷斯滥矣起来，便是拜太监为父、各地立起生祠。另一种态度，却是攻击不法太监，前赴后继与之敌斗。如左光斗、杨涟之辈，铮铮硬汉品格照耀千古。但这种态度等而下之，却就变成对所有"无阳道"的一群肆无忌惮地嘲弄、攻击，无宽容，无慈悲。本篇寓言中，艾子对"无阳道"的嘲笑，自然属于后一种态度，但却是等而下之了。本来，因为帝王之辈为了穷尽淫欲，才批量生产出来太监，这在古代集权国家，其实到处都有；在欧洲，有人为了让具备歌唱天赋的男童不变声，便在其发育完成之前施以阉割之术。这种阉割男性阳物的行为，不知造成多少悲剧，在人类历史上，乃是极其残忍的非人行为。对于现代人来讲，一定要以新的观念去看待此段历史，对太监在历史上之作用，要施以同情之了解，而不是一味贬斥、嘲笑。但这种态度，在中国文化中，却极难见到，所以文人是经常以太监作为攻击标靶的。到了今日，虽然太监是见不到了，但人们的好奇却转移到泰国的人妖身上，于是各地旅游景点，便纷纷有了此辈身影；泰国之人妖表演，也成为吸引国人去往泰国的重要因素。但是去琢磨这些"好奇者"心里深处的思想，却仍然脱不去对无助者的悲惨命运的嘲笑式的赏玩，无宽容，无慈悲，无同情之了解，就这么卑劣地自寻其乐。呜呼哀哉！

屁颂 赵南星

　　一秀才数尽,去见阎王。阎王偶放一屁,秀才即献《屁颂》一篇曰:"高竦①金臀,弘宣宝气。依稀乎丝竹之音;仿佛乎麝兰之味。臣立下风,不胜馨香之至。"阎王大喜,增寿十年,即时放回阳间。十年限满,再见阎王。这秀才志气舒展,望森罗殿摇摆而上。阎王问是何人,小鬼说道:"是那做屁文章的秀才。"

《笑赞》

【注释】
　　①竦(sǒng):抬起。

【赏读】
　　这位献上《屁颂》的秀才,极其典型地代表了那些失去独立人格、善于拍马溜须的读书人,将无耻当作得意,廉耻既已丧尽,文字便成卖弄。知识分子,本应抱持独立之思想,以清醒之意识,观察社会、批评社会,于是影响舆论,塑造民族乃至世界之文化,此其为知识分子,虽少为大众了解,但其贡献于社会之发展者,却至大至深,这也就是古人说的"再次立言"的意思。但我们多见到后来的读书人,独立是很少见到,拍马屁的功夫却日渐精湛,以至太平时代,到处都是清客与帮闲,精神之沉沦,不知伊于胡底,这些人实在是这位"做屁文章的秀才"的嫡系后代呢。但吾辈却不免忧虑,士风至于如此,斯文岂非扫地?真正的知识分子,永远是要讲独立、讲尊严的,其固执己见,鄙夷时代,有时甚至达于偏执,但吾辈所喜的,不正是这般千古相传的文脉吗?

秋蝉 冯梦龙[1]

主人待仆从甚薄，衣食常不周。

仆闻秋蝉鸣，问主人曰："此鸣者何物？"主人曰："秋蝉。"

仆曰："蝉食何物？"主人曰："吸风饮露耳。"

仆问："蝉衣着否？"主人曰："不用。"

仆曰："此蝉正好跟我主人。"

《广笑府·口腹》

【注释】

[1]冯梦龙（1574~1646）：字犹龙，又字子犹，号龙子犹、墨憨斋主人、顾曲散人、吴下词奴等，南直隶苏州府长洲县（今江苏苏州）人。明代文学家、戏曲家，代表作为《古今小说》（又名《喻世明言》）、《警世通言》、《醒世恒言》，合称"三言"。他尤其以整理古代通俗文学作品而著著于世。

【赏读】

读此段笑话，却有笑不出来的感觉。因这笑话，暗含的是劳工的报酬问题，更深点，是尊严问题。而劳工的尊严问题，在当今世界，偶然会出现在报纸的头条，其事件的荒谬性，令人咋舌。非法雇用童工、黑工，剥削精神病者，矿难不断，超低的薪水和恶劣的作业环境，精神绝望的劳工频繁坠楼，社会歧视与冷漠……种种匪夷所思的存在，给看似光鲜亮丽的社会一记又一记响亮的耳光。

蝙蝠推奸 冯梦龙

凤凰庆寿，百鸟皆贺，惟蝙蝠不至，凤责之曰："汝居吾下，何踞傲①乎？"蝠曰："吾有足，属于兽，贺汝何用？"一日，麒麟生诞②，而蝙蝠又不往。麟亦责之，蝠曰："我翼能飞，属禽者也，何以贺欤？"后麟凤相会，各语及蝙蝠事，乃叹曰："世间自有这般推奸避事的禽兽，真是无可奈何。"

《广笑府·偏驳》

【注释】

①踞傲：同"倨傲"。
②生诞：生日。

【赏读】

　　此寓言所攻击的现象，乃是明末政治人物的推诿避事。但就故事本身，则发人深省极了。倘若反问一句：蝙蝠就该被凤凰或麒麟管吗？恐怕这故事的立意就产生动摇了。蝙蝠的桀骜不驯，我其实很欣赏，虽然在古代政治中，蝙蝠这类人物有一个统称，叫作"刁民"。在民主政治中，应该为"刁民"类的人物留下一席一地，当然是在他们不违法、不影响他人权益的情况下。

鸬鹚捕鱼而饥　徐芳①

鹚,水鸟之类凫而健喙者也②,善捕鱼。河上人家多蓄之,载以小桴③,至水渟洑④,鱼所聚处,辄驱入之。鹚见鱼,深没疾捕。小者衔之以出;大者力不胜,则碎其翅,呼类共搏,必噎⑤之乃已。而渔人先以小环束其项间,其大者既不可食,得之皆攫⑥去;小者虽已咽,至环束处鲠⑦不可下,渔人又提而捋⑧之,鱼垒垒自喉间出;至枵极⑨,而稍以一二饲之,而又驱之。

如是岁岁鹚常与鱼为仇,有贪暴名,终不得饱,而渔人坐享其利甚厚。

《悬榻编》

【注释】

①徐芳:生卒年不详,字仲光,号拙庵,南城(今属江西)人,著作有《悬榻编》《诺皋广志》等。

②凫(fú):野鸭。健喙:嘴坚硬强健。

③桴(fú):小筏子。

④渟洑(tíng fú):水流平缓而有旋涡的地方。

⑤噎:吞噬。

⑥攫(jué):一把拿走。

⑦鲠:塞住。

⑧捋(lǚ):用手理顺。

⑨枵(xiāo)极:饿到不行。

【赏读】

  在城市生活的人，恐怕是无缘得见鸬鹚的。这鸬鹚，论起形象来，倒颇有些像鹰，因此之故，在鄙人的老家，大家都称之为鱼鹰。鸬鹚之捕鱼，是需要水清鱼肥的，渔人们则摇一轻舟，鸬鹚按顺序排列两舷，垂翅待命，一旦见鱼，则入水取之，鱼不是其对手。但在今日破败的农村，水域之污染已经较为普遍，因此，鱼鹰也渐渐看不到了。我疑心，总有一天，这个物种恐怕会灭绝了吧。至于鱼鹰捕鱼之状，据我幼年的记忆，确乎是如本寓言所说的，分毫不差。作者感慨渔人坐享其成，而鸬鹚空自为人卖命却少所收获，就鸬鹚这一面说，确实委曲；但若想及渔人，其实上面还有鱼肉他的官府，我辈读者，也就不要对渔人吹毛求疵了也。所以，真正的问题在于使劳有所得、老有所养，大家皆得到发展，最终人人满意。这寓言的另一面，则涉及社会发展中天赋被刻意浪费的问题，鸬鹚之天赋，自然不止捕鱼，而渔人为一己之私利，全面限制其天赋发展；就捕鱼本身而论，渔人也为一己之私利，限制其天赋的发展，甚至在其颈项处，束以小环，活活勒住其勃发的天性。若推衍至人，则从小至大，多少孩子的天赋，被人为地抑制？这实在是一种体制性的摧残与浪费天赋，从而导致中国创造力的拙劣。我幼时看见鸬鹚，常常疑惑，觉得这般强健的肢体和翎羽，恐怕是能翱翔长空的吧，可惜从未见过，因为压抑得太久，其飞翔天赋已经忘得罄尽。鹰击长空、鹤唳九霄，原本是何等自然茁壮的生命呈现！

论蛆 吴趼人

冥王无事,率领判官①、鬼卒等游行野外。见粪坑之蛆,蠕蠕然动,命判官记之,曰:"他日当令此辈速生人道②也。"判官依言,记于簿上。又前行,见棺中尸蛆,冥王亦命判官记之,曰:"此物当永堕泥犁③地狱。"判官问曰:"同是蛆也,何以赏罚之不同如是?"冥王曰:"粪蛆有人弃我取之义,廉士也。故当令往生人道。若尸蛆则专吃人之脂膏血肉者,使之为人,倘被其做了官,阳间的百姓岂不受其大害么?"判官叹曰:"怪不得近来阳间百姓受苦,原来前一回有一群尸蛆逃到阳间去了。"

《俏皮话》

【注释】

①判官:地狱中一官职,负责协助冥王判案。

②人道:佛教语,六道之一。传说中,六道(又名六趣、六凡或六道轮回)是众生轮回之道途。六道可分为三善道和三恶道。三善道为天、人、阿修罗,三恶道为畜生、饿鬼、地狱。

③泥犁:亦作"泥梨""泥黎",梵语,意译为地狱,其中一切皆无,没有喜乐。

【赏读】

在这篇寓言中看此寓言本身,小说家对蛆进行分类,表扬粪蛆人弃我取,指责尸蛆专吃人之脂膏血肉,这种从最肮脏之物身上提炼想象的精神，当代作家就已经很难见到了。其以尸蛆比拟贪官污吏，攻击此辈吮吸民脂民膏，渔人自肥，则深刻地总结了古往今来所有官之败类的典型特征。

虽然在此篇寓言中，粪蛆得到了表扬，但是在《俏皮话》中，还有一篇寓言《虫族世界》，其言曰："昆虫部中，也有一世界，其世界之中，也有朝廷，也有国家，也有郡县，也有官吏，也与别部交涉。昆虫皇帝先是令粪蛆执政，久之国权尽失，国势不振。昆虫皇帝大惧，下诏求贤。争奈蛆既当国，所汲引者无非是其同类。皇帝不得已，亲拔蠹鱼，置于政府，而逐粪蛆。久之，国之腐败如故，委靡如故。皇帝叹曰：'吾初见蠹鱼出没于书堆之中，以为是饱有学问的。不期试以政事，竟与那吃屎的一般。'"——却是对粪蛆的攻击，指责此辈昏庸无能。这两篇寓言的精神表面是冲突的，因为对粪蛆，同一个作者居然有两个意见，但因为作者涉笔成趣，随其攻击矛头所向，可自由引譬，正见出小说家精神的自由——他自然不是科学家，不需要那般严谨，所以读者想来自然谅解。在《虫族世界》寓言中，不仅官僚被攻击，读书人也被攻击了，因其高分低能和毫无实践精神，被攻击为"吃屎的"。读到此处，鄙人不觉长出一口气，今日的许多"知识分子"恐怕可以免于"吃屎的"命运了，因为他们现在已经不去啃书本了，他们需要做的，只是背他人之书、苟且求生、谄媚权贵而已。自然要恭喜恭喜。

卷四

励志之什

人何日不化① 左丘明②

赵简子③叹曰:"雀入于海为蛤④,雉入于淮为蜃⑤。鼋⑥鼍鱼鳖,莫不能化,唯人不能。哀夫!"窦犨⑦侍,曰:"臣闻之:君子哀无人,不哀无贿⑧;哀无德,不哀无宠;哀名之不令⑨,不哀年之不登⑩。夫范、中行氏⑪不恤庶难⑫,欲擅⑬晋国,今其子孙将耕于齐,宗庙之牺为畎亩之勤⑭,人之化也,何日之有!"

《国语·晋语九》⑮

【注释】

①题目是编者所加。

②左丘明:生卒年不详,相传为春秋末期鲁国史学家,为《左传》和《国语》的作者。

③赵简子:即赵鞅(?~前475),嬴姓,赵氏,原名鞅,后名志父,谥号简。时人尊称其赵孟,史书中多称之赵简子。春秋后期晋国卿大夫,六卿之一,战国时代赵国基业的开创者。

④蛤:蛤蜊。

⑤雉:野鸡。淮:淮水。蜃:大蛤。

⑥鼋(yuán):俗称癞头鼋。鼍(tuó):即扬子鳄。

⑦窦犨(chōu):晋国大夫。

⑧贿:财。

⑨令:高尚。

⑩年之不登:年产不能丰收。

⑪范、中行氏:皆东周时期晋国六卿家之一。

⑫庶难：民众苦难。

⑬擅：占有。

⑭宗庙之牺为畎亩之勤：本来是贵族，现在做了农夫。牺，古代宗庙祭祀用的纯色牲。

⑮《国语》：关于西周、春秋时周、鲁、齐、晋、郑、楚、吴、越八国人物、事迹、言论的国别史杂记，也叫《春秋外传》。传说是春秋末期鲁人左丘明所作。

【赏读】

所谓"雀入于海为蛤，雉入于淮为蜃"，是自来一个误传，在唯物主义者看来，自然是要不得的。抛去这寓言中的迷信成分，单单看窦犨说的一番话，倒是很有些道理。所谓"人之化"，当然不是说人化为畜生——虽然这样的事情倒是常常发生，而是指人的境界之变化、命运之变化。窦犨举的例子，今人可能不大熟悉了，其实只要去搜索下"三家分晋"的典故，就知道，这个中行氏在最初的晋国六个大夫中，势力本最大，可惜自傲过分，最后没能消灭其他大夫，自己反而灭亡了。

人的命运、境界是一定要变化的，正如古印度的格言："生命本来就是这样子，没有任何东西是一成不变的。"（《五卷书》）这不仅关系到整个人类作为一个族群的生存荣辱，也同时涉及个体一生的变化。作为单个的个体，也要有足够的自省力，要给自己以奋斗的动力，不断提升生命之境界，使人生导向一个于己于人皆有利的发展轨迹，这是令人兴奋的变化之道；否则，终将日益平庸，丧失廉耻，苟活于世——虽然，这样的趋势对许多人来说，也是难免的，但清醒者至少有足够的挣扎和抗议的机会呀，这种机会，总不能从来不去追求吧。

墨子悲染丝[①] 墨子

子墨子言见染丝者而叹,曰:"染于苍[②]则苍,染于黄则黄,所入者变,其色亦变,五入必[③],而已[④]则为五色矣!故染不可不慎也!"

《墨子·所染》

【注释】
①题目是编者所加。
②苍:深青色。
③五入必:经过五次染丝的过程。
④而已:最终。

【赏读】

古印度寓言集《五卷书》中有一个小故事,讲两只鹦鹉本来在一处生活,后被猎人捉住而贩卖,一个到了商人家,一个到了仙人家,于是言语应对,便大不相同。在商人家的鹦鹉,言辞粗俗尖利;在仙人家的,则语言优雅,态度彬彬有礼。墨子悲伤于染丝,为其可以苍,可以黄,其实感叹的,也是生长环境决定人的表现。可见,环境能影响人,是世人都认同的一个观念。孟母三迁,为的也是给孩子一个良好的环境。

但是,话说回来,环境固然重要,努力更其宝贵。因为任何一个环境,都是一个小的社会系统,有其好,亦必然有其坏。特别是,大部分的社会系统,其实都是封闭的,在这样的系统内,观念、思想都是固化的，倘若没有外来系统的交流，则成长于这样的系统内，人们只会变得言语类似、思想平庸、毫无想象力，这就是《1984》《我们》《美丽新世界》等反乌托邦小说所反映的主题。

所以，千万不要迷信，有志向的人，应该有足够的信心，去跳出自己生长的环境，求得更高的发展。如果没有这个信心，刘邦怎么能从一个地方上的小流氓建立一个帝国呢？如果没有这个信心，韩信怎么能忍受钻过屠夫的胯下的耻辱呢？也正是为了跳出环境之束缚，追求大道，在中国佛教界，才有"西行求法"的传统，譬如玄奘。

但是，事情不能走向反面，不能为了逃避现有的环境，而到另外一个环境去，指望这个新的环境可以依赖，于是成为新的环境的依附者。目前，我们大部分的留学者或移民者，基本并不是为了提升自己到更高境界，而只是寻找一个新的更能接受的环境。其选择固然值得同情，但对其本人，则似无大用。又比如，在城市中，学区房价格甚贵，但人们却趋之若鹜，其背后的精神动力，是依赖所谓的重点中小学的资源和环境，其实，这是何等可笑的事情，因为再好的中小学，它也是遵循了同样的教育结构和理念，其所培养出来的学生，除了分数高些，与其他学校培养出来的学生，有什么本质区别吗？

内因是决定性的。鄙人自然是在背书了。但这句话，其实并不错。

偃师造人① 列子

周穆王②西巡狩③，越昆仑，不至弇山。反还，未及中国，道有献工人④名偃师，穆王荐⑤之，问曰："若有何能？"偃师曰："臣唯命所试。然臣已有所造，愿王先观之。"穆王曰："日⑥以俱来，吾与若俱观之。"越日⑦偃师谒见王。王荐之，曰："若与偕来者何人邪？"对曰："臣之所造能倡⑧者。"穆王惊视之，趋步俯仰，信人也。巧夫！领⑨其颐，则歌合律；捧其手，则舞应节⑩。千变万化，惟意所适。王以为实人也，与盛姬⑪内御⑫并观之。技将终，倡者瞬⑬其目而招王之左右侍妾。王大怒，立欲诛偃师。偃师大慑⑭，立剖散倡者以示王，皆傅会⑮革、木、胶、漆、白、黑、丹、青之所为。王谛料⑯之，内则肝、胆、心、肺、脾、肾、肠、胃，外则筋骨、支节、皮毛、齿发，皆假物也，而无不毕具者。合会复如初见。王试废其心，则口不能言；废其肝，则目不能视；废其肾，则足不能步。穆王始悦而叹曰："人之巧乃可与造化者⑰同功乎？"诏贰车⑱载之以归。

《列子·汤问》

【注释】

①题目是编者所加。

②周穆王：姬姓，名满，昭王之子，周王朝第五位帝王。他是我国古代历史上最富于传奇色彩的帝王之一，世称"穆天子"，关

于他的传说，层出不穷，最著名的则是《穆天子传》。

③巡狩：古代帝王以打猎为名巡视四方。

④工人：工巧之人。

⑤荐：当作"进"，意为使其进殿。

⑥日：他日。

⑦越日：第二天。

⑧倡：俳优，能戏剧者。

⑨颔（hàn）：低头。

⑩节：韵律。

⑪盛姬：穆王钟爱之美人。

⑫内御：妃嫔。

⑬瞬（shùn）：眨眼。

⑭慑：恐惧。

⑮傅会：综合在一起。傅，通"附"。

⑯谛料：认真审视。

⑰造化者：天地也。

⑱贰车：副车，跟在帝王车子后面的车子，为臣子所用。

【赏读】

拙作《奇肱国》，想象力之源头，即在此篇故事。这是古代一个非常神奇的故事，表明了吾辈先人，其发明创造之力，如此高妙！自然，在传统的儒家来说，制造一个活灵活现的木头人，不过奇技淫巧罢了，于世道人心何用？其实，所谓的世道人心之用，不过是单纯的功利思维罢了，在这种思维统治一切的时代，自然不能指望中国人能超脱日常生活，追求似乎虚无缥缈，又毫无实际用处的发明创造。其实，在董仲舒之前的时代里，吾辈先祖是颇有创造力的，今且举几个例子以为证明。

一是著名的墨子的木鸢,《韩非子·外储说左上》提及,"墨子为木鸢,三年而成,蜚(按:即飞)一日而败。弟子曰:'先生之巧,至能使木鸢飞。'"以三年之功,产出的是一只能飞一日的木鸢,其实已经是了不得的创造力了。说来奇异,墨子造木鸢可飞,古印度人亦造出类似的东西,乃是《五卷书》里提及的一个车匠,为了帮助他那陷入单相思的织工朋友,就用木头造出了一个金翅鸟,这织工便骑着金翅鸟,飞到他单相思的对象——一位公主的闺房,装作大神那罗耶那(毗湿奴),遂得其欢心,赢得爱情与荣耀。可见古人的想象,多有相似之处。

二是在《韩非子》一书中提及的象牙楮叶,"宋人有为其君以象为楮叶者,三年而成。丰杀茎柯,毫芒繁泽,乱之楮叶之中而不可别也"(见《韩非子·喻老》)。虽然这象牙楮叶既不能吃,亦不能穿,但其实这是艺术,故此被宋君喜欢,"此人遂以功食禄于宋邦"。

艺术、技术都是需要极大的创造力和精神的自由才能达到很高境界,但这种创造力和精神的自由,在罢黜百家独尊儒术之后,就再没有形成气候,直至今日依然如此。于今国家提出将"中国制造"改为"中国创造",但现行的教育体制又完全不是为培养创造性人才而设置的,故此,我很疑心,"中国创造"之局面究竟能否成功。

忽然想及《战国策》中一个很有趣的故事,就是所谓的"画蛇添足",自然,从常识的角度来看,蛇是没有足的,但是在艺术的创造中,给它添上足,难道便不可吗?这种添足之想象,不就是创造力之呈现吗?

其实,说到底,所谓的创造力,仅仅是对常规人生与观念的超脱,也就是对功利性思维的超脱而已。

薛谭学讴① 列子

薛谭学讴于秦青②，未穷青之技，自谓尽之；遂辞归。秦青弗止。饯于郊衢③，抚节④悲歌，声振林木，响遏⑤行云。薛谭乃谢⑥求反⑦，终身不敢言归。

《列子·汤问》

【注释】

①题目是编者所加。
②薛谭、秦青：皆古代著名的歌者，秦青尤其闻名。
③郊衢（qú）：郊外。
④抚节：打着节拍。
⑤遏：（使）停止。
⑥谢：惭愧、致歉。
⑦反：通"返"。

【赏读】

在今日的世界，很多人轻易就将"大师"的名号奉送出去，也有很多人轻易地就将"大师"的名号承接过来，彼此暧昧，成其无耻。其实"大师"的修炼，乃是历经岁月的，是在专门之领域，有极其精湛之造诣，可以说是登峰造极，世人皆认可其价值，才能算得一个。所以，任何一个有追求者，需要明确基本的一点：在自己的领域内，若不经过长期历练，是不可能成为最出色者的，因为任一领域，皆有其无穷的境界。

艺术自然亦如是。薛谭向唱歌的大师秦青学习技术，自以为已然穷尽，自己也可以算得上大师了，便欣然退学，但秦青只一亮嗓子，便叫他知道歌唱的境界，仍有山海之阔。薛谭可以说是诚实的，自知欠缺了火候，便欣然返回，重新磨砺技艺去了。若今人，便不是如此，稍微有点成绩，便不知天高地厚，在电视里讲几节书，就成"国学大师"；拍了一两部烂片，就成"国际明星"；画的妆稍微像个人样，也就是"偶像"。此正做了谚语"满瓶不动半瓶摇"的注脚。

但这则寓言有一点却是吾辈需要警惕的，即所谓的"师道尊严"。是否师傅之功夫，一定就在徒弟之上？徒弟就永远无法超越师傅？在信奉"师道尊严"的古人，是不问这个问题的。但在现代社会中的我们，却要时刻告诫自己，不管师傅功夫精湛至于何等，徒弟应当有"青出于蓝而胜于蓝"的雄心，因为无论是艺术，还是技术，其发展的本质，取决于后人的创造力，创造力的本质，不过是对旧有模式的突破也。

解衣盘礴① 庄子

宋元君将画图,众史②皆至,受揖③而立,舐笔和墨,在外者半④。有一史后至者,儃儃然⑤不趋,受揖不立,因之舍⑥。公使人视之,则解衣盘礴⑦裸⑧。君曰:"可矣,是真画者也。"

《庄子·田子芳》

【注释】

①题目是编者所加。
②史:古代负责文书的官员,所谓"左史右言"。
③受揖:听命,作揖。
④在外者半:除了进内,听命且作揖者,在宫门外等待的还有一半人。
⑤儃(tǎn)儃然:宽闲之貌。
⑥舍:公馆。
⑦盘礴(bó):箕坐的样子,两腿张开坐着,形如簸箕,乃极其无礼的姿势。
⑧裸(luǒ):脱光衣服。

【赏读】

宋元君乃是识货之人也。所谓真画者,必定是具有艺术家独立人格者。凡以此标准,去衡量世间车载斗量的"艺术家",何者为真,何者为假,大抵都能豁然有所辨析。自然,在古代,要看其是否具有独立人格,只需看其是否是权贵身边的清客。但在当今的世界,则需略作改变,但看其是否追逐市场价值即可:凡汲汲于艺术市场,终日忙于应酬,与一辈所谓"评论家"、艺术商人觥筹交错者,必为伪艺术家;凡天天盯着艺术品交易价格,则必为伪艺术家;凡终日钻研所谓的最新技法,以跟得上西方最新艺术潮流而骄傲者,则必为伪艺术家……总之,凡操心于外部世界胜于自己艺术世界者,必为伪艺术家,这是不必怀疑的,道理很简单,人心不能二用,忙碌于外部世界,又怎有时间锻炼自己的艺术境界呢?《儒林外史》全书末尾,叙述"四大奇人",善琴棋书画,自甘清贫,自食其力,并不攀附权贵,过着"又不贪图人的富贵,又不伺候人的颜色,天不收,地不管"的自由生活,是为真艺术家也。但在今日"一切皆商品"理念盛行的时代,却不知何处尚能见到"四大奇人"一般的艺术家也。

孔子困于陈蔡① 吕不韦

孔子穷②于陈、蔡之间,七日不尝食,藜羹不糁③。宰予备④矣,孔子弦歌于室,颜回择菜于外。子路与子贡相与而言曰:"夫子逐于鲁,削迹⑤于卫,伐树于宋,穷于陈、蔡。杀夫子者无罪,藉⑥夫子者不禁,夫子弦歌鼓舞,未尝绝音。盖君子之无所丑⑦也若此乎?"颜回无以对,入以告孔子。孔子愀然⑧推琴,喟然而叹曰:"由与赐⑨小人也。召,吾语之。"子路与子贡入,子贡曰:"如此者,可谓穷矣!"孔子曰:"是何言也?君子达于道之谓达,穷于道之谓穷。今丘也拘⑩仁义之道,以遭乱世之患,其所也⑪,何穷之谓?故内省而不疚于道,临难而不失其德,大寒既至,霜雪既降,吾是以知松柏之茂也。昔桓公得之⑫莒,文公得之曹,越王得之会稽。陈、蔡之厄⑬,于丘其幸乎!"孔子烈然⑭返瑟而弦,子路抗然⑮执干⑯而舞。子贡曰:"吾不知天之高也,不知地之下也。"古之得道者,穷亦乐,达亦乐,所乐非穷达也。道得于此,则穷达一也,为寒暑风雨之序⑰矣。

《吕氏春秋·孝行览第二·慎人》

【注释】

①题目是编者所加。

②穷:困厄。

③藜(lí)羹:用藜菜做的羹。糁(sǎn):用米和羹。

④备：通"惫"。

⑤削迹：匿迹，指隐居。

⑥藉：凌辱、欺负。

⑦无所丑：不知羞耻。

⑧憱（cù）然：忧愁貌。憱，通"俶"，变色改容。

⑨由与赐：指子路与子贡。仲由，字子路；端木赐，字子贡。

⑩拘：固守、坚持。

⑪其所也：适得其所。

⑫得之：指得到思想的启发，亦即得道。"桓公得之莒，文公得之曹，越王得之会稽"三句之意思是，齐桓公遇无知之乱而奔莒，晋文公遇丽姬之谗言而出国至曹，越王勾践失败，栖于会稽之山。此三人，皆受困苦，终能成功。

⑬厄（è）：困苦。

⑭烈然：高亢之貌。

⑮抗然：同"烈然"。

⑯干：盾。

⑰序：更替。寒暑风雨之序，比喻道之穷达变化，人要顺其自然。

【赏读】

孔子在世时，却被形容为"丧家之狗"，颠沛流离。奇怪的是，虽然如此倒霉，弟子们却始终不舍追随，这在今日近于不可想象。话说回来，当时人类信仰单纯，有贤者出，大家受了鼓舞，便信奉到底，不怕任何挫折。在耶稣是如此，在苏格拉底亦是如此。

此是题外话了。这故事本身讲的，乃是人处于困境时，究竟应该采取怎样的态度。孔子穷困潦倒，却弦歌不辍，因为坚信大道钟于一身，有弘毅之志，所见远，所求高，故此世人的褒贬和一时的荣辱，等同浮云。这恐怕是历来成大事者普遍的一种态度。

司马迁身遭腐刑，写下《报任安书》，里面说："盖西伯拘而演《周易》；仲尼厄而作《春秋》；屈原放逐，乃赋《离骚》；左丘失明，厥有《国语》；孙子膑脚，《兵法》修列；不韦迁蜀，世传《吕览》；韩非囚秦，《说难》《孤愤》；《诗》三百篇，大底圣贤发愤之所为作也。"提出"发愤"著书的理论。后来欧阳修在《梅圣俞诗集序》中则提出"诗穷而后工"。这固然是文学界的典型，但其实在各行各业，凡成功者，必定是历经困境，破茧重生，玉汝于成。困难天大，但有志向的人，却能扛住。

吾辈虽然是平凡之人，但人生苦长，不如意事十之八九，遇困恼之时，如果不能有平稳之心态，则烦恼加倍；若有平稳之心态，则一笑置之，毕竟，困难只是一时，世上办法永远比困难多也。

从此故事中，还可发现另一个有意思的消息。即孔子与其弟子之关系，实在民主极了。弟子有抱怨，孔子也不发飙，但徐徐讲出道理，讲完便抚琴，一片雍容淡雅；弟子们听了之后，也就立刻能领会师傅教导，陪着师傅舞蹈，自省错误，却也并非惶然恐惧。古人质朴，言语耿直，自然是一方面，但师徒之共同追求，都在大道，其根本的精神追求既然一致，才能造成如此平等的局面，因为所有的争执，最终都是对大道的探讨，而非个人的利益与意气之争。这于吾辈身在教育行业的人，实在是启发良深。

《山海经》①三段　佚名

又北二百里，曰发鸠之山，其上多柘木②。有鸟焉，其状如乌，文首③、白喙、赤足，名曰精卫，其鸣自詨④。是炎帝之少女，名曰女娃。女娃游于东海，溺而不返，故为精卫，常衔西山之木石，以堙⑤于东海。

《山海经·北山经》

形天⑥与帝争神，帝断其首，葬之常羊之山。乃以乳为目，以脐为口，操干戚⑦以舞。

《山海经·海外西经》

夸父与日逐走，入日。渴，欲得饮，饮于河渭，河渭不足，北饮大泽，未至，道渴而死。弃其杖，化为邓林。

《山海经·海外北经》

【注释】

①《山海经》：先秦重要古籍，是一部富有神话色彩的最古老的地理书，全书共计十八卷，包括《山经》五卷，《海经》八卷，《大荒经》五卷。

②柘（zhè）木：柘树，是桑树的一种，叶子可以喂养蚕，果实可以吃，树根树皮可做药用。

③文首：头部有斑纹。

④詨（xiāo，又读jiào）：通"叫"。

⑤堙：堵塞。

⑥形天:即刑天,是神话传说中一个没有头的神。
⑦干戚:泛指武器。干,盾牌;戚,大斧。

【赏读】

鲁迅有句话:"我们从古以来,就有埋头苦干的人,有拼命硬干的人,有为民请命的人,有舍身求法的人,……虽是等于为帝王将相做家谱的所谓'正史',也往往掩不住他们的光耀,这就是中国的脊梁。(见《中国人失掉自信力了吗》)"所有这些光耀的人物,其共同的特征,就是"知其不可为而为之"(语见《论语·宪问》,乃是一个看城门的人对孔子的评语,却颇中肯綮)。这样强硬的精神力,足以造成改变世界的力量。其实,这样的精神力,乃是我民族性中所隐藏的DNA(脱氧核糖核酸)链条中极其坚韧的一环,如上引《山海经》三段文字,即可知在先民的传说里,知其不可为而为之的强硬性格,何等备受推崇。精卫、刑天、夸父,勇猛精进,不知倦怠,是如何令人动容。拙著《反西游记》便提及此三位,于小说中三致意焉。即使温柔敦厚清淡可人的陶渊明,也曾写下《读山海经》组诗,其中名言如:"精卫衔微木,将以填沧海;刑天舞干戚,猛志固常在。"以及:"夸父诞宏志,乃与日竞走。……余迹寄邓林,功竟在身后。"显见对此三位也是佩服极了。而在此充满不公、挣扎与反抗的世界,吾辈格外要鼓励此种精神,支持那些追求正义者,因为他们的每一步"知其不可为而为之"的努力,皆在推动此社会向光明进发。莫非还真有人愿昏睡在长夜中不成?

楚丘先生① 韩婴②

楚丘先生③披蓑带索④，往见孟尝君。孟尝君曰："先生老矣！春秋⑤高矣！多遗忘矣！何以教文⑥？"楚丘先生曰："恶！君谓我老！恶！君谓我老！意者⑦，将使我投石超距⑧乎？追车赴马乎？逐麋鹿、搏豹虎乎？吾则死矣，何暇老哉！将使我深计远谋乎？定犹豫而决⑨嫌疑乎？出正辞而当⑩诸侯乎？吾乃始壮耳，何老之有！"孟尝君赧然，汗出至踵，曰："文过矣！文过矣！"

《韩诗外传》

【注释】

①题目是编者所加。

②韩婴：西汉燕（今河北固安）人，西汉"韩诗学"的创始人，作品现仅存《韩诗外传》。

③楚丘先生：居住在楚丘的一个人。楚丘，古地名，在今山东境内。

④披蓑（suō）带索：披着蓑衣系着麻绳。

⑤春秋：年岁。

⑥文：孟尝君名田文。

⑦意者：揣度（你的）意思。

⑧投石超距：泛指军事训练。投石，投掷石块；超距，跳跃。

⑨决：判断。

⑩当：面对。

【赏读】

　　古代印度流传过这么一个故事，说的是一个国家，其国王认为老人无用且讨厌，不如尽数驱逐。此命令一下，人人皆惶遽，可又不得不遵循。只有一位年轻的大臣，深爱其老父，在家里挖了个地窖，将老父藏起来。后来天神示威，要国王解答几个问题，包括如何区分蛇的雌雄，如何称量大象体重，如何区分一对白马何为母何为子，如若解答不出来，必定亡其国家。可是全国都无人能解答此问题，只有青年大臣回去问了老父，才知道答案，救了这国王。国王知道答案之来源在于老人，遂解除驱逐令，转而善待老者。这个故事，其实曾广泛流传于各地，只是版本不一样耳，但其大意，却是一般无二的，不过是说老者因其经验丰富而有智慧。

　　孟尝君因为嫌弃楚丘先生老而善忘，话语中有轻薄之意，便被楚丘先生一顿反驳，自言老者之功效，不在跳跃打斗，而在深谋远虑、折冲樽俎，其意思，则是训斥孟尝君年纪轻轻，内不可安邦定国，外不可交通四邻。但观其语气，可知其自信，也可提醒吾辈，人生奋斗，至老不止，在人生每个阶段，吾辈皆需发挥自己之优势，努力于改变世界之事业。老骥伏枥志在千里，老者尚耳，何况朝气蓬勃者？

贫贱骄人① 韩婴

田子方②之魏。魏太子从车百乘而迎之郊，太子再拜谒③田子方，田子方不下车。太子不说④，曰："敢问何如则可以骄人矣？"田子方曰："吾闻以天下骄人而亡者，有矣。以一国骄人而亡者，有矣。由此观之，则贫贱可以骄人矣。夫志不得，则授履⑤而适秦楚耳，安往而不得贫贱乎？"于是太子再拜而后退，田子方遂不下车。

《韩诗外传》

【注释】

①题目是编者所加。

②田子方：战国时魏国人，以贤能出名，曾从学于子贡，后为魏文侯所师礼。

③谒（yè）：拜谒，拜见。

④说（yuè）：通"悦"。

⑤授履：谓授足于履，即穿上鞋子。

【赏读】

贫穷的现象固然自古即有，但很多士人却是以贫贱而骄人的。孟子不是说"富贵不能淫，贫贱不能移，富贵不能屈——此之谓大丈夫"吗？想想古代文本，充满了多少对势利之人的批评与嘲笑，又充满了多少对清贫之人坚持自我努力奋斗的赞扬与欣赏？"穷而后工"四个字,就精练地概括了古人对贫穷而有志之人的推崇之意。在古代白话小说中,更是充满了贫寒的读书人因其高尚的道德和优秀的才华,而受到千金小姐的赏识的故事,至于那些富贵人家的纨绔子弟,则一律受到嘲笑。甚至连一贯以无厘头搞笑著称的周星驰,在《大话西游》里也特意描写了两位豆腐西施,为了供养丈夫读书,辛苦磨、卖豆腐,丈夫中了状元,则欢喜来与妻子相认,嘴中只是念叨"辛苦娘子磨豆腐",彼此温暖,并不忌讳清贫的出身。

田子方骄傲并义正词严地攻击魏太子的纨绔之言行,实在也是此传统的写照。

土禺木禺① 司马迁②

孟尝君将入秦，宾客莫欲其行，谏，不听。苏代③谓曰："今旦④代从外来，见木禺⑤人与土禺人相与语，木禺人曰：'天雨，子将败⑥矣。'土禺人曰：'我生于土，败则归土。今天雨，流子而行，未知所止息也。'今秦，虎狼之国也，而君欲往，如有不得还，君得无⑦为土禺人所笑乎？"孟尝君乃止。

《史记·孟尝君列传》

【注释】

①题目是编者所加。

②司马迁（前145或前135~？）：字子长，西汉夏阳（今陕西韩城，一说山西河津）人，中国古代伟大的史学家、文学家、思想家，被后人尊为"史圣"，创作了中国第一部纪传体通史《史记》（原名《太史公书》），是"二十五史"之首，被鲁迅誉为"史家之绝唱，无韵之离骚"。

③苏代：苏秦之弟，亦学纵横之术。

④旦：早晨。

⑤禺（ǒu）：同"偶"，下文"土禺"同此。

⑥败：破散。

⑦得无：恐怕会，难道不。

【赏读】

读此寓言，不觉有大悲观。所谓土偶人、木偶人，其为偶人则一，而其形式或为土或为木头，则不一样。土偶人，天若下雨，则融化而为泥水，从何来，还复何去，这完全符合《圣经》"尘归尘土归土"的教训，不过是教人认同命运，甘于淡泊，无求无欲，土是其本质，遂回归本质去了。若木偶人则不一样，天倘下雨，便要顺水漂流，不知伊于何处，此乃是随波逐流，无法自主命运。苏代以土偶木偶告诫孟尝君，让他留在国内莫去冒险。但吾辈细细寻思，觉得土偶人、木偶人，终归是偶人，无法从根本上自主命运，外力一旦到达，便或流行四方，或化归湮灭，总之皆是不能站定脚跟，于此大地之上的。人生一世草木一秋，又有多少生命堪称可以自主命运的？若不能自主命运，岂非皆偶人乎？在生而为人者，是否感觉心寒而沮丧？此其为大可悲也。

至若苏代的议论，其实也大不合常理。孟尝君将入秦，其意何为？岂非是要在危难之中寻觅求生之道？但苏代却要孟尝君苟且偷生，宁死于妇人手，也不要出外冒险。此其于国于家，都不是明智的选择。大丈夫生当于世，有孟尝君之地位，便要有符合此地位的责任感，否则不过肉食之人，鄙吝不堪，难免为世人所嘲笑。

我倒是觉得，人生世上，如果能像一个木偶人一样，质地足够坚硬，可以不惧风波，流行于世上，在万千的冒险中，争那生命刹那的耀亮，原是何等风光与璀璨！这才是生而为人，唯一把握个体之命运的必经之道。但这等道理，对那战国时代"逐利而转"的辩士们来说，恐怕是说不通的。

炳烛而学① 刘向

晋平公问于师旷②曰:"吾年七十欲学,恐已暮矣。"师旷曰:"暮,何不炳烛③乎?"平公曰:"安有为人臣而戏其君乎?"师旷曰:"盲臣安敢戏其君乎?臣闻之,少而好学,如日出之阳;壮而好学,如日中之光;老而好学,如炳烛之明。炳烛之明,孰与昧行④乎?"平公曰:"善哉!"

《说苑·建本》

【注释】

①题目是编者所加。
②师旷:春秋时晋国著名乐师,名旷,字子野,生而盲目。
③炳烛:点燃灯烛。
④昧行:暗行,摸黑走路。

【赏读】

"炳烛之明"后来成为一个常用典故,告诉人们只要想学习,什么时候都来得及。《世说新语·自新第十五》记录年轻时候的周处,是著名的横行乡里的大流氓,与水中之蛟、山中之虎,并为乡里"三横",后来周处受人怂恿,杀虎、杀蛟,大家都以为他死了,他却生还,发现人们都在庆祝,才知道人人皆厌恶他,于是,发愤寻到著名文人陆云,说自己想折节读书为人,只是年纪不小了,害怕改正已无可能。陆云说了这样一段勉励的话:"古人贵朝闻夕死,况君前途尚可。且人患志之不立,亦何忧令名不彰邪?"意思是,只要想改变，随时都可以，关键是要坚持志向，终当有所成就。后来周处成了著名的大臣。苏老泉中年方才开始学习，结果文学上也能有所成就，大约是另一个比较著名的例子。其实这种例子多了。曹操歌诗，有"老骥伏枥，志在千里"之语，说的其实是同一个意思。正因为学习是无穷的过程，所以《礼记·表记》才有如下的名言，形容活到老学到老是何等开心的事情："忘身之老也，不知年数之不足也，俛焉日有孳孳，毙而后已。"

我以为，"炳烛而学"这个寓言，其意义更丰富些，一则古人理解的，身老而志不衰，仍然可以追求学问；二则讲时间之利用效率，效率太低，万事不能成就，非得发奋，夜以继日，才能产生最大的结果；三则符合今日信息社会特色，在如今世界，信息量之巨大，学问之专门深刻，皆非古人可以想象，在此形势之下，如欲追求学问，必须下定狠心，利用一切可资利用的时间，充分去学习。另一个层面的含义也许更隐晦些，盖既然学无止境，那么学问真正的价值可能并不较真于具体的结果，而是在追求学问的过程中对生命有升华的感悟。

总之，生而为人，便有向道发问的可能，有此想法，且真去实践，则不管结果如何，也不管从什么地方起步，都可以说是人生的胜利。

四方之志① 孔穿②

子高游赵。平原君客有邹文、季节者,与子高相善。及将还鲁,诸故人诀③,既毕,文、节送行三宿④;临别,文、节流涕交颐⑤,子高徒抗手⑥而已。分背⑦就路,其徒问曰:"先生与彼二子善,彼有恋恋之心,未知后会何期,凄怆流涕;而先生厉声高揖⑧,此无乃非亲亲之谓乎?"子高曰:"始焉,谓此二子丈夫尔,乃今知其妇人也。人生则有四方之志,岂鹿豕也哉而常聚乎?"其徒曰:"若此,二子之泣非邪?"答曰:"斯二子,良人也,有不忍之心,若取于断⑨,必不足矣。"

《谰言·儒服》

【注释】

①题目是编者所加。

②孔穿:生卒年不详,字子高,战国鲁人,孔箕之子,孔子之后。以曾与春秋战国时代著名思想家公孙龙辩论而成名。著作有《谰言》,原书已佚。今本《谰言》是从《孔丛子》中录出的。

③诀:告别。

④三宿:三个晚上。

⑤颐:面颊。

⑥抗手:拱手示意告别。

⑦分背:分别。人既告别,方向相反,其背自然亦相反。

⑧厉声:声音很高,态度苛刻之貌。高揖:双手平搭,高举过头,弯腰作揖。乃是古人辞别的礼节。

⑨断：决断，果断。

【赏读】

"人生则有四方之志，岂鹿豕也哉而常聚乎?"壮哉此言。这是儒者说的。僧家亦有一般言论，见于刘元卿所著的《贤奕编》："有僧居常诵经不辍，其徒游方参悟，归思度其师。一日指棂间蝇曰：'咄！汝不向寥廓奋飞，而日日汩汩然钻此故纸，安得出头？'其师乃有省。""棂"是窗户上的格子，"汩汩然"乃指不安定的模样。从棂上跳跃不定的苍蝇引出质疑，以为人生不当如苍蝇之局限于小小境地，须"向寥廓奋飞"，方能出人头地，这也一样催人发奋。犹记得有"一屋不扫何以扫天下"的典故，成为了少年人写作文的常见例证，但据我认识的高中语文老师说，考试引用此典故，当作为反面例子，进行驳斥。我听了，于是有些寒心。莫非今日少年人都已经不见朝气，毫无壮志？我以为人生——至少是在少年时候——还是需要一点"四方之志"，需要一点"向寥廓奋飞"的气魄，需要一点"扫天下"的野心，否则少年皆畏缩不前，国家焉能有指望？《列子·杨朱》里记载了一个故事，杨朱告诉梁王，自称能治天下，如运诸掌。梁王反驳，说杨朱自己一妻一妾调停不定，三亩菜园都荒废了，还谈什么治理天下。这时杨朱说了一段慷慨激昂的话："吞舟之鱼，不游枝流；鸿鹄高飞，不集污池。……黄钟大吕，不可从烦奏之舞。……将治大者不治细，成大功者不成小。"意思是，当一个人注意力完全集中在宏大事物之上，自然会忽视身边琐碎细事。与为扫天下而不扫一屋，乃是一样的道理。

自然，有宏大之愿景，乃是最妙不过的，但要注意，倘若无任何奋斗，仅仅耽溺于空想主义，再发宏大之愿景，也不过是一个在窗棂上挣扎的苍蝇的格局。

鳌与蚂蚁① 苻朗

东海有鳌②焉，冠③蓬莱而浮游于沧海。腾跃而上则干④云之峰，类⑤迈⑥于群岳⑦；沈没而下则隐天之丘⑧，潜峤于重川。

有红蚁者闻而悦之，与群蚁相要乎海畔，欲观之行，月余日，鳌潜未出。群蚁将反，遇长风激浪，崇涛万仞，海水沸，地雷震。群蚁曰："此将鳌之作也？"

数日风止雷默，海中隐沦如屺⑨，其高概⑩天，或游而西。群蚁曰："彼之冠山，何异乎我之戴粒也？逍遥壤封之颠⑪，归服⑫乎窟穴之下。此乃物我之适⑬，自己而然⑭，我何用数百里劳形⑮而观之乎？"

《苻子》

【注释】

①题目是编者所加。

②鳌（áo）：古代传说中海里的大龟。

③冠：本义是帽子，这里用作动词，意思是用头顶着。

④干：碰触。

⑤类：皆，都。

⑥迈：超越。

⑦岳：山峰也。

⑧隐天之丘：就像天下所有山丘全部隐没入大海。

⑨隐沦如屺（qǐ）：隐约仿佛有一座大山。屺，指无草木的山。

⑩概：齐，平。
⑪壤封：蚁垤，即蚂蚁洞外隆起的小土堆。颠：高处。
⑫服：同"匐"，趴伏。
⑬物我之适：外物与自身各得其宜。
⑭自己而然：本来就是这个样子。
⑮劳形：使形体劳累。

【赏读】

　　《苻子》里这则寓言，很能见出《庄子·齐物论》的影响。但我意欲讨论的，是这则寓言反映出的人的一种普遍心理，即是红眼病。见人之富贵奢华，便不觉赞叹不已，羡慕不已。看见阔太太们都买LV（路易·威登），自己便去买个假冒的挂着，一样觉得神气不可方物；看见富豪大腕们系着爱马仕的皮带，自己上地摊买条皮带，挂上个假冒的搭扣，也便一般欣喜起来。自然，在有些羞耻感的人，觉得买假货来充脸面有些不好意思，只好买些中等的品牌，但口中却对那些奢侈品念念不忘。其实心里牵挂着LV或爱马仕，与将假冒之物公然穿戴在身，本质上有什么区别呢？都不过是红眼病的发作而已。时代的浮躁已经令大众集体失去立脚根基，言行极度轻浮，想来是很可惜的事情。因为从未见人可以飘浮在空中，所以还是脚踏大地，朴实度日更能予人心理的慰藉，就像寓言中的蚂蚁一样，过自己的生活去吧，青菜豆腐未尝不可以保平安，陋室蜗居也未尝不可以营造温暖，关键只在人自己有无热情与自信而已。

　　言及于此，我忽而想起《伊索寓言》中一个稀奇的故事，宙斯举行婚宴，动物毕至，唯有乌龟不肯来，宙斯问是何故，乌龟答曰："家里舒服，家里顶好。"这种淡泊宁静、自信自爱的态度，不是吾辈需要去学习的吗？

应科目与时人书① 韩愈②

　　愈再拜：天地之滨，大江之濆③，曰有怪物焉，盖非常鳞凡介④之品汇匹俦⑤也。其得水，变化风雨，上下于天不难也。其不及水，盖寻常尺寸之间耳，无高山大陵⑥旷途绝险为之关隔⑦也，然其穷涸⑧，不能自致乎水，为獱獭⑨之笑者，盖十八九矣。如有力者哀其穷而运转之，盖一举手一投足之劳也。然是物也，负其异于众也，且曰："烂死于沙泥，吾宁⑩乐之；若俯首帖耳，摇尾而乞怜者，非我之志也。"是以有力者遇之，熟视之若无睹也。其死其生，固不可知也。今又有有力者当其前矣，聊试仰首一鸣号⑪焉，庸讵⑫知有力者不哀其穷而忘一举手一投足之劳，而转之清波乎？其哀之，命也；其不哀之，命也；知其在命而且鸣号之者，亦命也。

《昌黎先生集》

【注释】

　　①科目：分科取士项目。唐制，科举中常科（如进士、明经等）出身的人还要经过吏部的分科考试方能选官，此即"科目选"。
　　②韩愈（768~824）：字退之，唐朝河南河阳（今河南孟州南）人，文学家、思想家、政治家，唐代古文运动的倡导者，明人推他为唐宋八大家之首，与柳宗元并称"韩柳"，著有《昌黎先生集》《外集》十卷等。
　　③濆（fén）：水边。

④常鳞凡介：普通的鱼类、甲壳类动物。介，指甲壳类。

⑤品汇：同一种类。匹俦：同等。

⑥陵：山峰。

⑦关隔：阻碍。

⑧穷涸：身处困境。

⑨猵（biān）獭：獭属，居水中，食鱼。

⑩宁：情愿。

⑪鸣号：鸣叫。

⑫庸讵（jù）：难道。

【赏读】

此怪物非他，就是读书人也。以今日的名词衡量之，就是知识分子。

在韩愈的散文中，经常提及的一个话题，就是读书人的出路问题。这个问题，到今天仍然没有得到解决。而此问题的核心，正是在此信中提出来的一个悖论：倘若一个人系真正有才的读书人，必定负才自傲，不屑亲附他人，所谓"烂死于沙泥，吾宁乐之；若俯首帖耳，摇尾而乞怜者，非我之志也"；但倘若无知音者出世引之，则此人将无能出人头地，此又是对此人天赋的浪费，亦非此人所甘心，故一定是要等待贵人来赏识，来"哀"而怜之。问题的核心在于，即使一个人书读得再好，再有才华，他也一定要先满足于吃饭穿衣，然后还要考虑实现自身价值，但实现自身价值，是很少能独立去完成的，一定要借力，所以，在古代士人投靠他人，大抵是没有好的结局了，至于能保留多大的个体尊严与自由，主要看所投靠的人是什么样了。当然，最大的买家是皇帝，所谓"学得文武术，货于帝王家"是也。只是在寻找买家的过程中，士人的独立性，也就一步步被抹杀了，读书人的操守，也就愈来愈稀薄了。

吃饭确实是一个极其痛苦的事情，这在任何地方，都是必然要应对的。但是在某些地方，不穿衣服（或者以树叶花草遮体蔽羞），倒是很有可行性的，譬如热带雨林，因为穿不穿衣服，其实只是一个观念问题，不像吃饭一样，是一个生理问题。所以，我常常痴想，哪一天世人能发明一种便宜到极致的药丸，吃一粒可以一月不饥，那么我便买它个一千粒，然后躲进热带雨林中，光溜溜地，与禽兽为伍以运动，爬上树颠以阅读，如此了断残生，倒也是如入伊甸园了也。我寻思，这样的前景，算是能彻底解决韩愈的困境吧。

　　但这照例是不大现实的，在当今的世界里，大抵大家读书，都是为找工作，找到工作之后，大抵都不再去读书；或者以读书教书为职业者，蝇营狗苟于评职称、混学历；或者学有所成，则游说权贵，以文字拍马溜须，在世人面前日日粉墨登场地演戏……凡想及此处，就心有戚戚焉，以为这些知识分子，终于还是脱不了韩愈的悖论。我亦如此，或者尤甚。

　　但是否终有一天，知识分子有可能摆脱此悖论，也就是韩愈所谓的"命"？或者可能吧，但吾辈只有拭目以待了。

谪龙说 柳宗元

扶风①马孺子言：年十五六时，在泽州②，与群儿戏郊亭上。顷然③，有奇女坠地，有光晔然④，被缁⑤裘，白纹之理，首步摇之冠⑥。贵游少年骇，且悦之，稍狎⑦焉。奇女颀尔⑧怒焉，曰："不可。吾故居钧天⑨帝宫，下上星辰，呼嘘阴阳，薄蓬莱、羞昆仑而不即⑩者。帝以吾心侈大，怒而谪来，七日当复。今吾虽辱尘土中，非若俪也。吾复且害若。"众恐而退。遂入居佛寺讲室焉。及期，进取杯水饮之，嘘成云气，五色翛翛⑪也。因取裘反之，化成白龙，徊翔登天，莫知其所终，亦怪甚矣！

呜呼！非其类而狎其谪，不可哉！孺子不妄人也，故记其说。

《柳河东集》

【注释】

①扶风：古地名，即今山西扶风县。
②泽州：古地名，即今山西泽州县。
③顷然：突然间。
④晔然：明亮灿烂之貌。
⑤缁（zōu）：黑红色。
⑥步摇之冠：步摇冠，古时贵妇人戴的一种帽子。上面缀着许多装饰品，随人走路而摇摆，故有此名。
⑦狎：亲近。

⑧頩（pīng）尔：严肃貌。
⑨钧天：天之中央。
⑩薄蓬莱、羞昆仑而不即：以蓬莱、昆仑之小而不屑前往。即，前往。
⑪五色翛（xiāo）翛：五彩缤纷。翛翛，悠然貌。

【赏读】

　　柳宗元的寓言是有名的。但这则寓言到底讲的是何道理，却有些含糊不清，似乎是在批评庸俗世人意图玩弄珍贵人物，却不能成功。但细一寻思，却深觉有极大奥妙。

　　所谓的龙女，妙姿绰约，引人遐想，正成为世人欲望的对象，而有混同流俗的危险，倘若自身把持不定，则必然沉沦下流了。在今日的世界，类似龙女的人物，质地本来标致，亦颇有其才华，但因为曝光过度，无形中被大众消费了，而此辈尚以为得意，以为身乃明星，装出偌大的面皮，其实，在与消费者苟合的过程中，此辈本质逐渐散去，因此，人老珠黄也就是必然的命运了。他们不过是流星，只有一刹那的光芒闪耀，很快就被星空遗忘。只有那些质地高贵、才华不凡，而能意识清醒，始终把持自身，绝不随波逐流，绝不被所谓的"粉丝"假象所挟持，坚持自我，努力不懈者，才能得到长久的成功与荣耀，并最终收获真正的支持者。

　　自然，这是我的推衍与发挥。在柳宗元自己，恐怕是借龙女而隐喻被贬苦恶之地的本身，并发出掷地有声的抗议：我虽贬谪，孤高之性，绝不曲折——这实在是屈原精神的回响。但他却比屈原更多一份乐观，以为风雨既去、灾星渐退，则自然云从龙，风从虎，再整河山，从头再来，必定要伸展有方，纵横如意。这种对自身才华的绝对自信，以及不惧波折的人生态度，实在可以鉴照多少人的人生之路啊！

董待制 洪迈①

显谟阁②待制③董正封彦国④,知荣州⑤。使宅⑥一楼极高,可以远眺,而为大梧桐所蔽,举目殊有妨,命伐去。吏辈罗拜,乞留曰:"此木为吾州镇⑦,盖逾二百年,有神物居之,颇著灵效。寻常事以香火,不敢怠。若除之,定起大祸,兼亦未必可致力。"

董赋性刚烈,叱众退,自率工匠运斤斧,自朝至暮,木已倒仆芟削。忽暴风驾云起根中,屋瓦飘扬,雷电晦冥,骤雨倾泻。董与家人共聚一室。其上如奔马腾踏,兽蹄鸟爪穿透椽箔⑧,如欲攫人之势。老幼咸怖,泣叫相闻。董怡然不为动。

未三刻许,风雷皆息,内外晏如⑨,略无所挠⑩。郡人始叹,诵其明决⑪。董寿过八十乃终。

《夷坚志》

【注释】

①洪迈(1123~1202):字景卢,号容斋,南宋饶州鄱阳(今江西鄱阳)人,南宋著名文学家,著书极多,有文集《野处类稿》、志怪笔记小说《夷坚志》,编纂的《万首唐人绝句》、笔记《容斋随笔》等,皆传世。

②显谟阁:宋阁名。

③待制:官名,唐置,责任是备皇帝访问,宋元明皆沿袭。

④董正封彦国:汉朝以后名字连称时,先"名"后"字",故

此人名正封字彦国。

⑤知荣州：为荣州的知府。

⑥使宅：官邸。

⑦镇：镇妖之宝物。

⑧箔（bó）：屋顶所铺防雨之物，用芦苇或秫秸编织而成。

⑨晏如：安稳。

⑩挠：破坏。

⑪明决：明智、决断。

【赏读】

《夷坚志》这部大书，本来专讲妖魔鬼怪子所不言的。但这个故事，却表现出唯物主义的精神，不免与本旨冲突，可是主人公董正封自信不疑屹立不屈的一股倔强劲，着实可喜极了。本来人之成长，在在取决于环境，但只有觉醒者，才知道这种所谓的环境，其实不过是想象出来的。在这故事中，飘风骤雨、人群恐惧，就比喻了人生长的环境；而董正封之态度，则比喻了人挑战、冲破此虚构的环境，乃是极有可能的，所需不过是坚持到底自信自尊的那么一股倔强劲而已。从另一个角度而言，这故事还比喻了单纯的信仰给予人的勇气，这种信仰给予的勇气，可使人破除迷信与恐惧，傲然自立。

江蟹趋海① 崔敦礼②

江之蟹,初穴于沮洳③,秋冬之交,则大出,指海而趋焉。渔者纬萧④而留之,越轶⑤而去,不达于江,不至于海,不止也。是故曲学⑥者沮洳也;大道者,江海也。厌沮洳而决⑦江海,人之所同也。

《刍言》

【注释】

①题目是编者所加。

②崔敦礼(?~1180):通州静海(今江苏南通)人,字仲由,绍兴年间进士出身。文学家,著作有《刍言》《宫教集》等。

③沮洳(jù rù):低洼潮湿的沼泽地。

④纬萧:用荻蒿编织。

⑤轶:超越,超过。

⑥曲学:褊狭的学说。

⑦决:冲决、奔向。

【赏读】

或者是过量捕捞的缘故,我辈从未听闻江蟹趋海的场景,可以断定为此种壮观场景,已经不可能再出现了。因为,若此种场景存在,现代追逐奇闻的发达媒体必定要大力报道,弄得全世界尽知。可惜我们生于这世界,错失类似江蟹趋海的生命奇迹,所以,只能透过字纸,想象那令人动容的场景,该有何等的浩荡与不屈。

自然，对于蟹这种动物，其处于进化链上的位置其实很低，因此，群体趋海的行为，只能归入原始的生命冲动，乃是对久远的进化历程的机械模仿与再现，绝无"追求远大目标与归宿"的"自觉自省"，对此行为进行衍伸，比附到人类身上，乃是作者的聪明的观点。但作者以为所有人都像江蟹一样，厌弃沼泽般的生存境界，意欲大海般的宏观人生，其实太理想化了些。人类能够有"追求远大目标与归宿"的"自觉自省"并真正付诸实践，其实也不是那么稀松平常的事情，相反，追求大道、锲而不舍之人，在人群中却是凤毛麟角的，大多数人都是穷斯滥矣，留恋当下，毫无进取雄心的。

　　当然，对江蟹趋海的行为，我们还可以有其他的譬喻。比如，我们可以设想，真正追求大道（大海）的人，必定甘于长时间的平淡无奇的生活甚至简陋苦涩的状态（沮洳），必定要被外界所质疑、打击，经历遍体鳞伤的折磨（渔者纬萧而留之），也许最终只有很少一部分人能达到圆满状态。但对于这些追求大道的人来说，不管结果如何，奋斗的过程是永不终止的（不达于江，不至于海，不止也），这何尝不是生命的奇迹。

楚人学舟 吕祖谦[①]

楚人有习操舟者,其始折旋疾徐[②],惟舟师之是听。开帆击楫、云飞鸟逝,一息千里。于是小试于洲渚之间,平澜浅濑,水波不兴,投之所向,无不如意。不知适有天幸,遂以为尽操舟之术矣。遽谢遣舟师,傲然自得,沼视溟渤,而杯视江湖。椎鼓径进,亟犯大险。吞天浴日之涛,排山倒海之风,轰豗[③]彭湃,奔鲸骇虬。乃彷徨四顾,胆落神泣,堕桨失舵,身膏[④]鱼鳖之腹。

《东莱左氏博议》

【注释】

①吕祖谦(1137~1181):字伯恭,婺州(治今浙江金华)人,人称东莱先生。与朱熹、张栻齐名,同被尊为"东南三贤","鼎立为世师",是南宋时期著名的理学大家之一。他所创立的"婺学",也是当时颇具影响的学派之一。

②折旋:拐弯回转。疾徐:快慢。

③轰豗(huī):轰响撞击声。

④膏:(喂)肥。

【赏读】

生命本来有更大的境界。若寓言中的楚人,于那波澜不兴的湖泊中操舟,自以为纵横如意,便以为水域都是这等深浅;不知道大江大湖,兴风作浪之厉害;更不知道还有大海大洋,滔天之浪。他若有更高的追求,有更谦虚的精神,认真学习操舟之术,由小湖泊,到大湖泊，到大江，渐至大海，所操之舟越来越广大，所遇之风浪越来越险，慢慢习得经验，操舟技术越来越高明，自然可以渡越江海，才能真正达到"折旋疾徐，惟舟师之是听"的人生境界。可惜世人眼光浅薄，占据一块地盘，便以为世界之大，不过眼前一块，于是苦心经营、孜孜不倦，待小有成就，便自视为利益既得者，奋力排斥他人，以为不可染指。举世滔滔，实在皆是此辈。《庄子·秋水》特意写了两段寓言，嘲讽这等浅薄之辈。一说，坎井之蛙向东海之巨鳖夸耀，以为自己所居住的井，有漂亮的井栏杆供其跳跃取乐，有砖墙之穴洞供其休息，有甜美之水供其畅游，有丰厚的淤泥供其踩踏，与那些虾蟹和蝌蚪比较，自己譬如王者，独居一国也，它以为这是极乐世界。但对于见过东海的鳖来说，它的一只腿弯曲起来，就将整个井覆盖住了。一说，河伯见秋水已至，自以为水势浩荡，壮观之美，天下独一无二，但是奔流到达北海，始望洋兴叹。

生命确乎有更大之境界，需要人们跳出狭隘的视域，不断提升自己的水平，以使自己的生命境界腾达向上。譬如毛毛虫变蝴蝶一般，自然化成，却一定是历经折磨的过程。关于"毛毛虫变蝴蝶"，清代的文人王晫在其著作《杂著十种》中有一段特别生动的描述，"桔之蠹，大如小指，首负特角，身感蹙然，类螔蝓。人或振触之，辄奋角而怒，气色桀骜。浸假蜕为蝴蝶，文彩陆离，栩栩然翩跹上下"。看到这个现象，王晫发出了一段感慨："人之一生，自少而壮而老凡数变矣，慎毋终其身安于为蠹，斯可哉！"

毛毛虫与蝴蝶，人皆知蝴蝶之美，但安于毛毛虫的境界，却是大多数人的选择，这也是人性软弱之一端吧。

铁杵磨针[①] 祝穆[②]

李白少读书,未成,弃去。道逢一老妪,磨铁杵。白问:"将欲何用?"曰:"欲作针。"白感其言,遂还卒业。

《方舆胜览》

【注释】

①题目是编者所加。

②祝穆(? ~1255):少名丙,字伯和,又字和甫,晚年自号"樟隐老人",朱熹弟子。晚年撰成两部文献性巨著,一是类书《事文类聚》一百七十卷;一是综合性地理志《方舆胜览》七十卷。

【赏读】

"铁杵磨针"的故事确实太有名了,恐怕也迷惑了很多小朋友,以至于不知多少人作文里都曾将其作为佐证。其实这个故事本来出自《百喻经》:"譬如有人,磨一大石,勤加功力,经历日月,作小石牛。用功既重,所期甚轻。"李白的传说里,只不过是将《百喻经》中的大石头调整为铁棒,将游戏用的小石牛调整为针,以此改头换面罢了。而《百喻经》原文,其实是对这种投入产出严重不匹配的行为予以坚决否定的。天赋聪敏若李白,莫非真就那般傻不成?

其实悲剧的本质在于,正像寓言中的老妪一样,无数人在人生中东奔西走,看起来似乎在坚持做什么事情,其实皆是无用功。只有当下了悟,真正明白自己所求为何,才可穷下功夫,否则一切不过白搭吧。

钓者慕鱼① 陈高②

世有慕得鱼而业于钓者,其始也,曲针以为钩,断蚓以为饵,投竿洲渚之中,鲂、鲫、鳊、鳜日充乎庖厨③矣。

既而闻有钓于江湖者,其所得之鱼乃有大于此焉。于是乎以锥旋④为钩,以鳅、鳝为饵,投竿于江湖之上,而鲭、鲈、鳡、鲤日满乎舟车矣。

既而又闻有钓于溟渤⑤者,其所得之鱼复有大于此焉。于是乎悬数尺之钩,用全辖⑥之饵,投竿于万顷之波而垂纶于千丈之流,掣⑦吞舟之巨鳞,引横山之修鳍⑧,然后知夫昔日之钓,其所得者微矣!

《不系舟渔集·送徐天长入京序》

【注释】

①题目是编者所加。
②陈高(1315~1367):元代学者。字子上,号不系舟渔者,温州平阳(今属浙江)人。著有《子上存稿》十二卷,后经八世孙重编为《不系舟渔集》。
③庖(páo)厨:厨房。
④锥旋:将锥扭弯。
⑤溟渤:泛指大海。
⑥辖(xiá):阉割过的牛。全辖指整头阉牛。
⑦掣(chè):牵曳。

⑧横山之修鳍：比喻大鱼背脊，仿佛连绵之大山。

【赏读】

  我以为，这个世界上不喜欢钓鱼的人，恐怕在少数。当鱼被吊钩牵引，于水面跳跃那一刻，任哪一个钓者，没有不暗生欢喜的。自然，钓成之后，特意再去放生之辈，恐怕没有那种欢喜心吧。但这个寓言明显不是讲如何去钓鱼的，它讲述的其实是职业生涯路径的问题。我到三十岁才知道世界上还有"职业生涯规划"这么一门学问，自己肤浅地学习一番，才恍然大悟，原来三十岁之前，完全属于瞎子摸象，聋子听声，其实是稀里糊涂得很。这么一悟，又忽然感到寒意阵阵，不知道自己这一生的青春，是否属于虚度与浪费，又恐惧前面之胡乱混日子，已将后来人生发展的路径堵塞，未来仍是一个大大的黑洞。

  就寓言而谈，伟大的职业生涯有此特征：一定是在从事一个自己疯狂热爱的工作（寓言中是钓鱼），一定不满足于暂时的成就（寓言中钓者于洲渚江湖皆有大量收获，但仍渴望到大海去垂钓），最终达到行业的顶尖水平（寓言中钓者最终可以钓到吞舟之巨鳞、横山之修鳍）。但吾辈必须明白，这所有的成就，一定是一步一步慢慢来的，且必定是历经锤炼，付出极大之努力的结果。正像《庄子·外物》中的任公子一样，为了钓到一头真正的大鱼，他不仅制造了庞大的鱼钩和粗长超越想象的鱼线，而且准备的鱼饵是五十头牛，但为了钓到真正的大鱼，他等待了长达一年的时间。为钓一条鱼，可以辛苦至如此地步，而终有非常之收获；为造就真正伟大的人生，难道不要付出数十年的辛苦吗？

蜀鄙二僧 彭端淑①

蜀之鄙②,有二僧,其一贫,其一富。

贫者语于富者曰:"吾欲之南海,何如?"

富者曰:"子何恃③往?"

曰:"吾一瓶一钵足矣。"

富者曰:"吾数年来欲买舟而下,犹未能也。子何恃而往?"

越④明年,贫者自南海还,以告富者。富者有惭色。

西蜀之去南海不知几千里也,僧富者不能至而贫者至之,人之立志顾⑤不如蜀之僧哉?

是故聪与敏,可恃而不可恃也。恃其聪与敏而不学者,自败者也。昏与庸,可限而不可限也。不自限其昏庸而力学不倦者,自力者也。

《白鹤堂诗文集》

【注释】

①彭端淑(1699~1779):字乐斋,号仪一,眉州丹棱(今四川丹棱)人,清朝官员、文学家,与李调元、张问陶一起被后人并称为"清代四川三才子"。著有《雪夜诗谈》《白鹤堂诗文集》等。

②鄙:边境。

③何恃:依赖什么。

④越:到了。

⑤顾:反。

【赏读】

　　我出身贫寒,所以少年时读过这段文字,留下印象极深,因为想象自己就是那个贫僧,有一天要到达南海,其间不管遇到何等灾难,亦要独立承担。所以,以今日的俗语来讲,这就是一个极其励志的故事。印度《五卷书》中有句话这样说:"地狱的深处不算太深,须弥山的山巅不算太高,汪洋的大海不算太广:只要坚决勇敢,就能达到。"说的其实也就是上面寓言中的道理。

　　细细分析这位贫僧,其能成功的核心因素,一为立志,二为坚持。世上诸多事业,哪一个不是靠着这两股精神力量建立起来的?曹刿痛斥"肉食者鄙",鄙就鄙在富贵者像此寓言中的富僧一样,既无远大之志向,又无艰苦之努力,只是一味贪恋享受而已。

　　此寓言还告诉吾辈,真正的事业取决于内在的自信与努力,而不是外在的环境。人自然是环境塑造的产物,但倘若不能跳出旧有环境之束缚,终身不能有创造力之发挥,最终还是一个庸人,自然就不可能有足够的自信去完成远大的事业。至于这个环境本身是穷苦的,是富足的,其实并不重要,因为它们都是等待有志者去超越的。

铜锥钓鱼　刘大櫆①

楚之南有渔者,冀②得吞舟之鱼而恶其钩之曲也,乃取庄山之金③以为锥④,投之潇湘之浦。大鱼之食其饵而去者以千数,而终年不一得鱼也。

人见之或讽其少曲。渔者曰:"宁终吾之生不得鱼,顾⑤不忍曲钩而求之为耻也。"

楚之人皆笑,以为愚。

《海峰文集》

【注释】

①刘大櫆(1698~1779):清桐城(今安徽桐城)人,桐城派代表人物。他论文强调"义事、书卷、经济",主张在艺术形式上模仿古人的"神气""音节""字句",是继方苞之后桐城派的中坚人物。

②冀:希望。

③金:此处指铜。

④锥:铁制之物,头尖而体直。

⑤顾:只是。

【赏读】

若就钓鱼本身而言,这位楚地的渔者不愿弯钩而求鱼,确乎是愚不可及的。但是刘大櫆写这故事,绝非为了讨论鱼钩的弯曲与垂直问题,他所讨论的,是自从屈原自沉以来,中国文人时常慨叹的黑白不辨、是非不分的世道里，知识分子的取舍问题。屈原在《卜居》里写道："世溷浊而不清，蝉翼为重，千钧为轻，黄钟毁弃，瓦缶雷鸣……"面对这样的世道，知识分子究竟是继续直道而行；还是苟全性命，和光同尘，嘻嘻一笑，与世同化。似乎二者必择其一，而其后之命运是绝不一样的。选择前者，便是以屈原做榜样，虽然与日月同光而不朽，当世有些人却不解、怀疑、鄙视，进而大泼其污水，更有甚者，或许还有性命之忧。若选择了后者，则很有可能货贩帝王、权贵，荣华富贵不绝，至不济了，也可以卖弄学识，忽悠世上愚人，稍微坏些的，甚至可以鱼肉乡里、横行百姓，总之是过上了"肉食者"的生活，可是此辈内心也偶有些惴惴不安，觉得难免要被人戳破假面，斥为摇尾乞怜、舔痔求荣，似乎有些龌龊，自己内心深处也辩解不了。有人寻思是否有中间之道路，但恐怕是没有这条道路的。

最可怕的是，这个选择问题，对现代的读书人来说，恐怕已经不存在了，因为已经很少有人会对屈原的痛苦感同身受了。在一个商业化的时代里，几乎一切都商品化了，所有作为，必定以结果论成败，所以，是否"得鱼"，才是最重要的，至于方式上是直钩、弯钩，是甚少有人去考虑的。有人说过的："白猫黑猫，只要抓到老鼠，就是好猫。"此或有其道理，但以为这道理可以解决一切行为之衡量，恐怕也不是可以打包票的。

对真正的知识分子来说，这个选择永远存在；对真正的知识分子来说，这个选择也永远只有一个答案。

卷五

寄情之什

同舟共济① 孙子②

夫吴人与越人相恶也,当其同舟共济,遇风,其相救也如左右手③。

《孙子·九地》

【注释】

①题目是编者所加。

②孙子(约前545~?):即孙武,名武,字长卿,春秋时期齐国乐安(今山东惠民)人,吴国将领,著名军事家、政治家,著有《孙子兵法》,为后世兵法家所推崇,被誉为"兵学圣典",置于《武经七书》之首。

③相救也如左右手:譬喻相互帮助,亲密无间。

【赏读】

读到这段文字,忽然想及,在当今的时代,所有国家,不论其政体区别,不管其利益纠纷,所碰见的诸多问题,皆是全球性的,譬如能源问题、环境问题、贫困问题,这是任何国家都无法单独解决的,但在解决这些问题方面,则一国有一国之考虑,总是不能求同存异——而剩余的时间已然不多。与此相对,许多国家之间,因历史、现实问题,存在许多冲突与战争,于是杀人盈野,造成彼此间更深之仇恨,譬如《伊索寓言·两个敌人》讽刺的两位敌对人物,同乘一船,风暴发作,船将沉,彼此欣然愿意看见对方先死,其实自身也是难免要灭亡的。这正是对今日世界很好的一个写照。

世界其实本一家耳。盖人类先祖,本是统一从非洲走出,蔓延至四海九州,肤色自然有异、风俗固然不同、信仰确然迥异,但人之为人,血脉本自相通。所以,从根本上说,两国之争战,不过兄弟相煎而已;世界共同之困难,则兄弟本当共谋共应对。古人尚知道,吴越自然有其争执,但一旦风涛之险,危及一条船上所有人之生命,则人之生存与救亡的需要,一定要超越狭隘的民族之争。人类号称有进步,但在常识的认识上,却见出现代人与古人之差距。

荣启期三乐① 列子

孔子游于太山②,见荣启期行乎郕③之野,鹿裘④带索⑤,鼓琴而歌。

孔子问曰:"先生所以乐,何也?"

对曰:"吾乐甚多:天生万物,唯人为贵,而吾得为人,是一乐也;男女之别,男尊女卑,故以男为贵,吾既得为男矣,是二乐也;人生有不见日月,不免襁褓⑥者,吾既已行年⑦九十矣,是三乐也。贫者士之常也,死者人之终也,处常待终,当何忧哉?"

孔子曰:"善乎?能自宽者也。"

《列子·天瑞》

【注释】

①题目是编者所加。
②太山:即泰山。
③郕(chéng):春秋时鲁国之邑名。
④鹿裘:粗糙的裘。
⑤带索:系着麻绳。
⑥襁褓(qiǎng bǎo):包裹婴儿的被子和带子。
⑦行年:有……年纪。

【赏读】

荣启期三乐告诉现代人一个简单至极然而深有价值的道理:知

足才能常乐。有这么一个公式：人的幸福感的数值＝个人可以支配的资源/个人的欲望值。个人欲望值越小，个人可支配资源越多，则此人便越幸福；倘若个人欲望值很高，而自身资源有限，其幸福感自然极大降低，于是便四处抱怨。我以为，这个公式很能解释现代人痛苦之来源，盖现代人的欲望被无限放大，大部分人却并无足够的资源来实现这些欲望，于是羡慕、窥探、仇恨富人，便成为许多人的心理迷障。前些日子，海南三亚海天盛筵事件，使普通人得以窥见富人们的奢侈生活。其实，在道德指责的背后，更深的却是羡慕与愿望不成的憎恨。至于那些已然成为富人者，其实也并不曾多出多少幸福感，因为他也有自己难于实现的欲望，道理很简单，即使富可敌国的人，也不可能占据全部资源，况且，在欲望满足之后，因为心灵的平衡失去，只会使人更加空虚，人空虚之后，也就无聊了，海天盛筵事件，就是因此发生的。

于是，聪明人需要回到古人那里寻找智慧，以减法的思维，收缩自己的欲望世界，重建心灵的平衡。正如古代印度人的观念："谁要是在内心里真正是知足常乐，他就能获得一切幸福。"(《五卷书》)

荣启期是可以作为吾辈的榜样的——虽然，吾辈要超越其欲望的简单性，给予自身的欲望以更大的创造性和价值感，不仅合于一己的利益，而且能造福于社会与他人，如此欲望的实现，自然就不会导致精神的空虚。

杞人忧天① 列子

杞国有人忧天地崩坠,身亡②所寄,废寝食者;又有忧彼之所忧者,因往晓之,曰:"天,积气③耳,亡处亡气。若屈伸呼吸,终日在天中行止,奈何忧崩坠乎?"

其人曰:"天果积气,日月星宿,不当坠耶?"

晓之者曰:"日月星宿,亦积气中之有光耀者;只使④坠,亦不能有所中伤。"

其人曰:"奈地坏何?"

晓者曰:"地积块⑤耳,充塞四虚⑥,亡处亡块。若躇步跐蹈⑦,终日在地上行止,奈何忧其坏?"其人舍然⑧大喜,晓之者亦舍然大喜。

长庐子⑨闻而笑曰:"虹蜺也,云雾也,风雨也,四时也,此积气之成乎天者也。山岳也,河海也,金石也,火木也,此积形之成乎地者也。知积气也,知积块也,奚谓不坏?夫天地,空中之一细物,有中之最巨者。难终难穷,此固然矣;难测难识,此固然矣。忧其坏者,诚为大⑩远;言其不坏者,亦为未是⑪。天地不得不坏,则会⑫归于坏。遇其坏时,奚为不忧哉?"子列子闻而笑曰:"言天地坏者亦谬,言天地不坏者亦谬。坏与不坏,吾所不能知也。虽然,彼一也,此一也。故生不知死,死不知生;来不知去,去不知来。坏与不坏,吾何容心⑬哉?"

《列子·天瑞》

【注释】

①题目是编者所加。

②亡:通"无"。

③积气:气所堆积起来。

④只使:即使。

⑤积块:土所堆积起来。

⑥四虚:四方极远之处。

⑦蹉(chú)步跐(cī)蹈:四字皆践踏之意。

⑧舍然:放松之貌。

⑨长庐子:先秦道家人物。

⑩大:同"太"。

⑪为未是:不是正确的。

⑫会:终会。

⑬容心:放在心上。

【赏读】

"杞人忧天"自然是一个很有名的含有贬义的典故了。但鄙人有时寻思,却觉得平居大地之上,藐小若人,却能心忧天地之存亡,乃是了不得的见识——虽然据科学家的研究,地球之毁灭,宇宙之消亡,都是要以亿作为基本单位来计算的年代以后了。康德似乎提醒过人们,不仅要执着于人世,还要经常抬头仰望星空。身而为人,需要有时超脱这日常的规范,想一想更宏远的事物,能使自己的境界不拘束,方可以更宽容的心态应对世事。

当然,其实杞人忧天予人更重要的启示,是要给自己的人生以忧患之意识,只有拥有足够的忧患意识,才能激发人超越平庸状态的动力，使其奋发图强。这是以忧患之意识鼓舞个人的发展。但同时，这忧患意识应是扩大至于普遍的人生的，这需要我们视自己为同一个地球上同呼吸共命运的所有人中的一员，关心这个世界的气候，关心这个世界的暴政，关心这个世界的荣耀与恐怖——虽然它们也许离我们的身体之触觉很远很远。至于那些安之若素，从来无忧患意识的人，永远都会满足于现有的状态，便自己日益平庸下去，而至庸俗，而至庸人，至于庸人，便只能任人摆布了，他们是没有自省之力的，人要他为恶，他也不觉得恶，此即阿伦特所谓"平庸之恶"。所以，我们要多鼓励自己和身边的人，去关怀世界，关心他人，忧虑那些表面看来与己无关的事件——其实发生在别人身上的罪恶，如果我们不去声援并遏制，终有一天会发生在我们自己身上。千万不要学那只虱子，在猪鬃之上，寻觅一地，便以为有万千之稳妥。语见《庄子·徐无鬼》："濡需者，豕虱是也，择疏鬣长毛，自以为广宫大囿。奎蹄曲隈，乳间股脚，自以为安室利处。不知屠者之一旦鼓臂布草操烟火，而己与豕俱焦也。"

华子病忘① 列子

宋阳里华子②中年病忘，朝取而夕忘，夕与而朝忘；在途则忘行，在室则忘坐；今不识先，后不识今。阖室③毒④之。谒史而卜之，弗占⑤；谒巫而祷之，弗禁；谒医而攻之，弗已⑥。鲁有儒生自媒⑦能治之，华子之妻子以居产⑧之半请其方。儒生曰："此固非卦兆之所占，非祈请之所祷，非药石之所攻。吾试化其心，变其虑，庶几其瘳⑨乎！"于是试露⑩之，而求衣；饥之，而求食；幽之，而求明。儒生欣然告其子曰："疾可已也。然吾之方密，传世不以告人。试屏⑪左右，独与居室七日。"从之。莫知其所施为⑫也，而积年之疾一朝都除。华子既悟，乃大怒，黜妻⑬罚子，操戈逐儒生。宋人执而问其以⑭。华子曰："曩⑮吾忘也，荡荡然不觉天地之有无。今顿⑯识既往，数十年来存亡、得失、哀乐、好恶，扰扰万绪起矣。吾恐将来之存亡、得失、哀乐、好恶之乱吾心如此也，须臾之忘，可复得乎？"子贡闻而怪之，以告孔子。孔子曰："此非汝所及乎！"顾谓颜回纪⑰之。

《列子·周穆王》

【注释】

①题目是编者所加。

②华子：人名。

③阖（hé）室：全家。

④毒：苦。

⑤弗占：不能验证。

⑥已：治好病。

⑦自媒：自我介绍。

⑧居产：家中蓄积的产业。

⑨瘳（chōu）：病好。

⑩露：裸露。

⑪屏（bǐng）：驱逐、隔离。

⑫施为：作为。

⑬黜（chù）妻：休妻。

⑭以：原因。

⑮曩（nǎng）：过去。

⑯顿：立刻。

⑰纪：记录。

【赏读】

  这是极有意思的一个寓言。它隐喻的是一个失去欲望的世界的可能性。华子病忘，在精神的逍遥中彻底放弃了所有的欲望，也因此得到了精神的彻底平静；及至精神的苏醒，却发觉种种欲望与意念纷至沓来，必至劳心劳力，终年碌碌奔忙，此其所以愤怒。其实，人放弃欲望，是很难的，因为人本质不过是动物，依马斯洛需求理论，人本有多个层次的需求，而且大抵是要先满足较低层次需求之后才能考虑更高层次的需求（卓越之辈是足以超越这个一般的规律的），所以，欲望是始终抓住人不放的。问题在于，我们需要让自己的欲望有更高的境界，才能使自己脱离动物的水平。

  这寓言给吾辈另一个启示，是要重新认识精神病人的世界。在今日的世界，据说精神的疾病，其发病率大大提高，原因是现代社会发展过于急速，人之思维常难跟上，而生活给予人的压力又如山大，倘不能自己找到心灵之平衡，大抵是要有一些情绪的反复的，若这情绪的反复过了度，就算是有精神之疾病了。但其实，疯狂与艺术却又常常脱离不开，因为，精神之疾病，给予人的是一种脱离常规世界的机会，是思维的新的维度，而追求不断创新的艺术家，其思维言行的方式恰恰与之相似。所以，我们不能对患有所谓的"精神疾病"的人有太多的恐惧，相反，也许，他们所见的世界比常人所见更单纯而美妙也说不定呢。

负暄献曝① 列子

昔者宋国有田夫,常衣缊黂②,仅以过冬。暨③春东作④,自曝⑤于日,不知天下之有广厦隩室⑥,绵纩狐貉⑦。顾谓其妻曰:"负日之暄⑧,人莫知者;以献吾君,将有重赏。"里之富室告之曰:"昔人有美戎菽⑨,甘⑩枲茎、芹、萍子⑪者,对乡豪称之。乡豪取而尝之,蜇于口,惨于腹,众哂而怨之,其人大惭。子,此类也。"

《列子·杨朱》

【注释】

①题目是编者所加。

②缊(yùn)黂(fén):麻制的衣服,絮已经败露在外。

③暨:待到。

④东作:岁在东方,起而耕作。东,在古代与春天对应。

⑤曝:晒。

⑥广厦隩(ào)室:高大的房子,温暖的屋子。隩,通"燠",温暖。

⑦绵纩(kuàng)狐貉(háo):丝棉、绸缎、狐皮、貉裘。

⑧暄:温暖。

⑨戎菽:一种豆科植物。

⑩甘:以……为甜美。

⑪枲(xǐ):即苍耳。萍子:一种蒿(取郭象注释)。

【赏读】

张中行先生有《负曝琐谈》等书，取的即此典故。我疑心，张先生恐怕也是对晒太阳这么一种单纯的行为有难以言表的欣赏吧。虽然，在这典故的文本中，宋国的田夫是受到人家的嘲笑的。但在晒太阳这一简单的行为中，能够发现美的人，必定非常人也，那种暖洋洋、懒散散、精神短暂的恍惚与恬美的感觉，配合着春光绽放的和气，确乎能令感觉敏锐者发现喜悦。这种日常之美好，对于现代人，大抵是渐去渐远了，因为过于忙碌的现代人，生活节奏之快，使他们难以停下脚步，花那么点时间，去单纯地欣赏日常生活的美了。

与负曝可以匹配的，还有另一个极其日常却又极其美丽的行为，就是听雨。鄙人尤记得少年时候，盛夏突然一阵雨，人坐在屋檐之下，便呆呆地看着雨丝，清凉晶莹，清洗得大地如新，这种感觉如梦如幻，至今还在梦中回味。宋人蒋捷有一阕词《虞美人》："少年听雨歌楼上，红烛昏罗帐。壮年听雨客舟中，江阔云低，断雁叫西风。而今听雨僧庐下，鬓已星星也。"真是写尽人生况味。

其实，在古人，世间事物都值得细细品赏，因此有很多的专门著述，尤其盛行于晚明，比如《竹谱》《香谱》等，但以文震亨的《长物志》为最有名的一部。鄙人读《长物志》，想象古代的读书人，其欣赏世界的方式，何等精致而优雅，这在快节奏的今天，世人恐怕再无缘重现这种优雅了。

忽然回头一想，有多久吾辈都没有看到过彩虹了？也许是吾辈已然很久不停下脚步，抬头去欣赏这个世界了；也可能因为在喧嚣的城市里，彩虹从来都是没有的。

虽说人类社会在进步中，但人却不可避免地俗气了。读者诸君以为呢？

中州之蜗① 陈仲子②

昔者泰山与江汉③争王,两京④不下,泰山矢⑤曰:"弗让,吾飘尘以实⑥彼沟浍⑦,且⑧不为齐主。"

江汉亦矢曰:"弗汜⑨,吾余沥⑩以荡彼培塿⑪,且不为楚雄⑫。"

于是有中州⑬之蜗,将起而责其是非,欲东之泰山,会⑭程三千余岁;欲南之江汉,亦会程三千余岁,因自量其齿⑮,则不过旦暮之间,于是悲愤莫胜,而枯于蓬蒿之上,为蝼蚁所笑。

《于陵子·人问》

【注释】

①题目是编者所加。

②陈仲子:生卒年不详,亦称陈仲、田仲、于陵中子等。本名陈定,字子终,是战国时期齐国著名的思想家、隐士,著有《于陵子》一书。

③江汉:长江、汉江交流之处。

④两京:指两个大家伙。京,大。

⑤矢:发誓。

⑥实:填满。

⑦沟浍(kuài):小水沟。这里有鄙视江汉的意思。

⑧且:否则。下同。

⑨汜(sì):水泛滥。

⑩余沥:一点剩水。

⑪培堘（lǒu）：小土堆。这里有嘲笑泰山的意思。
⑫楚雄：楚地之最强者。
⑬中州：地名，指今河南省一带，古为九州的中心。
⑭会：计算。
⑮齿：年龄，这里指寿命。

【赏读】

　　这段文字，亦是学习《庄子》而作：泯灭大小等常识概念，将绝无可能交集的世界并排呈现，实现其委婉的反讽。其实有着绝佳的想象力——狂野而带着平等与慈悲。

　　之所以说这则寓言显示出慈悲精神，是因为虽然有着微渺之躯的中州之蜗，意欲平息泰山与长江、汉水的地位之争鸣，自然绝无实现的可能，可是这一段息争泯战的精神，不是墨家思想的精髓吗？这种心系天下之安危的精神，正是顾炎武所鼓舞的"天下兴亡匹夫有责"的精神也。

　　将这中州之蜗的言行，投射到世人身上，大家都能有天下之胸怀，关心世事安危，悲悯社会兴衰，将他人之事，视为自己之事，急公好义，投身公益，一同反抗非正义，一道维护价值底线与社会规范，则此世界，将多了几许光辉！可怕的是世人皆冷淡漠然，忙于经营个人琐碎功利，对他人之疾苦，非但不同情，反施以嘲笑，以此建构出一种虚幻的"安全感"，于是人自为战，乐得见人家的笑话，却抱怨世人不同情自己。

　　世界其实是急需类似中州之蜗这样的人的，他们是理想主义者，他们不害怕别人的嘲笑，坚持自己的价值观，愿意为那些看起来绝无可能的目标而奋斗。

信树期木[①] 吕不韦

今行者见大树,必解衣悬冠倚剑而寝其下。大树非人之情亲知交也,而安之若此者,信也。陵[②]上巨木,人以为期,易知故也。

《吕氏春秋·慎行论第二·壹行》

【注释】

①题目是编者所加。
②陵:山峰。

【赏读】

今人渐渐将旅行作为重要的生活方式来对待,而旅行,必然涉及住宿问题,在今日,信息发达,旅游地区,旅店配套也能跟上。但古人出远门,却是一个什么模样?自然,若近市区城镇,也是可以歇在旅馆里的,孟子就曾"馆于上宫"——乃是官家的招待所,弟子被人怀疑偷鞋的故事就是在这个招待所里发生的。至于后世,经济发展,旅店行业还是比较发达的,君看《水浒传》里,旅店行业是何等人才汇聚。问题是,在野外行路,不能靠市区或城镇,前不着村后不着店,该如何过夜?譬如徐霞客这样的职业旅行家,在山里该怎么办?其实在这个故事里,我们就发现了一个秘密,原来古人若实在无地方住,是直接住在大树底下的。后面提到的《符子》里一个故事,叫《郑人逃暑》,以及《郁离子》中一个《不韦欲伐庇身之树》的故事,都提及人可以住在树下。类似松树这样的大树，倘若枝干茂盛，可以笼罩一大块地方，能挡风，能遮雨，地面还干净，正是休息的妙所。只是今人已经很难见到这样的大树了，因为被刨得差不多干净了，或者只有植物园里还有些，所以，有人周末去植物园玩乐，喜欢带上帐篷，直接在树下憩息，实在是古人的遗传。

　　题外话说得太多了些。本文所提及的，只是讲立身处世，要重然诺，有信誉，大家才能认可。但对于今日的世界来说，任何机构，无论是政府的，还是民间的，只要真正想做出一番事业，必要想方设法，让自己像一棵大树一样，人人都能见到，人人都能信任。此任重而道远也。

战胜故肥[①] 韩非子

子夏见曾子。曾子曰:"何肥也?"对曰:"战胜,故肥也。"曾子曰:"何谓也?"子夏曰:"吾入见先王之义则荣之,出见富贵之乐又荣之,两者战于胸中,未知胜负,故臞[②]。今先王之义胜,故肥。"

《韩非子·喻老》

【注释】
① 题目是编者所加。
② 臞(qú):瘦。

【赏读】
原来在古代,人肥胖,算是一件好事,盖表明精神的宽松与利欲的淡薄,所谓心宽体胖。但在今日,肥头大耳、肚腹垂垂之辈,则大抵并不是精神的宽松与利欲的淡薄,而是利欲太凶猛、精神太猥琐,已然对自己失去控制力了也——我说的自然不是那些平民百姓,而是某些高官显贵之辈。

回到《韩非子》的故事,子夏用了一个出色的比喻,其实描述的,就是人良心道德与利欲荣禄之争夺,所谓天人交战也。原来,孔子的高足也是一个普通人,自然有其欲望,但可贵的是,对良心道德的追求最终还是能占据上风。天人交战,这样的境遇,几乎每个人都会遇到,一边是可能的富贵荣华或意外小财,但要获得这些,却又意味着要放弃个人原来的一些价值观念,且第一次的失守,基本上意味着后面的沦陷。在某些贪官污吏的反悔的说辞中，我们常常见到他们对第一次贪污的心境的描述，就充分体现了天人交战的过程。不仅是贪官污吏，其实普通大众，也常常面对这种境遇，只是诱惑他们放弃一些原则的，可能是更复杂的一些心理，譬如恐惧、侥幸、以为与己无关等等。

放弃会成为一种习惯，然后就是对自己的伤害，一步一步加深。所以，我常常觉得，在现代人，是需要时常反观自省的，要时常进行天人交战的，因为这乃是对自己生命与尊严的真正的负责。况且，经常进行天人交战，还有减肥之效，在以瘦为美的盛世，何乐而不为呢？

曾子杀彘① 韩非子

曾子之妻之市,其子随之而泣,其母曰:"女②还,顾反③为女杀彘④。"适市来⑤,曾子欲捕彘杀之。妻止之曰:"特与婴儿戏耳。"曾子曰:"婴儿非与戏也。婴儿非有知也,待父母而学者也,听父母之教。今子欺之,是教子欺也。母欺子,子而不信其母,非以成教也。"遂烹彘也。

《韩非子·外储说左上》

【注释】

①题目是编者所加。

②女:通"汝",你。

③顾反:两字都是返回之意。反,同"返"。

④彘(zhì):猪。

⑤适市来:刚从市上回来。

【赏读】

此故事实在是太有名了,也确实非常有趣。有趣在作为一个圣人,曾子原来也有其非常世俗的生活,比如上集市买东西,而且和妻儿一起去。而曾子家的小孩子原来也是惯于一把鼻涕一把泪,以此"恐吓"父母满足其心愿的——与今日的小孩子一般无二呀!而其老婆应对小孩子胡闹的方式,一般也是"哄"。但曾子对老婆哄小孩的话却当了真。在物质不那么发达的古代,能吃上猪肉,对老百姓来说,也是只有祭祖之后"散胙"才能偶尔享受的奢侈啊!忽然想起，鄙人少年时候，家里贫困，终年只是吃青菜根，有一年过年的时候，杀了一头猪，家里将猪头腌起来，居然吃了一年，以至此生再闻不得那种味道也。所以，我很能想象曾子的老婆因为自己随口说了一句话，曾子就要把家中的猪杀了哄小孩子，其内心是何等的绝望。

　　问题在于，虽然曾子讲出了一番大道理，那猪也就真的宰杀了，可惜，以这般严谨的态度教育出来的小孩子，却不曾在历史上留下什么光辉事迹，也就泯然众人罢了。可见，父母对小孩施以教育，不管道理上何等慷慨端庄，其效果却实在存疑，因为小孩子的世界，与大人的世界并不匹敌。吾辈这么一寻思，且看看这个时代里孩子们从小到大，接受了多少大而空的道理，最后接触到真实的社会，则旧有的世界观一律彻底毁灭，此时欲令其再建立一个"正确"的世界观，我以为是绝无可能的。

雍门子周[①] 刘向

雍门子周以琴见乎孟尝君。孟尝君曰:"先生鼓琴,亦能令文[②]悲乎?"雍门子周曰:"臣何独能令足下悲哉?臣之所能令悲者,有先贵而后贱,先富而后贫者也。不若身材[③]高妙,适遭暴乱无道之主,妄加不道之理焉;不若处势隐绝,不及四邻,诎折侯厌[④],袭[⑤]于穷巷,无所告诉[⑥];不若交欢相爱无怨而生离,远赴绝国,无复相见之时;不若少失二亲,兄弟别离,家室不足,忧戚盈匈[⑦]。当是之时也,固不可以闻飞鸟疾风之声,穷穷焉固无乐已。凡若是者,臣一为之徽胶[⑧]援琴而长太息,则流涕沾衿矣。今若足下千乘之君也,居则广厦邃房,下罗帷,来清风,倡优侏儒处前迭进而谄谀;燕[⑨]则斗象棋而舞郑女,激楚之切风[⑩],练色[⑪]以淫目,流声以虞耳[⑫];水游则连方舟[⑬],载羽旗,鼓吹乎不测之渊;野游则驰骋弋猎乎平原广囿,格猛兽;入则撞钟击鼓乎深宫之中。方此之时,视天地曾不若一指[⑭]。忘死与生,虽有善琴者,固未能令足下悲也。"孟尝君曰:"否!否!文固以为不然。"雍门子周曰:"然臣之所为足下悲者一事也。夫声[⑮]敌帝而困秦者君也;连五国之约,南面而伐楚者又君也。天下未尝无事,不从则横[⑯],从成则楚王,横成则秦帝。楚王秦帝,必报仇于薛[⑰]矣。夫以秦、楚之强而报仇于弱薛,譬之犹摩萧斧[⑱]而伐朝菌也,必不留行[⑲]矣。天下有识之士,无不为足下寒心酸鼻者。千秋万岁后,庙堂必不血食矣。高台既以毁,曲池既以壇㉑,坟墓既以下而青廷㉑矣。婴儿竖子樵采薪荛者,踯躅其足而歌其上,众人见之,无不愀焉,为足下悲之,曰:'夫以孟尝君尊贵,乃可使若此乎?'"于是孟尝君泫然,泣涕承睫而未殒。雍门子周引琴而鼓之,徐动宫徵,微挥羽角,切终而成曲,孟尝君涕浪汗增欷㉒,下而就之曰:"先生之鼓琴,令文立若破国亡邑之人也。"

《说苑·善说》

【注释】

①雍门子周:战国时善弹琴者,住齐国国都之雍门。题目是编者所加。

②文:孟尝君本名田文,自称文,表示谦逊。

③身材:出身与才华。

④诎(qū)折:屈曲不伸,此谓遭受压抑。傧(bīn)厌:被摈弃厌恶。

⑤袭:遮蔽。

⑥告诉:诉说,请求帮助。

⑦匈:同"胸"。

⑧徽:系琴弦的绳。胶:定弦柱。此处用作动词,意为调整琴弦。

⑨燕:借作"安",安居。

⑩激:激扬,此谓演唱。切风:悲切的歌声。

⑪练色:白练(白色熟绢)之肤色,比喻美人。

⑫虞耳:娱耳。

⑬方舟:泛指舟船。方,借作"舫"。

⑭一指：一个指头，比喻极小。此状狂放之貌。

⑮声：号称。

⑯从：借作"纵"，战国时东方六国联合抗拒西方的秦国，在地理上是由南至北，故曰"纵"。横：战国时东方的诸侯国与西方的秦联合，在地理上是由东至西，故称"横"。

⑰薛：孟尝君的封地。

⑱摩：借作"磨"，磨利。萧斧：令人生畏的大斧。萧，借作"肃"，肃杀。

⑲留行：留下痕迹。

⑳堑（qiàn）：借作"渐"，渐渐地淤满、淤平。

㉑青廷：或者是墓道尽皆被青草覆盖之意。

㉒浪汗：纵横散乱。增欷：伴随着抽咽。

【赏读】

  这个寓言，语言尤其优美，很能见出汉赋的影响。其所提出的，乃是艺术的欣赏之道，并无其他奥妙，只有"移情"罢了。不能动人的所谓"艺术"，其实只能以技术处之。譬如观看当代的艺术，有些充满了抽象与概念，明明只是作者本人在玩弄符号的技术，意欲欣赏的人，不得其门而入，又不敢说不懂，只得一言不发，或者假意赞许罢了。我以为对于这些"符号主义"的所谓"艺术"，大家还它四个字，叫"不理不睬"，乃是最得当的反应。自然，我提出的只是理想的办法，在实际中是不可行的，因为在艺术市场，营销、炒作渐渐占了上风，艺术之本质已少人问津；在欣赏者，则也中了市场的毒，购买、保值、增值、抛售这一套程序，或者仅仅是为了通过"欣赏"这个行为本身呈现自己的存在以向别人推销自己，其实都不过是自觉做了市场的同谋。一言以蔽之，叫作"附庸风雅"，偏偏所附庸的所谓"风雅"，离着风雅的本义有十万八千里。

鸾鸟　范泰①

昔罽宾②王结罝③峻卯之山④,获一鸾鸟。王甚爱之,欲其鸣而不致也。乃饰以金樊⑤,飨以珍羞。对之愈戚⑥,三年不鸣。其夫人曰:"尝闻鸟见其类而后鸣,何不悬镜以映之?"王从其意,鸾睹形,悲鸣,哀响冲霄,一奋而绝。嗟乎,兹禽何情之深!昔钟子破琴于伯牙⑦,匠石辍斤于郢人⑧,盖悲妙赏⑨之不存,慨神质⑩于当年耳,矧⑪乃一举而殒其身者哉!悲夫!乃为诗曰:神鸾栖高梧,爰⑫翔霄汉⑬际。轩翼⑭扬轻风,清响中天厉⑮。外患难预谋,高罗⑯掩逸势。明镜悬高堂,顾影悲同契⑰。一激九霄音,响流形已毙。

《先秦汉魏晋南北朝诗·宋诗·范泰》

【注释】

①范泰(355~428):南朝宋大臣、学者。字伯伦,顺阳(今河南淅川南)人。为范晔之父。著有《古今善言》《宋书本传》等。
②罽(jì)宾:汉代西域国名。
③罝(jū):捕捉兔子的网,也泛指捕鸟兽的网。
④峻卯之山:山名。
⑤樊(fán):笼子。
⑥戚:悲伤。
⑦此句即"高山流水"的典故。
⑧此句即《庄子·徐无鬼》中的典故。

⑨妙赏:知音之人。
⑩神质:默契的搭档。
⑪矧:何况。
⑫爰:助词,无意义。
⑬霄汉:银河,指天空。
⑭轩翼:舒展翅膀。
⑮厉:高亢。
⑯罗:罗网。
⑰同契:同类。

【赏读】

这个寓言故事弥漫着一股悲伤的情绪。在嘲弄者,以为这只鸾鸟因自恋而丧了命;但在识者,却感到这鸾鸟如此较真,并只想将伟大的艺术奉献给知己。故事中提到的两个典故:一个是钟子破琴,估计是作者引用之误,依《吕氏春秋》,破琴的乃是伯牙,《吕氏春秋》里记载道:"伯牙鼓琴,钟子期听之。方鼓琴而志在太山,钟子期曰:'善哉乎鼓琴!巍巍乎若太山。'少选之间,而志在流水,钟子期又曰:'善哉乎鼓琴!汤汤乎若流水。'钟子期死,伯牙破琴绝弦,终身不复鼓琴。"伯牙给出的理由是:世上已无人可以欣赏他的琴艺;另一个是匠石运斤,乃是出自《庄子·徐无鬼》,典故中的匠人叫作石,他的搭档是楚国郢这个地方的一个人,他们之配合天衣无缝,以至于匠石挥舞起斧子,可以削去郢人鼻尖上的石灰而不伤其皮肤,但是郢人一死,匠石就再找不到可以合作的人了。

世间万事,到了最高境界,都成为艺术,因此能在同一个层次交流的对象,实在少之又少。所以宋玉写文章,特意提到《阳春》《白雪》曲高和寡的道理。若不懂这个道理,将高妙的事物给低级趣味者去欣赏,自然是牛头不对马嘴,譬如《伊索寓言》里对着大海吹箫的渔夫，空以为鱼会欣赏其动听的音乐，却免不了要被僧祐在《弘明集》中做"对牛弹琴"之讥讽；而不知自己分量，以为可以与高妙人物并列，议论相同层次的问题，少不得话不投机半句多，甚至冷漠相对，如赵襄子一般，去问孔子"世上到底有无明君、夫子之道究竟通也不通"，夫子甩头即走，后面子路知道了，还嘲讽赵襄子是以小木棍试图撞响天下巨钟呢。（事见《说苑·善说》）

　　不仅知交朋友，希望段数相当；就是敌对双方，真正升华境界之后，寻找对手，也是要相同吨位的。所以武侠小说中有种类型的人物，武功高到极处，轻易不再出手，人且极其孤独，直到真正的对手出现，便欢喜不已，"独孤求败"因此名头响亮极了。刘义庆在《幽明录》里提到一个有趣的故事，说的是有人向楚文王献了一只鹰，赵襄子田猎于云梦，下人们将鸟雀赶起来，但这鹰却纹丝不动，直到天上飞过一庞大的鸟，遮天蔽日，这鹰才耸入云霄，"须臾，羽堕如雪，血下如雨，有大鸟堕地，度其两翅，广数十里"，原来这大鸟竟是《庄子》里提到的大鹏的幼鸟。可见，这只鹰也是骄傲得很，是必须真正的对手出现，才放手一搏的。

　　朋友、对手都不是突然出现的，乃是自己定位出来的。自己是何等人，就会交何等的朋友，造成何等的对手。所以，我以为，抱怨没有好朋友，或抱怨你的对手为何那般恶毒，恐怕得先去反省下自身吧？

千万买邻^① 李延寿^②

初,宋季雅^③罢南康郡^④,市宅居僧珍^⑤宅侧。僧珍问宅价,曰:"一千一百万。"怪其贵。季雅曰:"一百万买宅,千万买邻。"

《南史·吕僧珍传》

【注释】

①题目是编者所加。

②李延寿:生卒年不详,字遐龄,唐代相州(今河南安阳)人,史学家,曾参加过官修的《隋书》《晋书》及当朝国史的修撰,还独立撰成《南史》《北史》。

③宋季雅:人名,生平不详。

④南康郡:郡名,在今江西省赣州市。

⑤僧珍:即吕僧珍,字元瑜,梁东平范县(今河南范县)人,梁武帝时曾任辅国将军、步兵校尉,卒谥忠敬,《南史》有传。

【赏读】

因了吕僧珍位高权重,社会声誉尚可,宋季雅罢官之后买了房子与之做邻居。虽然嘴上说的比唱的好听,什么"百万买宅,千万买邻",其实也许别有所谋。但后人却传为一段佳话,只是因为中国传统有"孟母三迁"的经典教训,格外重视居住的环境。但在如今的世界,人之迁居买房,却各有各的苦衷与痛楚。譬如学区房,价格比市区正常房产贵两倍甚至更高,这正是因为教育资源的稀缺。

猴子救月 道世[1]

昔有五百猕猴，游行林中。俱至大树下，树下有井，井中有月影现。时猕猴主[2]见是月影，语诸伴曰："月今日死，落于井中，当共出之，莫令世间长夜暗冥。"共作议言："云何能出？"时猕猴主言："我知出法。我捉树枝，汝捉我尾。展转相连，乃可出之。"时诸猕猴，即如主语，展转相捉。树弱枝折，一切猕猴堕井水中。

《法苑珠林·愚赣篇·杂痴部》

【注释】

①道世（？~683）：唐代僧人，字玄恽，俗姓韩，12岁出家，唐高宗显庆年间（656~661），道世奉诏参加了玄奘法师的译经工作。但其主要成就，是将佛教经典通俗化，编有《诸经要集》《法苑珠林》。

②猕猴主：乃是猴王的意思。

【赏读】

文中救月的猴子，在一般人看来，其自以为是处，自然愚蠢到不可救药。幼年时看到一部名为《猴子捞月亮》的动画，大抵亦是嘲讽的调子。但这猴子们的作为却很值得我们学习，因为猴子恐怕不仅仅是担心月亮消失，而且担忧月亮消失之后，从此"世间长夜暗冥"。这正是慈悲精神也。犹记得曾读过一个故事，乃是《宣验记》的逸文，见于《艺文类聚》，说的是一只有情的鹦鹉，离了旧日的山居之处，忽一日，遥见山中大火，它不忘旧情，便将翅膀沾了些水，飞在空中，尽力洒下。虽点滴之水，不能救山中旧日兄弟，但这慈悲的一段精神，深为天神欣赏云云。清代无垢道人著《八仙得道》，在第七回写一老鼠在大洪水中救他人，"好意急公"，人人夸赞，乃是一样的意思。只是皆指望以动物之慈悲来感怀世人，恐怕也正显得著作者对世人的绝望吧。但世人的行为，恐怕多是"以邻为壑"的。《新书》里说孙叔敖儿时，路见两头蛇，传言说见两头蛇者死，于是孙叔敖将蛇埋掉，恐其害他人也。也许只有童心未泯者才有可能保留那一点慈悲之心吧。

蝮蛇① 柳宗元

家有僮，善执蛇，晨持一蛇来谒②曰："是谓蝮蛇。犯于人，死不治。又善伺③人，闻人咳喘步骤④，辄不胜其毒，捷取巧噬肆其害。然或慊⑤不得于人，则愈怒，反啮草木，草木立死。后人来触死茎，犹堕指⑥、挛腕⑦、肿足，为废病。必杀之，是不可留。"

余曰："汝恶得之？"曰："得之榛中。"曰："榛中若是者可既⑧乎？"曰："不可，其类甚博⑨。"余谓僮曰："彼居榛中，汝居宫⑩内，彼不即汝，而汝即彼，犯而斗死以执而谒者，汝实健且险，以轻近是物，然而杀之，汝益暴矣。彼耕获者⑪，求薪苏者⑫，皆土其乡，知防而入⑬焉，执耒⑭操鞭持芟⑮，扑⑯以远其害。汝今非有求于榛者也，密汝居，易⑰汝庭，不凌奥⑱，不步暗，是恶能得而害汝？且彼非乐为此态也。造物者赋之形，阴与阳命之气，形甚怪僻，气甚祸贼，虽欲不为是不可得也。是独可悲怜者，又孰能罪而加怒焉？汝勿杀也。"

《柳河东集·宥蝮蛇文》

【注释】

①题目是编者所加。
②谒（yè）：拜见。
③伺：观察。

④步骤：迈步疾行。

⑤慊（qiàn）：恨。

⑥堕指：手指烂掉。

⑦挛腕：手弯曲。挛，曲。

⑧既：尽。

⑨博：多。

⑩宫：屋子。

⑪耕获者：农民。

⑫求薪苏者：砍柴采药的人。苏，草名，茎、叶、果实可做药。

⑬入：进入丛林。

⑭耒（lěi）：翻土的农具。

⑮芟（shān）：大镰刀。

⑯扑：打。

⑰易：改换，整治。

⑱凌奥：步足幽深之地。奥，幽深。

【赏读】

毒蛇咬死过几个人，便欲将之赶尽杀绝；在人类战争史中，人与人之间互相杀戮，死者盈城遍野，虽然至今无准确之统计，但其数量恐怕要远远超过毒蛇所咬死的人吧。照将毒蛇消灭的这个逻辑，是否也要将"人"这个生物消灭干净？这岂非足够警醒依然沉溺于互相杀戮的人类族群？

蝮蛇自然有剧毒，但在柳宗元看来，它们也自有其生存之权力。此种生物平等之观念，似来源于佛教的传统，但对今人来说，却很有借鉴的价值。目下，生物种类灭绝之势，据说越发加剧了，人类之活动，已然严重影响地球生物的多样性。也许将来某个时候，地球上的所有生物其生命痕迹将留存在 DNA 信息库中，人们想将某个物种调取出来，随时都可以将生物复活吧——这是很有可能的，因为技术之发展，已经渐渐有脱离人类理性控制的倾向。但我时常思虑，假如这种前景真的变成现实，人高踞于生物链最顶端，而下面却一片空白，恐怕也不见得是很美妙的事情吧。我们倒是可以想象一下，假如人从这个世界彻底消失了，那么地球会变成什么样子？恐怕至少物类相处会更和谐，风景会更美妙些吧。

　　鹰飞兽走鱼游，虽是无知无识，纯然天性，但也自有其美丽动人之处，发人之想象。方孝孺在《逊志斋集》中有一篇文章，写夏夜被蚊子叮咬，感叹蚊子太毒，却被其童仆讽刺为"待己太厚而尤天之太固"，因为童仆认为，万物本无所谓贵贱之分，"大之为犀象，怪之为蛟龙，暴之为虎豹，驯之为鹰鹿与庸狨（按：庸狨是一种猿猴）。羽毛而为禽为兽，裸身而为人为虫，莫不皆有所养。……自我观之，则人贵而物贱；自天地而观之，果孰贵而孰贱耶？"此话果然有道理，因为按照希腊人的观念，人类被普罗米修斯造出来的时候，实在与动物地位一般无二呢。"普罗美修斯非常喜欢他的新玩意儿。他常看着人类猎食，住在山洞和地穴里，像蚂蚁和貛猪似的。"（见周作人译《希腊的神与英雄》）

薛伟 李复言①

（薛伟）病七日，忽奄然②若往③者，连呼不应，而心头微暖，家人不忍即敛④，环而伺之。经二十日，忽长吁起坐，谓其人曰："吾不知人间几日矣？"曰："二十日矣。"……曰："吾初疾困，为热所逼，殆不可堪。忽闷，忘其疾，恶热求凉，策杖⑤而去，不知其梦也，既出郭，其心欣欣然，若笼鸟槛兽之得逸，莫我如也。渐入山，山行益闷，遂下游于江畔。见江潭深净，秋色可爱；轻涟⑥不动，镜涵远灵⑦。忽有思浴意。遂脱衣于岸，跳身便入。自幼狎水，成人已来，绝不复戏，遇此纵适⑧，实契宿心⑨。……未顷，有鱼头人长数尺，骑鲵来，导从⑩数十鱼，宣河伯诏曰：'城居水游，浮沉异道，苟非其好，则昧通波⑪。……（薛主簿）暂从鳞化⑫，非遽成身⑬。可权充东潭赤鲤。……'听而自顾，即已鱼服⑭矣。于是，放身而游，意往斯到⑮。波上潭底，莫不从容，三江五湖，腾跃将遍。……俄而，饥甚，求食不得，循舟而行，忽见赵干垂钩，其饵芳香，心亦知戒，不觉近口。曰：'我人也，暂时为鱼，不能求食，乃吞其钩乎？'舍之而去。有顷，饥益甚。思曰：'我是官人，戏而鱼服。纵吞其钩……（赵干）固当送我归县耳。'遂吞之。……"

《续玄怪录》

【注释】

①李复言：生卒年不详，约唐文宗太和前后在世，生平事迹难考，所著有《续玄怪录》，乃唐代著名传奇小说集。

②奄（yǎn）然：昏迷之貌。

③往：去世。

④敛：尸体摆进棺材。

⑤策杖：扶着拐杖。

⑥涟：波浪。

⑦镜涵远灵：水光明亮如镜子，水天之际，则灵光缥缈。

⑧纵适：自由。

⑨契宿心：符合旧时心愿。契，符合；宿，过去、旧时。

⑩导从：随从。

⑪昧通波：无法与水族世界沟通。

⑫鳞化：身上覆盖鱼鳞。

⑬非遽（jù）成身：不是立刻彻底变为鱼。

⑭鱼服：身上覆盖鱼鳞。

⑮意往斯到：随意游泳，想到哪儿便到哪儿。

【赏读】

《醒世恒言》第二十六卷《薛录事鱼服证仙》即是根据此寓言改编而成。此寓言本文更加复杂，此处仅取其精粹。整个故事，说的是青城县主簿，由于生病发烧，灵魂出窍，到郊外深潭游泳图凉快，河伯使他如愿变成东潭赤鲤，以为大乐，但是难免贪图钓饵之香，遂吞钩，被渔人捕获，卖于自家仆人，又被自家厨师烹调，刀落鱼头断，魂魄重归肉体，于是苏醒。文字之美、立意之奇、叙述之新,在中国古代文本中,可谓不可无一不可有二。先说文字之美,"江潭深净,秋色可爱;轻涟不动,镜涵远灵"诸语,实在是六朝小品的遗韵,也实在是唐朝"传奇"的最佳之作;次说立意之奇,人与动物之互化,本是常见的主题,但他人只不过当作一段奇闻潦草叙述完毕,独李复言将这化身为鱼的人,赋予其鱼的世界观,于是,既见江湖纵游之喜乐,复感染"人为刀俎"之悲伤,慈悲之意,遍及鱼类,见出文学之伟大精神;再说叙述之新,整个故事的叙述,先赋之以回忆的视角,在回忆过程中,则变成鱼的视角,在被渔人捕获之后,则还为人的视角,其叙述之视角,变转流利,似乎是现代派出现之后,西方文学才见到这样的手法。

这个寓言对吾辈尤有启发,如今生物灭绝之速度不断加快,人们已无对待生物之慈悲精神,倘若大家从来不能转换位格,以受害之动物的视角来观照人类,我们将永不能真正学会去同情与保护生物。

方轨八达之路[1] 苏轼

覆盆水于地,芥[2]浮于水,蚁附于芥,茫然不知所济。少焉水涸,蚁即径去。见其类,出涕曰:"几不复与子相见!岂知俯仰之间,有方轨八达之路乎?"念此可以一笑。

《苏轼文集·试笔自书》

【注释】

①题目是编者所加。
②芥:小草,喻轻微纤细的事物。

【赏读】

这个想象,一定来源于庄子。在庄子的世界里,即如蜗牛壳,也能产生杀人盈野的想象。但我疑心,苏轼必定自己干过这事,在他童年的时候——因为覆水于地,看蚂蚁挣扎,本来就是儿童喜欢干的勾当,这可以令孩子联想到自己在小河中游泳,有一样的挣扎、恐惧、欢喜吧。在这则寓言中,苏轼为这遭殃的蚂蚁塑造了漂亮的性格,一句"几不复与子相见",显出何等有情?一句"岂知俯仰之间,有方轨八达之路乎",又显出何等后怕与惊惶?但我们并不必去嘲笑寓言中眼界狭隘的蚂蚁,因为人类自己,也从不曾眼界开阔到哪里去。人皆是环境的产物,所以言行都受束缚,故此很难达到思想的开明与畅达,当然也就不可能真正形成开阔的眼界了。大多数人最后只是满足于自己眼前一方天地,终于忘了世界之辽阔。而这蚂蚁,至少还能挣扎走出困境,看见更广大的境界呢!

记先夫人不残鸟雀 苏轼

少时所居书堂前,有竹、柏、杂花,丛生满庭,众鸟巢其上。武阳君①恶杀生,儿童婢仆,皆不得捕取鸟雀。数年间,皆巢于低枝,其𪅂②可俯而窥。又有桐花凤,四五日翔集其间。此鸟羽毛,至为珍异难见。而能驯扰③,殊④不畏人。闾里⑤间见之,以为异事。此无他,不忮⑥之诚信于异类也。

有野老言:"鸟雀巢去人太远,则其子有蛇、鼠、狐狸、鸱、鸢之扰,人既不杀,则自近人者,欲免此患也。"

由是观之,异时鸟雀不敢近人者,以人为甚于蛇鼠之类也。"苛政猛于虎",信哉!

《东坡志林》

【注释】

①武阳君:东坡母亲程氏的封号。
②𪅂(kòu):初生的幼鸟。
③驯扰:驯服。
④殊:根本。
⑤闾(lú)里:邻居。
⑥忮(zhì):加害。

【赏读】

苏轼回忆母亲的文字,对母亲崇敬有加,流露出深深的怀恋之情。有如此慈悲的母亲,自然会教育出宽容乐观的儿子,所以苏轼、苏辙,虽迭遭政治打击,却能安之若素,乐天知命,亦并不想着如何去反攻倒算。也正是有此自然人居的读书环境,苏轼兄弟的文章,才能有如此高的境界吧。我常常想,现在的孩子,或生于高楼大厦之中,举目不见树木;或生于穷山恶水之旁,环境皆遭破坏。在这等环境中去读书,如何教他们去理解自然之美好,并理解以自然为镜子的艺术之美好呢?又怎么教他们去学会与自然和谐共处呢?因为他们从来就不知道真正的自然是什么样子呀!这其实是可悲的事情。我算是极其幸运的,自己工作时暂住的小楼周边,皆是树木,早晨鸟鸣,催我起床;晚上月光清亮,伴我读书,因此常常不愿意回家。后来家中搬迁,新房窗外,即是一土坡,却格外长了许多树,并无人去理它们,它们倒也长得茂盛,于是常见些鸟儿,穿梭叶间。身在这样的环境读书,我以为是奢侈的,虽然我本人倒是穷汉一个。

希望人们都去珍爱环境,重建自然,因为孩子们需要。但我疑心我这等发愿,只是一厢情愿罢了。世上的大人们考虑的皆是"大事",像这等"小事",他们是无心无力的。

古书换古器 佚名

有一士人,尽掊①其家所有,约百余千,买书,将以入京。至中涂②,遇一士人,取其书目阅之,爱其书而贫不能得,家有数古铜器将以货之。而鬻书者雅③有好古器之癖,一见喜甚。乃曰:"无庸货也,我将与汝估其直④而两易之。"于是,尽以随行之书换数十铜器。亟⑤返其家,其妻方讶夫之回,疾视其行李,但见二三布囊磊魄然⑥,铿铿⑦有声。问得其实,乃詈⑧其夫曰:"你换得他这个,几时近得饭吃!"其人曰:"他换得我那个也,则几时近得饭吃?"

《道山清话》⑨

【注释】

①掊(póu):搜罗,提取。

②中涂:即中途。

③雅:甚,特别。

④直:同"值"。

⑤亟:立刻,迅疾。

⑥磊魄然:块状物体堆积,高低不平的样子。

⑦铿铿:象声词,形容叮叮当当撞击的声音。

⑧詈(lì):责骂。

⑨《道山清话》:宋无名氏作。书中记北宋朝野杂事,迄于宋徽宗崇宁五年。书中记载苏轼、黄庭坚、晁补之、张耒等逸事较详。

《四库提要》推测作者"为蜀党中人"。

【赏读】

自然,这寓言写出来,大家是当笑话读的。可是在我,却特别赏其那一份痴情。人生一世,草木一秋,倘无精神之寄托,只是满足于物质之温饱,在处世上则做乡愿而老死,惧人之风言风语,又好风言风语他人,则这种生活,价值何在?好古器、好古书,虽当不得柴米油盐,但予人精神上一份自足,又何其珍贵?

当然,话不可说满。倘若温饱都不能保证,却一味追求精神上的享受,发展为类痴似狂的独特癖好,最后生活无法维持,这精神上的爱好也就无法延续。譬如,《艾子杂说》提到一位有古器物癖好的"秦士",因为买了鲁哀公问政孔子时赐孔子的座席、太王避敌去邠所拿的拐杖(周文王的祖父古公亶父,原居住在邠,因避狄人之祸,迁于周原,改国号周)、商纣王时代的漆碗,弄得倾家荡产,最后乞讨过活,依然不舍此三物,"披哀公之席,托纣之碗,持去邠之杖",到处求人施舍,则穷斯滥矣,沦为笑话是不必说的了。

庄子之齐① 刘基

庄子之齐,见饿人而哀之。饿者从而求食。庄子曰:"吾已不食七日矣。"饿者吁②曰:"吾见过我者多矣,莫我哀③也,哀我者惟夫子。向使④夫子不不食⑤,其能哀我乎?"

《郁离子·石羊先生》

【注释】
①题目是编者所加。
②吁:叹气。
③莫我哀:无人怜悯过我。
④向使:倘若。
⑤不不食:没有"不食七日"的生活经历。

【赏读】
这个寓言写得很有意思。它说明了情感的关注与悲悯的形成,本质上需要对灾难的切身体验。可以将此寓言扩展开去,倘若自己没有当过乞丐,或没有过求人帮助的真实感受,人是不可能对乞丐施以真正的同情的;倘若自己没有遭遇过地震或其他灾难,人是不可能真正发自内心地冲到灾难现场施以援手的;倘若自己没有生过重大疾病,人是不可能去关注一个陌生人苦求医疗救助的呼喊的……这样的类比可以很多。自然,如果单单这样类比,是很片面的,因为经验、情感总是互通的,所以,一个人要是有过真真切切的痛苦感受(不管这种痛苦是什么原因造成的),才能真真切切地对他人的痛苦感同身受。鄙人可以很负责任地说一句话,如果没有过创痛感,任何人做出的慈善活动,都仅仅是在抛洒廉价的眼泪,以抛弃潜在的道德压力和负罪感。

上高中的时候,有一次在去学校的路上碰到一个乞丐,我给了他五元钱,自己还有些欣喜之感,但是抬头看到一个同学走过来了,突然间,一种巨大的羞耻感弥漫了全身,我立刻转身,落荒而逃。这个场景我一辈子都忘不了。因为我意识到,我那时的行为其实只是一种虚伪的表演罢了。后来读到美国著名作家丹尼斯·约翰逊在小说《其实已死》(*Already Dead*)中有一句俏皮话:"富人止步,施舍乞丐,只是给自己将下地狱的感觉。"不觉有更深的惭愧。

蜛蟟 刘基

昔者中牟①之郭②圮③,有蜛蟟④堕于河,沫⑤拥之以旋,其翅拍拍,蛗⑥见而怜之,游而负⑦之及陆。谓蛗曰:"吾与子百年无相忘也!"蛗振羽⑧大笑曰:"汝冬春之不知也,而能百年无忘我乎?"

《郁离子》

【注释】

①中牟:六国时晋国邑名。

②郭:外城。

③圮(pǐ):倒塌。

④蜛蟟(xī lù):蟪蛄,《庄子》所谓"不知春秋"的短命动物。

⑤沫:水泡。

⑥蛗(hú):蝼蛄。

⑦负:背着。

⑧振羽:拍着翅膀。

【赏读】

这则寓言,神似《庄子》文风,在刘基的寓言中,其文笔属于极其出色的。《庄子》有云:相濡以沫,不如相忘于江湖。蜛蟟却格外留恋世间之情,遂为蝼蛄所笑。但我却尤其欣赏蜛蟟这有情之言,虽然略微空乏了些吧,但这一点惺惺相惜的挂念,却给深陷冷漠世界里的人们以温暖与安慰。当今的世界里，确乎是人情冷漠许多。所以，现代人去读《礼记》，便觉枯燥无味，其实在讲究礼仪的古代，这种种的规矩，大抵皆有其背后的人情之美，一板一眼地施展开来，本是有礼有节、彬彬文雅的。所以，我才这般倾慕这短命的蟪蛄在一瞬间表现出来的人情美好。但寓言中蝼蛄的大笑，我以为也是很漂亮的，其洒脱处，令人心生羡慕，其对人生的看法，也极其空灵，正是给浮躁时代里人们的一剂清凉散。只有对生死有清醒的认知，我们才能跳脱这平庸而肤浅的时代吧。至于这寓言中两个主角的关系，自然一个是表达感恩之情，意欲回报；而另一个则高屋建瓴，视之若无。倒很像是单相思的一场戏剧也。想起来，也是很有意思的事情。

邻人之妇 唐甄①

　　唐子尝出游而归,问其妻曰:"自我之往也,朋友亲戚亦有来问者乎?"曰:"无有也。"则称邻人之善,问邻人之善者谁也?则皆邻人之妇也。

　　又尝出游而归,其妻出果蔬以饮酒。唐子曰:"家且无食,是果蔬者其以何易而来?"曰:"是邻人之妇所遗②也。恐子之归,而无以饮酒也,故留以待子。"

　　又尝出游而归,入门,见女安③而怜爱之,执其手,理其发,拊其颊④,而笑问其妻曰:"自我之往也,是儿何以为嬉?"妻曰:"昔之夕,邻女要之往,为设饼食,又遗之橘十二枚以归。"

　　于是唐子乃叹曰:"妇人之智不如男子。岂男子固薄而妇人固厚哉?男子溺于世而离于天者也,妇人不入于世而近于天者也。"

《潜书·充原》

【注释】

①唐甄(1630~1704):初名大陶,字铸万,号圃亭,四川达州人。明末清初的思想家和政论家,著作主要有《潜书》。

②遗:赠送。

③安:乖。

④拊:通"抚";抚摸。颊(kē):下巴。

【赏读】

　　读到这则寓言，我忽然想到先师宋永培先生当年在课堂上讲解《诗经》中《国风》之起源，以为乃是妇人们夜晚借着月色，聚在一处纺织，伴以吟唱，以助劳动云云。至今想来，这解释充满了光明之感，而先师却早离了人世。唐甄在这则寓言中其实提出了一个很重要的观点，即，女人作为情感的动物，更能使世界成为一个和谐的结构，他以为是因为女人们不具攻击性，保留了人性的单纯之美。这和现代许多女权主义者的想法，实在有异曲同工之妙。整个寓言呈现出来的一个融洽的单性的世界，不仅符合了先师的理论，而且也令我暗暗回想起童年时候的家乡，到了农闲时节，妇人们便喜欢聚坐一处，家长里短地谈天（可惜不再吟唱诗歌了），悦耳的声音向这个世界传递着柔和的力量。